ROMY VAN MADER

SEX IST MEHR ALS 5

Unterm Tisch, da liegt noch was...

Impressum

Romy van Mader (Autorin, Illustratorin)
und Kerstin Eger
Oehmestraße 10
01277 Dresden
Email: einmachbohnen@googlemail.com
Internet: www.einmachbohnen.com

Ersterscheinung als eBook: 2016
1. Printauflage September 2017

Umschlaggestaltung: Romy van Mader
Lektorat: R. Andrich, Hamburg
Verlag: epubli GmbH Berlin
Printed in Germany

Buchbeschreibung

Selina findet in ihrem Lieblingscafé ein rotes Tagebuch mit äußerst pikantem Inhalt. Fein säuberlich und penibel sind darin intime Eigenschaften der jeweiligen nummerierten Liebschaft aufgelistet: vom körpereigenen Duft bis hin zur bevorzugten Sexpraktik. Nach maximal fünf Nächten wird ein Schlussstrich unter das jeweilige Frauenkapitel gezogen und ein sogenannter „Deckungsbeitrag" ermittelt.

Zu ihrer Verwunderung erkennt Selina hinter einer Beschreibung ihre beste Freundin Melanie. Diese tobt und verlangt im Namen aller „Betrogenen" Vergeltung! Die gewitzte und attraktive Selina, die in ihrem Privatleben gerne Detektivin spielt, fühlt sich dazu berufen den Lockvogel zu spielen. Zusammen mit anderen "geprellten" Frauen gründet sich der Club der Amazonen, mit dem Ziel, dem begehrten Frauenhelden Alexander Polokksonn, der als Inhaber des roten Notizheftes enttarnt ist, einen gehörigen Denkzettel zu verpassen.

Mit Selina als Köder scheint alles bestens zu klappen bis...

Für alle diejenigen,
die gerne lachen und
spinnen... ;-)

Besuchen Sie uns gerne auf:
www.einmachbohnen.com

INHALT

EINS	**7**
ZWEI	**17**
DREI	**61**
VIER	**75**
FÜNF	**82**
SECHS	**98**
SIEBEN	**115**
ACHT	**125**
NEUN	**136**
ZEHN	**148**
ELF	**178**
ZWÖLF	**204**
DREIZEHN	**232**
VIERZEHN	**245**
FÜNFZEHN	**260**
SECHZEHN	**268**
SIEBZEHN	**283**
ACHTZEHN	**287**
NEUNZEHN	**297**
ZWANZIG	**300**
EINUNDZWANZIG	**312**
ZWEIUNDZWANZIG	**317**
DREIUNDZWANZIG	**323**
ÜBER DIE AUTORIN	**328**

EINS

Dieser Milchkaffee ist jedes Mal ein Genuss. Stehender, cremig-weißer Schaumberg auf einem sanft gebrühten braunen Mokkateich. Porzellangeklapper, um mich herum angeregte Gespräche. Umrahmt von großen Spiegeln in barocken, goldenen Bilderrahmen sitze ich nahe der schwingenden Ein- und Ausgangstür an einem der vielzähligen runden Tische mit darauf befindlicher floraler Jugendstilleuchte und lausche den Gesprächen.

„Bitte keine Namen, du weißt doch: in der heutigen Zeit…", klingt es zu meiner Rechten und „Oh, Liebes, du hast so wunderschöne Augen…" zu meiner Linken. Sobald ein Name von einer liebenden Person oder einer betrügerischen Firma oder der Name des verhassten Chefs oder, oder an mein Ohr dringt, lege ich los. Zusammen mit weiteren aufgeschnappten Informationen gebe ich die Daten sofort ins Netz ein – das ist, Wlan sei Dank, kein Problem heutzutage -, um mehr über die Person respektive Personen zu erfahren.

Ah, der Platz am großen Panoramafenster mit den bunten Mosaikeinlassungen wird gerade frei. Mein Lieblingsplatz! Sonntags ist hier ganz schön viel los. Ich gebe der Kellnerin ein Signal, dass ich mich umsetze, und schnappe mir meine pastellblaue Tasse, nehme mir noch die Boulevard-Zeitung – auf Tagesnachrichten verzichte ich seit einiger Zeit gut und gerne freiwillig, um mir nicht die Laune zu verderben -, greife mein großes Viskosetuch, schnappe meine kleine Tasche mit meinen Zähnen - hey, ich bin ein Großstadtkind, mir sind die Augen Fremder auf meine Person so ziemlich egal. Das habe ich mir in 30 Jahren in Berlin angeeignet, mir fiel dies anfangs zwar auch merklich schwer, da ich in einer kleinen Stadt -vielmehr am Rande einer Stadt, am Anfang eines Dorfes, geboren und aufgewachsen bin. Jedoch habe ich beides, Klein- und Großstadt überlebt. Nun lebe ich seit knapp einem Jahr – nach Berlin kommt in Deutschland nichts Größeres mehr – in einer mittelgroßen, aber ganz prächtigen Stadt namens Hamburg. Nicht Leipzig, nicht Lübeck, auch nicht Köln und schon gar nicht Frankfurt am Main, nein! Mir war es wichtig, dass ich zum einen in einem von mir gewählten Lieblings-Café mit, "Hallo, möchten Sie einen Milchkaffee wie immer?", begrüßt werde, zum anderen mich unter einem anonymen

Mantel der Verschwiegenheit auch mal nicht ganz normalen Vergnügungen hingeben kann.

Beispielsweise in einem homophoben „Penis-Club" tanzen zu gehen, frei nach dem Motto: „Hier bin ich Frau und keinen interessiert´s". Ein balancierendes Wechselspiel zwischen einem persönlichen DU und einem anonymen SIE, gepaart mit den Möglichkeiten von ausschweifenden Partys und seriösem Business, das war mir bei meiner Heimatwahl wichtig. Nicht, dass ich von unkontrolliertem Zwang nach Rudelbumserei oder Sexspielchen in Dark Rooms getrieben bin, aber die „KÖNNTE-Option" war mir wichtig.

Also ist es Hamburg geworden, meine heimliche Hauptstadt der nach außen hin kalt wirkenden, aber im Inneren sehr ehrlichen und warmen Herzen. Da, wo das Leben noch von A-Z bunt-kokett und nicht einspurig pulsiert. Malsehen, wie lange die geschichtsträchtige und von Mythen beseelte Hansestadt noch in den restlichen verbliebenen Hafenecken und alten Kaschemmen ungezwungen wüten und feiern darf wie einst das legendäre Berlin. Irgendwann kommt auch hier die große „Alles-mach-neu-undinvestigative-Abrisskugel", und die macht alles platt, was nicht rentabel ist.

Doch wie heißt es so schön: „Stetige Veränderung ist das Gesetz des Lebens". Das haben nun Gregor und Lissy gehört, jene neuen Tischnachbarn, die sich unbedacht in meiner Nähe beim Vornamen nennen -„Oh, Lissy, ich kann heute aber nur eine Stunde, meine Familie wartet" - und mir bestimmt gleich noch mehr Eckdaten für meine Google-Recherche verraten werden. Leute zu belauschen, um mehr von ihnen zu erfahren à la Inspektor Poirot - allerdings ohne Mordaufklärungsauftrag (aber ich wäre gewappnet, wenn es dazu kommen würde), war mein sonntägliches Hobby. Andere lesen Krimis, ich bastle mir selber welche in meiner Birne zusammen. Neben meinem Hang andere zu belauschen, neige ich dazu, Selbstgespräche in meinen Oberlippen-Milchbart hinein zu murmeln.

Entsprechend schauen mich Lissy und Gregor mit hinauf gezogenen Brauen verächtlich an: „Schon wieder eine Irre, die auf den ersten Blick so normal scheint". Aber was kümmert´s mich. Gerade möchte ich das Magazin aufschlagen, da entdecke ich auf dem Fußboden ein bordeauxrotes Büchlein, in Leder gebunden, mit einem silbernen Stift an einem ebenfalls im tiefenrot getünchten Gummiband hängend. Ein attraktiver Mann, so was checke ich binnen Millisekunden, stürmt just in diesem Augenblick zur schwingenden Tür herein und läuft aufgeregt zur Bedienung, welche heute einmal mehr ihre üppigen Hupen - größer als meine und das heißt schon was - zur Schau stellt. Saskia mit Namen, süß, verträumt, engagiert, auch was das Tische Abräumen anbelangt. Kaum hat man ausgetrunken, schon wird einem die Kaffeetasse aus der Hand gerissen. (Drum halte ich meine Tasse hier auch immer schön am Henkel fest.) Aber man soll ja mit warmen Händen geben.

Saskia schüttelt den Kopf, dann schaut der aufgeregte und athletisch ausgereifte – sieht der lecker aus - Herr zu mir. Gänsehaut pur, und zwar den ganzen Rücken hinab bis in die Zehenspitzen ich habe. Ich rede schon wie Meister Yoda: „Gänsehaut du hast“. Dieses Ebenbild eines Mannes, gehüllt in einen Kaschmirpullover und eine maßgeschneiderte Hose, beides in der Farbe „Deep, deep, very deep Black“ und mit wie aus Ebenholz geschnitztem, schimmerndem und leicht gewelltem Haar - mit zwei, drei keck hervorblitzenden Silberstreifen, die sich nicht haben färben lassen wollen – zu mehr Scanning reicht die Zeit nicht - läuft nun schnellen Schrittes zu mir.

Lächeln. Ich blöd schauend auf der innerlichen Suche nach einem sexy Schlafzimmerblick. Zu spät. Ernst. Ernst heißt er nicht, aber nunmehr ernst fragt er: „Hast du ein Notizbuch gesehen? Ein rotes. Kannst du mal aufstehen? Ich muss es hier verloren haben!“ Ähm, normalerweise würde ich jedem dahergelaufenen Typen, der mir ungefragt mein SIE stibitzt, links liegen lassen und einfach gehen. Aber erstens will ich hier meinen Milchschaum weiter auslöffeln, der mittlerweile in sich zusammengesackt ist wie ein Schneehäuflein in der Sonne, und zweitens mache ich bei diesem Prachtburschen gerne mal eine Ausnahme und stehe auf.

„Aber klar!“ Das Büchlein halte ich dabei hinter meinem Rücken versteckt und stecke es geschwind unter meinen rosa Puschel-Long-Pulli - welcher an ein „Flokati-Schaf aus Zuckerwatte“ erinnert. Sonntag ist mein individueller Schlabberlook angesagt, ich muss mich schon immer in der Woche auf Sexy-Business-Mieze trimmen - und klemme das Büchlein, schließlich habe ich früher nicht umsonst den Namen „Flinkes Fingerchen“ gehabt, zwischen Leggings und Schlüpferbund. „Ähm, ich sehe hier nichts. Sie können auch gerne noch eine Leibesvisite vornehmen“. Ich strecke die Arme willig aus und mache dabei ein Hohlkreuz, so dass sein Notizbuch gut von dem oberen ersten Drittel meiner trainierten Backen abgestützt wird.

Ein Gentleman wie er würde niemals Hand anlegen, sollte ja auch ein Spaß sein, der bei ihm aber nicht ankommt. Er zögert, schaut mich skeptisch an. Himmel, lass ihn jetzt nur nicht, zumindest nicht hier und jetzt, auf die Idee kommen, mich wirklich abzutasten! Mein Gebet wurde erhört, er schiebt eine Augenbraue fragend nach oben, schaut mich von oben nach unten und von unten nach oben an und tastet schließlich mit seinen Augen nicht mich, sondern lieber den Fußboden weiter ab.

Nicht einmal ansatzweise hat er auf meine Aufforderung reagiert. Kein Lächeln. Kein „Nein“. Kein „Ja, an sich gerne, vielleicht später“. Nichts! Der weiß wohl nicht, welche heiße Nymphe vor ihm steht?! Entweder ist ihm sein rotes Büchlein so wichtig wie der Heilige Gral den Christen oder er ist halbblind und erkennt meine Schönheit nicht. Ich betrachte mich, während er halb gebückt vor mir herumläuft, im Spiegel. Gut, die bunt geblümten, im Stile der 80er gehaltenen Leggings und mein toupierter Zopf tun ihr Übriges zu meinem rosa Zuckerschafpulli. Mein Spiegelbild lässt keine Zweifel zu. Ich sehe heute einfach scheiße aus!

Gerade wie eine Kerze, Brust raus, Bauch rein lehne ich an der Wand und schiebe das Notizheft behutsam noch etwas tiefer nach unten. So, dass es nur noch ein Fingerbreit über den Bund meiner Leggings schauen würde, hätte ich heute - Gott sein Dank - nicht meinen Schlabberpulli an. Hat ja doch was Gutes, mein heutiger Look. Das Büchlein gebe ich so schnell nicht wieder her! Jetzt ist mein detektivischer Spürsinn geweckt. Und ein Mann wie er, der wie der leibhaftig gewordene Götteradonis aussieht und sexuelle Funken sprüht, gleichermaßen interessant für Weiblein und Männlein, und zusätzlich auch noch so einen verdammt johannisbeerig-moschusig-zitronigen Duft an sich trägt, der hat nicht nur etwas Kleines zu verbergen!! Und dieses Geheimnis finde ich, wenn ich Glück habe - und das sieht ganz danach aus, wenn ich ihn mir so suchend um meine Beine herum betrachte - in diesem zwischen meinen Arschbacken steckenden roten Heftchen. Rot steht bekanntlich für die Liebe.

Jetzt mach hin, ich fange an zu schwitzen und bete, dass die Tinte nicht verläuft. Scheiße, wo ist der Stift? Ich spüre ihn nicht. Ich schaue an meinen Leggings hinunter, nicht dass der mich jetzt verrät. Oder ist er mir schon vorhin entglitten? Nervös, aber gerade wie eine Kerze suche ich jetzt mit, immer schön mit dem Rücken zur Wand, und rücke synchron zu ihm die Stühle hin und her. Gregor und Silke oder Lissy, Name in der Aufregung vergessen - passiert mir sonst nicht - schauen schon ganz genervt. Könnten ja auch mitsuchen? Sehen doch, dass es wichtig ist. Hauptsache, ich finde den Stift aus gusseisernem Silber vor ihm. Gefunden! Er ist soeben aus dem Gummiband herausgeflutscht und steckt in meiner Poritze. Jetzt heißt es, die Backen fest zusammenzukneifen und dem weiter hinabgleiten wollenden Stift zu zeigen, wo hier der Hammer hängt. Wobei „hängen" ist hier der falsche Begriff. Schließlich sind meine Backen hart wie Stahl und härter als dieser doofe Stift, der jetzt meine überhitzte Körpertemperatur angenommen hat und dem ich den Eingang – wie früher Muttis blödes Fieberthermometer –in mein Inneres verwehre.

Schweißtropfen perlen von meiner Stirn. „Ganz schön heiß hier drin....“, versuche ich ein Gespräch zu beginnen und tupfe mir dabei mit meinem flauschigen Ärmel die Stirn. „Scheinbar habe ich es doch woanders verloren!“ Der unbekannte Schöne, der zu seiner äußeren Vollkommenheit auch noch ein „tiefbässiges“ Organ in sich trägt und mir damit abermals einen Schauer über den Körper jagt, schüttelt mir die Hand. Er erwidert meinen Blick leider nicht so lange, wie ich seinem diesmal gerne standgehalten hätte, und mit einem „Entschuldige“ verlässt er mich und das Café durch die Tür.

ZWEI

Ui, was war das? Wer war das? Aber, der liebe Gott hat es abermals gut mit mir gemeint. Als ich mich vollkommen außer Atem auf dem gepolsterten Stuhl darnieder setze, lässt er mich spüren, dass es sich nicht um eine einmalige Begegnung handeln müsse. Mit geübten Fingern ziehe ich das Notizheft und den Stift, der wie ein dünner Pinsel zwischen zwei dicken Betonwänden fest sitzt, heraus und lasse beides unbemerkt dank meiner „flinken Fingerchen“ in meine Tasche verschwinden: „Saskia, bitte die Rechnung!“

Schnurstracks und ungeachtet dessen, was ich heute noch über Gregor und Lissy herausgefunden hätte - jetzt habe ich den Namen wieder -, verlasse ich das Café und laufe an der Alster entlang, kaum abwarten könnend, was in dem geheimnisvollen Büchlein steht, und setze mich auf eine durch den Vormittagsregen noch feuchte Parkbank. Ich ziehe meine Leopardenbrille, ein billiges Kassengestell, welches sich unter meiner kreativen Lack-Bemalung zu einem Unikum gemausert hat, samt dem roten Lederband aus meiner Tasche und schlage das Büchlein auf.

Dieses Heft gehört: ______________________________

Nicht ausgefüllt. Schade. Wäre ja auch zu einfach gewesen. Nächste Seite. Da steht was: *HAMBURGER BILANZ – ab 301*
Ich stutze und blättere weiter.

301

Frau: Babett, 38 Jahre

Beruf: Sommelière

Beschreibung: kurze, glatte Haare, brünett, sportlich, drahtiger Typ, kein Gramm Fett, diszipliniert und kontrolliert, Nichtraucherin (Selbstdisziplin, Geschmackssinn!), 1,68 m groß, kleine Brüste, große Schamlippen

Duft am Nacken: nach frisch gebrühtem Kaffee mit einem Hauch von Grapefruit

Geschmack des Schoßes: doppelter Espresso ohne Zucker, säuerlich, bitter...

301-1 Ausgaben und Lustgewinn

Nacht: Bei einer Veranstaltung im „Vier Jahreszeiten" kennengelernt, eingeladen auf Suite, zwei Stunden über Weine philosophiert, ermüdend, wollte ihr schon ein Taxi bestellen, dann ließ sie doch noch ihr Kleidchen fallen, zwischen ihren Schenkeln gelegen, habe mir eingebildet, ich trinke einen Tropfen Espresso – schmeckte danach -, nachdem ich sie endlich etwas feucht bekam (anstrengend), nur eine Stellung möglich...

Klassische Stellung und Gequatsche:

„Normalerweise mache ich so etwas nicht, aber Du bist etwas Besonderes. Ich hoffe, ich auch für Dich..."

Nimmt keine Schwänze in den Mund (abwarten!):

„Ich blase nicht!"

Ausgaben: 3 Flaschen Wein á 70 Euro, Frühstück: 45 Euro, Taxi für sie: 80 Euro, meine Wartezeit auf ihre Bereitschaft: 2 Stunden à 400 Euro = 800 Euro

Lustgewinn: 2,0

Hä? Was macht der da?? Ich blättere zügig durch das Heftchen, an die insgesamt 100 vollgeschriebene Seiten erwarten mich. Ich verschaffe mir, ganz die Studentin die ich einst war, einen kurzen Überblick und ziehe mir die wichtigen Anhaltspunkte wie aus einem Prüfungsheft, das man der halbblinden Professorin Dr. Viegelmayr klaut, die mit einem gutaussehenden Kommilitonen abgelenkt ist. Die Skala dechiffrierend, eine Übersicht gewinnend, analysiere ich auf die Schnelle, dass die Skala von 1-10 (10 das Beste, eine Punktzahl, die ich zumindest auf den ersten Gesamtblick nicht entdecken konnte) reicht, und die Anzahl der Nächte, welche die 5er Marke nie überschreitet. Frauenattribute, Geschlechtsteile, Bettverhalten werden stichpunktartig aufgezählt, und ein Gesamtresümee erfolgt in Zahlen, damit komme ich klar. Werde gleich mal seine komische Formel rechnerisch überprüfen. Ich gehe zurück auf Anfang und blättere um. ...

301-2 Ausgaben und Lustgewinn

Nacht: Hat mich in ihr Weinkontor geladen. Hoffte

auf eine Nummer zwischen Fässern im Gewölbe. Gab sich wieder spröde und verklemmt: „Ich dachte, wir können heute mal mehr miteinander reden. Und uns besser kennenlernen..." Anruf fingiert, wollte schon gehen. Mit einer ausgezeichneten Champagnerflasche in der Hand fuhren wir zu ihr. Über 1 Stunde blödes Gelaber über ihre Freunde, hauchte ihr dann ein „Jaaa" ins Ohr auf ihre Frage „Suchst Du etwas Festes?" Dumme Gans! 30 Minuten lang von hinten genommen, dank eines mitgebrachtes Feuchtigkeitsgels ohne zeitintensives Vorspiel möglich, auf den Rücken gespritzt.

Ausgaben: 0 Euro für Essen & Trinken, Feuchtigkeitsgel: 8,00 Euro, Anfahrt Taxi: 20 Euro

Lustgewinn: 2,5

301-3 Ausgaben und Lustgewinn

Nacht: In ihrer Wohnung. Wieder viel Gequatsche. Nimmt meinen Schwanz nicht in den Mund. Abbruch!

Ausgaben: 2 Flaschen Wein á 34 Euro, Bestellung von Antipasti für 70 Euro (Von „Flamando", NICHT MEHR KAUFEN!)

Praktisch, mit dem Heft habe ich auch gleich einen Restaurantführer „erworben“. Soll ich mitschreiben? Quark! Das Heft muss ich schließlich nicht wie einst die heimlich stibitzten Prüfungsaufgaben zurück in die Tasche von Frau Dr. Viegelmayr stecken. Diese blöde bayrische Dampfnudel, die uns Studentinnen hat immer auflaufen lassen. Uns an die glatten, strammen Waderln - im übertragenen Sinne – hat gepinkelt, obwohl wir anfangs immer nett und lieb gesessen sind. (Kurz mal im bayerischen Modus gefangen gewesen.)

Im Gegensatz zu unseren männlichen Mitstreitern, die sie durch ihre 1:100 Lupengläser - Brille genannt – mehrmals an die Tafel gebeten und mit ihren großen Augen förmlich ausgezogen hat. Zwangsläufig kam mir dann immer das Märchen vom Rotkäppchen und dem bösen Wolf in den Sinn:

„Frau Dr. Viegelmayr, warum haben Sie so große

Augen?“

„Damit ich dein Wölflein besser sehen kann!“

Dem Grafischen während meines ersten Studiums der Informationswissenschaften schon nicht abgeneigt, zeichnete ich während der Viegelmayrischen Softporno-Vorlesung meine geistigen Ergüsse auf. Unverkennbar war die Alte mit ihren großen Augen und ihrem großen Maul und dem Häubchen, was ich ihr verpasste. In einer Szene schnappte sie sich den armen Benjamin und nahm ihn sich zu Leibe. Anders als im Märchen der Brüder Grimm allerdings. In meinem ging es anders zur Sache. Das war für mich auch der schlüssige Grund, warum ausgerechnet der etwas dumpfe Benjamin bei der alten Schreckschraube immer ein „Gut mit Plus" bekam.

Dieser Real-Comic ging dann auch durch sämtliche Reihen bis er dann von dem alten Pfrapfen einkassiert und ich in der Pause zu ihr gebeten wurde. Ab diesem Zeitpunkt brauchte ich dann gar nichts mehr für ihr Fach zu lernen, besser als 4 wurde es nicht mehr. Naja. Meine Ideen vom dem Viegelmayr´schen Wolf und dem armen Benjamin, dessen Käppchen bereits feuerrot leuchtete, habe ich dennoch weiteraufgemalt. Die Lacher blieben dann festgesteckt in der hintersten Reihe, da saß ich, mit anderen Abgemahnten und brauchte fast eine

Lupe, um an der Tafel noch irgendwas zu erkennen. Die Alte schrieb mit Absicht so schön klein und verweigerte den Projektor. Meine Sehstärke habe ich da eingebüßt, das ist sicher!

Durchatmen. Dieses rote Heft gehört nun mir und ich werde es nimmer nicht mehr zurückgeben. Nö. Viel spannender, als sich in meinem Lieblingscafé die Zeitungen von der Garderobe zu angeln, um interessiert die Pupillen darin kreisen zu lassen, um in eigentlicher Absicht den Smalltalk hinter aufgeschlagenen Seiten gespannt zu verfolgen. Mit dem überstreckten Mittelfinger meiner linken Hand - auch eine Angewohnheit, die ich mir bei der Vorlesung von Viegelmayr aus Trotz angewöhnt hatte. Allerdings brauchte ich damals noch keine Lesebrille, ich erfand eine Art Gedankenfinger, mit jenem ausgestreckten Mittelfinger kratze ich mich dann an der Schläfe - , schob ich meine Brille wieder hinter mein leicht gewölbtes Nasenbein. Den Höcker habe ich mir bei einer kleinen, einer winzig kleinen Schlägerei zugezogen. Man(n) darf mich nicht reizen.

Gut, damals war ich 16 und mein Gegner ein breitschultriger und frecher Kerl von 12 Jahren, aber ich habe es bis heute nicht fertig gebracht, mich deswegen unter das Messer zu legen. Was bei einer Nasenoperation alles schief laufen kann, dafür gibt es beste, lebende Beweise. So ein Chirurg im Zeichen von Beauty und Glam denkt doch: „Ach, wenn wir schon einmal dabei sind, da können wir dieser armen Frau ihren unzeitgemäß großen Zinken nicht nur begradigen, sondern auch gleich mittels Hammer, Brecheisen und Bolzen verschmälern, verkürzen und anheben." Als Selina geh ich rein und als Bella-Sina komme ich wieder raus. Und ich sehe nicht nur mir nicht mehr ähnlich, sondern renne dann wochenlang mit Mullbinden in Nasenlöchern, die bis zum Gehirn reichen, herum. Egal, ob ich einen Zettel mit rotem Pfeil „BITTE NUR BEGRADIGEN" auf meine Stirn kleben würde oder nicht. So ein Nasenkünstler macht doch, was er will.

„Selina, bist du´s? Ich habe dich gar nicht wiedererkannt!"
„Geht nicht nur dir so!", muss ich dann jedem Bekannten mit einem Lächeln entgegen zischeln. Und mir Vergleiche gefallen lassen: „Jetzt siehst du aus wie..."

Ja, wie jede andere, die bei Prof. Dr. "Fang" in Behandlung war. Wie jede andere x-Beliebige sieht sie dann aus, meine Nase. Zumindest die ersten Jahre! Mit einer Nase ist es wie mit einem von unbegnadeter Menschenhand begradigten Flussbett. Der Fluss strebt immer zu seinem Ursprungszustand zurück. Mit der Nase verhält es sich genauso. Wie das Wasser sehnt sich das Nasenfleisch an seine angedachte Stelle. Und es wächst wieder in die Breite und Länge und hängt dann wie ein übergroßer Handschuh schlapp über dem verkürzten Knorpelbein hinab. Und man sieht wieder so aus wie vorher – wenn nicht noch schlimmer. Das wissen die wenigsten, erst danach dämmert es denen und sie rennen dann wegen jedem Furz zum Nasenfuzzi, der dann immer beschönigt: „Diesmal machen wir Ihren Zinken noch kürzer und heben den noch mehr an, dann dauert das etwas länger bis zum wieder erreichten Ursprungszustand. Versprochen." Und irgendwann sieht man aus wie Michael Jackson. Dann gibt es allerdings auch kein Flussbett mehr, denn wo nur noch Knorpel, da auch kein Wasser.

Manchmal staune ich über mich selber. Wie bin ich jetzt auf diesen Gedanken gekommen? Wahrscheinlich habe ich wieder - und etwas lauter als sonst - vor mich hingemurmelt, selbst die herannahende Omi, mit ihrem Einkauf im vorderen

Verladestauraum ihres schwarzen 1-PS-Rollators, nickt mir verständnisvoll zu. Schnell wische ich mit dem Ärmel meines Pullis über meine Lippen. Bisweilen hatte ich die These aufgestellt, dass mich die Leute immer nur dann hören, wenn ich im Café sitze und den vom Café au lait bedingten milchigen Flaumbart trage. Wo war ich? Ich blättere um, und da hatte sich das mit Barbette auch schon erledigt.

Lustgewinn: 0

301-4
Nacht: Abgesagt (übliche Begründung)

301-5
Nacht: E.

Ich sollte diesem Damen- und Zahlenjongleur einen Namen geben oder hat er sich auch irgendwo selber beschrieben? Die Seiten durch meine Finger sausen lassend wie bei einem Daumenkino, versuche ich den Namen des Unbekannten hastig ausfindig zu machen. Nix zu finden. Bekommt er eben wie beim Zahnarzt eine

Interimslösung verpasst. Manuel nenne ich ihn. Und dieser Interims-Manuel zählt nun unter Barbette alles zusammen und nennt diese Endsumme...

DECKUNGSBEITRAG: - 4500,00€

Wie kam er auf diese Summe? Ausgaben (in Euro) minus Lustgewinn (in Eiern?) - hat er in Mathe nicht aufgepasst? - sind gleich Gesamtkosten. Und die betragen bei Barbie summa summarum 345 Euro. Hat er da jetzt ein Plus oder ein Minus gemacht? Ist das nun gut oder schlecht? Die nächsten Zahlen werden es zeigen. In diesem Moment sehe ich drei Räder gefolgt von zwei braunen Mokassins dicht an mir vorbei roll-laufen. Ich blicke nach oben und sehe, wie die Omi mir ihre Einkäufe unfreiwillig nah im Korb präsentiert. Spitzkohl, Schokoladenpudding und eine Flasche Korn. Warum nicht? Ihren Kopf, der sich wie der eines Wackeldackels verhält, der auf der Hutablage neben einer gehäkelten Klorollenfrau in einem Trabbi sitzend, bei der Überfahrt über große Wackersteine (ach nee, das war bei Rotkäppchen) Pflastersteine dramatisch hin und her wippt, dreht sie zu mir. Zwinkert sie mir zu? Ich zwinkere zurück. Und noch einmal. Und fange aus Sympathiegründen an, meinen Kopf synchron mit ihrem mit wippen zu lassen. Und im Sekundentakt zwinkere ich ihr zu und wippe und wackele...bis es mir in den Kopf schießt, dass sie vielleicht einen altersbedingten Tick hat und ich einen an der Waffel habe. Zumindest signalisiert mir das ein an uns vorbeilaufender Jogger.

302

Frau: Doreen, 23 Jahre,

Beruf: Verkäuferin in Parfümerie
Beschreibung: stramme Biene aus der brandenburgischen Provinz, rot gefärbte, lange Haare, größere Nase, schmale Lippen, sportlicher Body, Triple Tattoo am Fußgelenk, knackige Apfelbrüste, Bauchnabel-Piercing, unterwürfig, Sehnsucht nach Sicherheit und Familie, Kinderwunsch
Duft am Nacken: schokoladig süß mit einem Hauch von Pfannkuchen
Geschmack des Schoßes: schokoladig nach ostdeutscher Schokolade Nudossi, ne wahr ;-)

302-1 Ausgaben und Lustgewinn
Nacht: ohne langes Hin und Her in ihrer WG zur Sache gekommen, zweimal abgespritzt, Plusfaktor: kein Vorspiel nötig
Ausgaben: 1 Flasche Champagner zu 400 Euro
Lustgewinn: 3,0

302-2 Ausgaben und Lustgewinn
Nacht: erst Shopping, danach an die 8 h wilde Sexspielchen mit Vibrator aus ihrer Schublade und leichtem Bondage…habe sie in einige Stellungen eingewiesen und aufgeklärt…
Ausgaben: Für Kleidchen, Schuhe, Unterwäsche, Spielzeug: 4775,50 Euro
Lustgewinn: 4,0

302-3 Ausgaben und Lustgewinn
Nacht: ihre Freundin und Mitbewohnerin kam eher vom Auslandsaufenthalt zurück, Tanja, süße Studentin, dicke Titten, vulgäre Mundpartie. Ich hatte großen Bock auf einen Dreier und habe beide Mädels mit Champagner gefügig machen wollen, hatte diesmal zwei Flaschen dabei, leider

kam Tanjas Freund dazu, kurz vorm Eklat. Habe dafür dann die kleine Doreen ordentlich in ihrem Zimmer gevögelt: „Oh, Alexander, so stelle ich mir meinen Mann vor!" Lag natürlich an meinem großen und überzeugenden Zauberschwanz und an den Geschenken. Noch jung und manipulierbar, austauschbar, gutgläubig
Ausgaben: 2x Champagner und Konfekt rund 900 Euro
Lustgewinn: 3,9

302-4 Ausgaben und Lustgewinn
Nacht: hat mich ausgeladen, da nicht alleine in der WG, Freundin war noch da und sie hatte wohl Angst, dass ich auch mit ihrer Freundin ficke, daher nur Telefonsex, 2x in meine Hand gespritzt
Ausgaben: 0
Lustgewinn: 2,4

302-5 Ausgaben und Lustgewinn
Nacht: Sturmfrei. Zum Essen ausgeführt im neuen Designerfummel, danach endlich ihr hinteres Loch penetrieren und darin abspritzen dürfen, 2x unbezahlbar! Eng und geil!

Ausgaben: Restaurantrechnung – 500 Euro inkl. Trinkgeld
Lustgewinn: 7,8

DECKUNGSBEITRAG: - 3000,70 Euro

Mir kommt die Idee, ob man sich nicht dieser Art des Frauenverständnisses bedienen und ein Heft für jedermann in Druck geben sollte, wo bereits alle wichtigen Felder vorgegeben sind. Ähnlich wie bei einem Stundenplan, nur statt der Unterrichtsfächer und der Wochentage das Ganze entsprechend austausche mit:

Frau:
Attribute:
Kosten:
Summasummarum:

und so weiter. Ist doch eine Marktlücke. Dann je nach Casanova noch in small, medium oder large oder xtrem large Ausgabe (umfasst die Seitenzahlen) und je nach Geldbeutel auch in goldener oder bordeauxroter Leder- oder in gelber Kunstlederausgabe. Signalfarben fand ich gut. Damit die Herrschaften ihr Heftchen auch gleich wiederfanden. Räusperer. In meinem Kopf designte ich drauf los und überlegte mir einen passenden Namen. Am besten wäre es, man bedruckte nach Wunsch, ganz individuell oder für den kleineren Geldbeutel dann einfach nur Kunstleder, no name, 20 Seiten. Aber... Mal Hand aufs Herz...jemand der nur eine Kunstlederausgabe bestellt, der ist doch auch nicht meine Zielgruppe. Nein, wir machen das für die Schönen und Reichen. Ganz speziell und ganz individuell und ganz verschwiegen. Wie mache ich dann nur die Werbung? „Für alle Schwänze dieser Welt" ...(noch was einfallen lassen...mehr Spaß rein)

Nein. Geht ja nicht, meine Zielgruppe (Männer quatschen untereinander über das Thema wie Frauen über die Neuigkeiten aus Bunte und Gala) muss mittels exklusiver Qualität überzeugen, und meine Werbestrategie wird ganz althergebracht klassisch auf Mund-zu-Mund- oder Schwanz-zu-Schwanz-Propaganda fußen. Et voilà. Fertig gedacht, will ich gerade zum Telefon greifen und meinem befreundeten Werbefachmann mein neuestes Projekt vorstellen, da dämmert es mir, dass ich mal wieder meiner Zeit voraus bin und mich besser mal der nächsten Seite, der nächsten Dame widmen sollte. Kurz noch aufgeblickt: Omi ist außer Sichtweite, das heißt, ich habe 15 Minuten mit voreiligen Gedankenspielen verbracht. Wenn das so weitergeht, dann sitze ich in vier Wochen noch hier, und bis dahin ist mir dann tatsächlich ein Bart gewachsen und ich womöglich in die Bank hinein oder ich bin dann die Bank.

„Selina, konzentriere dich!"Ein Satz, den mein immer noch aktueller Lebensgefährte Philip-Theodor, ohne von und zu, dann immer zu sagen pflegt. Im Alltag ist er immer ganz bei der Sache und sehr konzentriert, im Bett ist er leider nur redlich bemüht und schießt dann wie ich mit meinen Gedanken immer leider zu schnell voraus. Ein Jammer, dass ich den immer noch nicht in den Wind schießen und gegen ein besseres Exemplar austauschen konnte. Mit dem Alter wird man gnädig. Der eigentliche Grund meiner „Ja, ich spüre dich, du bist der Größte"- und „Oh ja und wie ich gekommen bin, mit dir, synchron!"-Bettnummer ist der, dass ich einfach scharf auf seinen Nachnamen und eines seiner Familienanwesen bin.

„Herzlich willkommen zu Hause, liebe Frau Selina Gebbhardt-Wagenstein in Ihrem nach Ihrer Vorstellung neu getünchten Landhaus. Maximilian (Anmerkung: mein zukünftiger Sohn) wird in einer Stunde von der Nanny gebracht, und bis dahin möchte ich Ihnen mit einem Kir Royal die Wartezeit versüßen." Schnips, schnips. „Karl, bitte bringen Sie das Gepäck der gnädigen Frau in den Westflügel."

„Danke, Zacharias!" Ich stolziere in einem roten Hosenanzug von Escada mit schwarzen Schuhen, passend zu meinem schwarzen Seidenrollkragenpulli (es ist Herbst) die Sandsteinstufen empor und platziere mich, das Eingangsportal hinter mich wissend, rechterhand in den Ledersessel des Lesesaals. Klopf, klopf. „Ja, bitte?"

„Ihr Kir Royal. Bitte sehr. Ach, Ihr Mann lässt sich entschuldigen, er ist noch für eine Woche dienstlich unterwegs. Gerne richte ich für Sie und Ihre Freundinnen ein kleines Abenddinner aus?"

„Das ist eine wundervolle Idee, Zacharias..."

Bis dahin ist aber noch einiges zu tun. Ohne Zögling im Bauche, keine kurfürstlich anmutende Sause. In den vielzähligen Anwesen der Familie Gebbhardt-Wagenstein bin ich eine gern gesehene Schwiegertochter. Wie all die anderen vor mir auch. Mittlerweile war es den Wagensteins und Gebbhardts ganz gleich, wen ihr Sohn in die Familie brachte. Hauptsache, die Frau brachte bald ein Kind, einen Stammhalter oder eine Stammhalterin zur Welt!

Und da war auch der große Haken. Wie soll eine Frau geschwängert werden, wenn nur ein müdes Rinnsal aus dem goldenen Wasserhahn widerspenstig sickerte und das zumeist, bevor alles anfängt oder gar nicht. Ich habe schon mehrfach mit dem Gedanken gespielt, ihm eine Saugglocke auf das Zepter zu setzen, auf Höchstleistung zu schalten und mit dem milchig trüben Inhalt im Becherchen dann in der Besenkammer respektive im Badezimmer zu verschwinden. Mit den Königsjuwelen ist es nicht weit her, das liegt – so wurde mir aus erster und hinter vorgehaltener Hand skizziert – in der Familie. Die glitzern nicht einmal dann, wenn man sie ordentlich poliert, da kommt nur ein kleines Funkeln heraus und das reicht nicht, um meine Eierstöcke zum Glänzen und meinen Mutterkuchen zum Anschieben zu bringen. Der Ofen bleibt weiterhin kalt wie im Wienerwald.

Da lobe ich mir dann schon, was mein Interims-Manuelmit der dritten Dame alles so gemacht hat. Ich komme mir beim Lesen vor wie eine angetrocknete Hausdürrpflaumenfrau, die sich mit 1-Euro-Heftchen „Piratenliebe – Emanuel & Renoi“ Wärme in ihr Herz und zwischen ihre Schenkel liest.

303

Frau: Maria, 31 J.

Beruf: Slowenische Hotelfachfrau
Beschreibung: schmale, aber weiche Lippen (oben und unten), von vorne wie hinten verführerische Kurven, praller Po und pralle Brüste
Duft am Nacken: süßer Chili
Geschmack des Schoßes: Eintopf mit weißen Bohnen und scharfem Paprika

303-1 Ausgaben und Lustgewinn

Nacht: In meiner Suite 10 Minuten Quickie

Ausgaben: Piccolo Flasche aus der Minibar – 24 Euro
Lustgewinn: 4,5

303-2 Ausgaben und Lustgewinn
Nacht: Wieder in Suite; diesmal als mein Gast mit Übernachtung – hemmungsloser Sex in alle Öffnungen, steht auf versauten Verbalsex, Hardcore-Beschimpfungen!! Vom Hotelmanagement abgemahnt und in anderes Hotel (Berlin) versetzt.
Ausgaben: Minibar, Frühstück, Übernachtung: 360,00 Euro
Lustgewinn: 5,0
*Eventuell Fortsetzung, wenn ich in Berlin bin.

DECKUNGSBEITRAG: - 1900,00€

Ist ja interessant, gib ihr Tiernamen! Und mir bitte, bitte auch! Ich möchte auch eine Nummer sein, vielmehr möchte ich fünf geile Nummern mit dir machen, und du mit mir alles. Ich möchte ein maximaler Gewinn für dich sein, du wirst bei mir ein fettes Plus machen und mich wahrscheinlich noch ein 6. Mal wie wild begatten wollen, oh Manuel! Manuel? Klingt dermaßen bescheuert, gab es da nicht auch einen Film? Oh, Emanuelle, daran erinnert mich gerade mein Gestöhne. Oh Gott! Stöhne ich laut? Im mittlerweile aufkommenden Abendlicht sollte ich mal lieber meine Begierde samt Buch in die Tasche stecken und den Heimweg antreten. Heute hatte ich meinen Elektroschocker nämlich nicht dabei, wusste ja nicht, dass ich mich heute noch im Park einfinde.

Auf dem Schotterweg entlang laufend, die Tasche unter dem Oberarm eingeklemmt haltend, beachtete ich ganz beflissen den „Eine-Armlänge-Abstand" zu Joggern und Joggerinnen, zu Opis mit Wuffis und zu Paaren mit und ohne Kinderwagen, die an mir vorbei wollten. Zur Not habe ich noch meinen „Ein-Bein-Abstand", it means, dass jeder der meinen Abstand nicht respektieren und mit Zudringlichkeiten überschreiten möchte, mein Bein als passenden Abstandhalter als Antwort darauf auf die Klöten und mit einem Nachschlag in die Fresse bekommen würde.

Bei meinem „Selbst-verteidigt-sich-die-Frau"-Kursus haben wir eingebläut bekommen, es gibt bei dieser Kombination, mit einem Bein mit Karacho zwischen die Schenkel des Opfers zu treten, welches sich dann zwangsmäßig vorn überbeugen muss, nur eine richtige Vollendkombination: den zweiten Tritt mit angewinkeltem Bein als Nachschlag ins Gesicht. Da kann man nichts falsch machen. Das sitzt. Denn die Reaktion auf den ersten Tritt lässt gezwungenermaßen keine Wahl, frei nach Miss Sophie und James: „the same procedure as every time". Im geistigen Kopfe nochmal die etwaig aufkommende Situationskombination durchspielend entraunt mir ein: „Well, i'll do my very best."

Am Kiosk meines alkoholischen Vertrauens kehre ich schwungvoll ein: „Herr Ober, eine Flasche Riesling bitte." Ein kleiner Witz, den ich immer mit Boris Karloff, dem ehemaligen Schießbudenbetreiber und nun Kioskbesitzer mache, der leider heute nicht hinter dem Vorhang lächelnd und mit einem Glas Wodka in der Hand hervorkommt. Nanu? Stattdessen ein Jüngling mit struppig blonden Haaren, buschigen Augenbrauen. Das muss Igor, der jüngste Spross der Karloff-Familie sein, alle anderen der insgesamt fünf Stammhalter verweilen wieder bei Väterchen Frost in der Ukraine. Gibt es da auch noch das Väterchen oder sagt man nun anders dazu? Keine Ahnung. „Mein Vater ist im Krankenhaus, Bandscheiben haben sich beim Auftürmen der Bierkisten quergelegt."

„Oh", sage ich, „dann bestelle mal viele Grüße von Selina. Weißt du, wo er den trockenen Riesling hat? Ich kann ihn nirgendwo entdecken?"

„Nee. Kenn mich da nisch so gut aus."

„Okay, dann nehme ich vier Astra."

„Hier."

„Astra Rotlicht? Okay. Danke. Dasswidan'ja"

„Дозавтра!"

Warte, während die Tür quietschend ins Schloss fällt, das heißt doch „bis morgen"! Der denkt wohl, ich komme hier jeden Tag hin, um mir meinen Sprit abzuholen. Selina, die Alkoholikerin. Klar. Ob ich noch einmal umdrehe und dem Bürschchen die Rübe wasche? Wenn sein Vater schon nicht da ist, da muss sich doch einer um den Jungen kümmern und ihm nicht irgendwelche Flausen in den Kopf setzen. Nur weil eine Frau die Kioskbude betritt und vier Flaschen Rotlicht Astra mitnimmt, heißt das noch lange nix. Alkohol ist auch keine Lösung!

Damit Igor nicht auf dumme Gedanken kommt, dass jeder und jede sich in seinem Umkreis betrinken und er das also auch machen kann, drehe ich um.

„Ähm, Igor?" Abermals tritt er mit einem müden, mürrischen Blick hinter seinem Vorhang hervor. Ich weiß bis heute nicht, was sich dahinter oder soll ich sagen wer sich dahinter alles verbirgt. „Habe es mir überlegt, ich nehme heute einen Orangensaft mit. Das Restgeld kannste behalten."

Ich stelle die vier Flaschen auf den von diversen Flaschenböden klebrigen Tresen und greife mir eine 1 Liter Kartonage „100% Orange" aus dem Regal und verlasse mit einem „Pocka" das Etablissement. Diesmal ruft er gar nichts hinter mir her. Ja, nun ist er baff. Geht nämlich sehr wohl auch ohne Alkohol! Zuhause werde ich mir den Saft schon ordentlich aufmischen, hatte noch irgendwo eine Flasche Sekt „Hausmarke", Geschmacksrichtung lieblich, vom letzten Besuch meiner Verwandtschaft herum stehen. So etwas trinke ich im Leben nicht, mit O-Saft und Eis wird das schon gehen. Zu meiner heißen Bettlektüre brauche ich schließlich auch etwas Spritzendes, die Geister Vernebelndes. Und da baue ich sicher nicht auf die Fähigkeiten von Philip Theodor. Nee, weiß Gott nicht. Dem sage ich auch gleich ab! Scheiß auf Sonntagskino, wenn man das schärfste Kopfkino gleich in aller Ruhe erleben und Toiletten- und Fresspausen machen kann, so oft man will.

„Hey, Philip, ich mach´s mir jetzt gleich und lieber selbst und zwar so richtig....gemütlich!" Keine Ahnung, ob er den Wink mit dem Zaunpfahlverstand. Ich schob besser noch den Satz hinterher: „Ich bin heute total müde und geh´ auch gleich und alleine ins Bett. Melde mich morgen. Schönen Abend wünsch´ ich dir, mein ...Lieber."

Mit den Gedanken war ich bei meinem lieben Interims-Manuel. Verdammt. Ich wollte ihm doch einen anderen Namen geben. Meinem lieben Interims-Christoph. Mein lieber Philip wird derweil auch ganz froh sein, denn heute hielt er Hof und es gab einige kulinarische Leckereien, die sie sich die ganze Sippe gegenseitig über die lange Tafel reichte. Familie Gebbhardt-Wagenstein hatte geladen. Interne Familienrunde, die nur die angeheirateten Mitglieder duldete. Pfff, was ward ich fein raus. Unglaublich piefig und trocken. Nur der Alte von meinem Liebling, Theodor-Augustus gab, wenn er in Fahrt war und einige goldene Whiskys intus hatte, einige Zoten von sich. Zum Brüllen waren die vor allem dann, wenn er im Zigarren-Room vorm Kamin saß und nicht nur seine Anhängerschar männlicher Untergegebener ihm huldigte, sondern vor allem dann, wenn seine holde Gemahlin beim Betreten des „Cowboy-Rooms“ mit fehlender Schwingtür fast das silberne Tablett mit den Zigarren fallen ließ, weil ihr einige unlautere Gesprächsfetzen ihres Liebsten an ihre perlenbehängten Ohren flogen. „Theodor-Augustus!“ Oh ja und bei Theodor-Augustus gab dieser weibliche Aufruhr nochmal richtig Zunder ins Gebälk. „Komm her, mein Täubchen, mein Sahnehäubchen, meine Süße, setz dich auf meinen Schoß, so wie gestern Nacht, komm...“

Theodoooor....“

Ein lautes Gelächter, gepaart mit kräftigen Handschlägt-Oberschenkel-Einlagen seitens des Hausherrn, veranlasste die Flucht der gnädigen Frau. Die Tür ging zu und die illustre Alt- und Neuherrenschar war wieder für sich allein.

So wie ich jetzt. Nummer vier.

304

Frau: Lisbeth 19 J,

Beruf: Au-pair meines Freundes J.-U.
Beschreibung: dunkle Haare, blaue Augen, braun gebrannt, südschwedische Jugendmeisterin im Ski-Alpin, 1,77 Meter, große Brüste mit großen rosa Nippeln, blendend weiße Zähne
Duft im Nacken: Sandelholz
Geschmack des Schoßes: Erdbeer mit Vanille

304-1 Ausgaben und Lustgewinn

Nacht: Im Winterurlaub in Schweizer Alpen mit J.-U. und Familie im Bergchalet, nach einer kräftezehrenden Abfahrt und nach zwei Grog die Kleine spätnachts vorm Kamin gefickt...
Ausgaben: 0 Euro
Lustgewinn: 5,0

304-2 Ausgaben und Lustgewinn

Nacht: Winterurlaub mit J.-U. im Bergchalet - Auf meinem Zimmer die Süße ordentlich hart

rangenommen, ist unglaublich gelenkig, J.-U. hat uns erwischt und ihr zur Strafe seinen Schwanz in den Mund geschoben, war sehr erregend.
Ausgaben: 0
Lustgewinn: 8,0
*J.-U. besteht darauf, dass weitere Vögel-Einheiten zu unterbleiben haben. Für Rückflugticket und Taschengeld muss ich aufkommen!

DECKUNGSBEITRAG: - 5500,00 Euro

Junge, Junge, der ließ aber auch nichts unversucht, um sich in die wildesten Ekstasen zu bringen, samt Frau wie in diesem Falle des schwedischen Jungfräuleins. Ich merkte, wie ich neidisch, fast eifersüchtig wurde. Verdammt nochmal, ich muss doch irgendwie herausfinden können, wie mein Interims-Christoph in Wirklichkeit heißt. Wo er wohnt. Was er macht. Seine Vorlieben kannte ich ja nun und könnte so mein Wissen bravourös und überaus geschickt einsetzen. Da hätten wir dann beide etwas davon. Ich war schon immer davon überzeugt, dass man Treue nicht überbewerten sollte. Und Hand aufs Herz beziehungsweise auf meinen Busen, der schon lange nicht mehr gestreichelt, massiert und mit Zungenküssen in Schwingung gebracht worden war, welche Frau träumt nicht von solchen Abenteuern mit einem so heißblütigen und zugleich eiskalten Mann? Im besten Saft und in voller Blüte und wie man so schön sagt in der Mitte meines Lebens würde ich mit ihm all die Dinge tun, die ich nur in meinen Träumen umzusetzen wagte.

Meine letzte Affäre ist einige Jahre her und war letztendlich auch keine, da daraus eine Beziehung von zwei Jahren entwuchs. Wild, leidenschaftlich nur am Anfang, ging dann aus einem erst von Sexspielchen über und über gespickten und einem Orgasmus nach dem anderen gejagten Tag in ein „Schatz, was willst du heute essen? Ich kaufe gerade ein“ über. Und nicht ich war es, die fragte, ich saß anfangs noch voller innerer Bereitschaft und in Flammen an dem reich gedeckten Tisch, dann deckten wir gemeinsam ab und ich schielte schon freudig auf das vom aufgebackenen Brot zurückgebliebene Krümelmuster, das mit Sicherheit schön pikste. Schmerzen dürfen gerne sein, am Po bin ich da unempfindlich, meiner stramm trainierten Backen sei Dank. Schon als

Teenager war mein Hintern mein herausstechendes Merkmal, ich war die Jennifer Lopez des Ostens, und hätte Jennifer den Po als Sexmerkmal nicht berühmt gemacht, ich hätte es dann spätestens ein Jahr später übernehmen können, denn da packte mich mein Fitnesswahn erneut und ich entdeckte den Stepper für mich.

Da hieß es dann von weitem: „Hey, Selina! Du hier?“ Ich drehte mich, um denjenigen zu begrüßen, der mich dreist in den Hintern kniff.

„Nee, dreh dich nochmal rum, dass ist deine schönere Seite“.

Idiot! Aber ich hatte mir nach meiner ersten und letzten Schlägerei bei meiner Nase geschworen, nicht mehr zu explodieren und lieber denjenigen zu ignorieren. Da kam ich und der andere besser bei weg. Vor allem heute wichtig, da man wegen jedem Scheiß ´ne Anzeige bekommen kann. Früher war Petting und mehr nachts im Schwimmbad eine geduldete Jugendalbernheit, heutzutage bekommst du eine Vorladung und darfst mit all den anderen und dir völlig unbekannten Geladenen deinen eigenen Unterwasserporno anschauen.

Wer verklagt eigentlich diese Idioten namens Hightech-Bademeister, die sich insgeheim und zum Schutze der Wasserreinheit beim Anblick von Omi Ullas verrutschtem Bikinihöschen einen im Monitorraum schrubben? Wer überwacht die? Ich bin dafür, dass es überall Kameras gibt und jeder jeden überwacht. Was für ein spaßfreies Leben. Dann hätte ich das rote Notizbüchlein abgeben müssen und wegen Verschleierung fremden Eigentums(oder wie heißt das?) würde ich jetzt hinter Gittern im Frauengefängnis sitzen. „Hinter Gittern – der Frauenknast" und wäre als Oberbraut Selina Fight-Axt der neue Star im Live-TV. Denn man bräuchte dann auch überhaupt keine Serien und Filme zu drehen, that´s life und live! Nachrichten und alles andere komplett überflüssig, alles und jeder und überall wäre in ungeschönten Liveaufnahmen anzusehen. Wie gesagt, ein spaßfreies Leben wäre das.

Da nutze ich lieber die mir noch verbleibende Zeit, um in noch kamerafreien Black Rooms auf kommende Einlochungen zu warten. Ein Traum von mir. Schon seit Jahren. Aber das kann ich meinem lieben Philip unmöglich sagen. „Hey, wie wäre das. Du schaust mir dabei zu, wie ich durch ein Loch in der Wand zwei, drei Schwänze blase?

Mein Traum." Philip, mein kleiner Prinz würde umkippen. Da bin ich mir sicher.

Aber mein Notizfreund bestimmt nicht. Muss ja auch nicht gleich in der ersten Nacht sein. Reichte für mich auch in der fünften. Vorher könnten wir auch gerne mit seinem Penis, den ich mir an die 23 Zentimeter lang und um die fünf Zentimeter dick erträume, auch Busenkegeln spielen. Mit Gewichten und… also, da wird der Fantasie, speziell meiner, ganz viel Raum gelassen. Noch ganz andere Träumereien reizen mich, vielleicht gibt mir *die* Frau Nummer fünf noch mehr Anregungen. Mal sehen, wie die wegkommt.

305

Frau: Mireille, 38 J.,

Beruf: Französische Köchin aus dem Elsass, arbeitet im „La Gavroche"

Beschreibung: kurz über 1,50 m, absolute Powerfrau, schwarzbraue Haare, Pagenschnitt, dicker Hintern, spitzes Näschen, spitze Brüstchen, Kussmund, Lebensfreude, Genussmensch, eigene

Verkaufslinie, verkauft ihre Soßenansätze im Glas (wirklich sehr gut)

Duft im Nacken: Honigmöhrchen mit Estragon
Geschmack des Schoßes: flambierte Kirschen

305-1 Ausgaben und Lustgewinn

Nacht: Nach einem 5-gängigen Menü (ich wies daraufhin, dass ich auf Erdnüsse allergisch reagiere, sehr delikat gekocht) ging es in der Restaurantküche zur Sache, die kleine Wilde bestand darauf, dass ich meine Finger in die Weiße Mousse au Chocolat tauche und ihr einführe, um sie auszulecken. Steht auf intensive Leckspiele, bevor man es ihr besorgen kann.
Ausgaben: Habe ihr für das Menü samt Nachtisch einen eingerollten 500 Euroschein in die Schürze gesteckt, daraufhin gab es eine Ohrfeige
Lustgewinn: 3,9

305-2 Ausgaben und Lustgewinn

Nacht: Wieder in der Küche, aber diesmal bei ihr zuhause, hat vegetarisch kochen wollen, sollte ihr beim Schälen von Zucchini und Karotten helfen, haben das Gemüse zweckentfremdet, musste sie

stundenlang damit befriedigt, Handgelenk schmerzt, kam nicht zum Abschuss
Ausgaben: Schmerzsalbe für 8,00 Euro
Lustgewinn: 3,9

Keine weitere Wiederholung: Ausrede wie immer!

DECKUNGSBEITRAG: - 4500 Euro

Da bekommt Fingerfood eine ganz neue Bedeutung und mein Kopfkino geht schon wieder los. Diesem Restaurant werde ich unbedingt mal einen Besuch abstatten müssen und nach dem 2. Gang die für diesen Fraß zuständige Köchin an meinen Tisch bitten. So werde ich an seine Daten gelangen, genau. Irgendwie werde ich mir etwas einfallen lassen. Dich greife ich mir schon, Bürschchen. Dass er es auch mit ihr in der Restaurantküche zwischen Zander und Rehrücken getrieben hat. Die armen Tiere wären, wenn nicht an einem Kopfschlag oder durch Schrotkugeln spätestens durch einen Schock gestorben.

Diese Details, die er hier so schon fast minutiös niederschreibt, veranlassen mich zu glauben, dass es für ihn ein besonderes Erlebnis gewesen ist, nein war. Bursche, nach meinem Ritt wirst du an diese Mireille nicht mehr im Traum denken. Nur noch an mich, wie ich dich – wie Johannes auf dem Wal – zureite. Ein unpassender Vergleich, allerdings habe ich A) dank des Zanders und der Küche und B) durch Hunger angetrieben keinen passenderen Vergleich. Ich habe Hunger, und da rufen meine noch nicht vom Alkohol vergifteten, restlich funktionierenden Gehirnzellen zum Sitzstreik. „Happa, happa machen", rufen sie dann, bis ich den Weg zum Kühlschrank oder wie in diesem Falle – ich muss morgen wieder Sport machen – den Weg zum Süßigkeitenschrank, meiner ist weiß und wird mit einem Totenkopfsymbol „hochätzend" verziert, finde. Ich bin nicht ich, wenn ich hungrig bin. Bin ich übrigens auch nicht, wenn ich betrunken bin. Und das kommt gar nicht so selten vor, darf nur nicht der junge Igor hören. Mein neuer auserkorener Schützling. Wenn man schon selbst keine Kinder hat – noch nicht – dann darf man sich ruhig an der Erziehung fremder beteiligen.

Nochmal. Ich besteige ihn wie - jetzt habe ich es - eine ausgehungerte Amazone, welche aus dem Kriege den Weg zurückfindet in das muckelige

Heim ihres Liebsten, um sich nach einem kurzen Happen und einem kräftigen Schluck aus dem Hornbecher ihres Mannes bedienen will, der in Schürze und mit einem Lappen in der Hand noch völlig überrascht von ihrer Wiederkehr hofft, dass seine angetraute Amazone nicht in den Schrank schielt. Denn da würde sie seine Affäre, den jungen Sohn des Schmieds entdecken und beide wären jeweils - rums di bums - einen Kopf kürzer.

Und in Anbetracht dessen, lässt er lieber seine Schürze fallen, quält sich ein Lachen heraus und hofft inständig, dass sein bis vor einigen Minuten wund geriebener Luststab wieder aufersteht. So wirft die Amazone ihren Mann und Untertan auf das Bett voll Stroh, reißt sich die Sachen vom Leibe und reitet im Galopp bis in die Morgenstunden unter dem Klatschen ihrer großen, starken Brüste ein. Hatten die Amazonen nicht nur eine Brust, die andere mussten sie doch ablegen? Ein anderes Beispiel muss her. Schlagartig greife ich sanft an meine „Bombies", meine zwei prallen Früchte, streichele sie und wische einen neu in mir aufsteigenden Vergleich beiseite.

Die nächste Seite.

306
Frau: Regina, 52 J., Witwe

Beruf: Mädchen für alles in unserer Bank
Beschreibung: mittellange, blonde, wallende Mähne, Sonnenbank gegerbte Haut, sieht noch ganz gut aus für ihr Alter, schlaffe Oberflächenspannung der Haut, warmherzig, anschmiegsam, offen für alles, romantisch, liest gerne Horoskope, Raucherin!
Geschmack des Schoßes: Kaffee
Duft im Nacken: NONCHALANCE

306-1 Ausgaben und Lustgewinn

Nacht: Nach Feierabend traf ich sie auf dem Weg in unseren Hochsicherheitstrakt im Keller, mein Alter war für zwei Tage verreist, sie bückte sich gerade nach herunter gefallenen Akten, und ich bemerkte ihre kräftigen Schenkel, die von halterlosen Strümpfe bedeckt waren, und bekam einen Ständer. Ich half ihr beim Aufsammeln der Papiere. Als Dank drückte sie mir ihre Monstertitten ins Gesicht, ich fickte sie erst im Tresorraum, danach tranken wir in meinem Büro einen Cognac und ich fickte sie auf meinem

Schreibtisch weiter.
Ausgaben: 0
Lustgewinn: 5,0

306-2 Ausgaben und Lustgewinn
Nacht: Nach Feierabend fuhr ich mit ihr ins Hotel, ausgehungert wie sie war, blies sie mir stundenlang meinen Schwanz und bestieg mich und schrie dabei wild.
Ausgaben: Übernachtung Hotel - 350 Euro
Lustgewinn: 6,0

306-3 Ausgaben und Lustgewinn
Nacht: Nahm sie mit zu mir in mein Lesezimmer. Sie saß auf mir und ich bekam kaum Luft, als sie meinen Kopf zwischen ihre riesigen Brüste drückte. Auf der Ledercouch wollte sie von mir ausgepeitscht werden. Ich kam zwischen ihren Brüsten und ein weiteres Mal auf ihrem Gesicht.
Ausgaben: neue Couch – 5.000 Euro
Lustgewinn: 7,0
*Mein Alter bat mich zu sich, Videoüberwachungen sind Scheiße! Hat mich im

Tresorraum mit ihr erwischt und sich das verbeten!

306-4 Ausgaben und Lustgewinn
Nacht: Wieder bei mir, dann im Bett alles mit ihr machen dürfen, unersättlich, bin ausgelaugt! Sie machte am Morgen keine Anstalten zu gehen, muss aufpassen!*
Ausgaben: 1 Flasche Schampus (Geschenk von Geschäftspartner)
Lustgewinn: 4,9

306-5 Ausgaben und Lustgewinn
Nacht: Erst beim Italiener, dann ins Hotel für eine kurze Nummer, weniger leidenschaftlich, ernste Gespräche, habe ihr das Übliche gesagt.
Ausgaben: 670 Euro
Lustgewinn: 3,0
*Kündigung mit Abfindung

DECKUNGSBEITRAG: - 43.900 Euro

Wie kommt er nur auf diese Gesamtdeckungsbeiträge? Was aber viel wichtiger war: Er arbeitet also bei einer Privatbank, Bankier ist er. So, so. Ich bräuchte eh einen Kredit für diverse Neuanschaffungen. Mein Grafikprogramm, meine Rechnerleistung, diverse Fortbildungsreisen, neues Arbeitsoutfit, neue Outfits und so weiter. Solange ich von Philip kein Kind bekomme, im Übrigen kommt für meine zukünftige Familie Gebbhardt-Wagenstein nur die herkömmliche Art in Frage. Keine Selbstbefruchtung, keine Selbstbestäubung, erst recht keine aus der Pipette und schon gar nicht aus dem Reagenzglas.

Gut, letzteres ist auch für mich wirklich das allerletzte, aber über die Nummer mit der Pipette... ich meine, Mutter Gebbhardt-Wagenstein hat ihren Sohn das letzte Mal nackt gesehen, da war er 10 oder 12 Jahre alt. Und seitdem hat sich da auch nicht mehr sonderlich viel getan. Untenherum. Das mit der Pipette sollten wir also nochmal ins Auge fassen. Ich ziehe auch gerne meine Lupe hinzu, um zu beweisen, dass Philips Wasserhähnchen einer Pipette gleich kommt und man daher durchaus so eine Befruchtungsmöglichkeit in Anspruch nehmen könnte. Zur Not. Wenn gar nichts mehr geht. Es würde – zumindest für mich – keinerlei Unterschied machen. Kommt natürlich auf den Doktor an, der mir die Pipette (nicht die von Philip) einschiebt und wieder raus und vielleicht wieder rein. Ich bin unterfickt! Was ist mit der nächsten Kandidatin, mit Nummer 7?

307
Frau: Melanie, 41 J.
Beruf: Apothekerin

Melanie? So heißt meine beste Freundin. Ihr muss ich gleich morgen von meiner neuesten „Buchempfehlung" berichten. Wir haben uns in einem Lesekreis für Schwachmaten getroffen. Da waren wir nur ein einziges Mal, und ursprünglich hieß dieser Treff „Lesekreis für Frauen mit Niveau", kam mir anfangs vor wie diese Anzeige „Nur für Akademiker und Singles mit Niveau" und ich glaube auch, dass ich mich dadurch angezogen gefühlt habe, da ich unterstellte, dass dieser Titel ironisch war und auf ein hochgeistiges Werk einer mir unbekannten Autorin anspielte. Wir, Melanie

und ich, wurden binnen Minuten eines Besseren belehrt und haben die Runde verlassen, nicht ganz freiwillig, dafür mit lautem Gekicher, und entschwanden in die nächste Kneipe, wo wir unseren kleinen Leseclub gründeten und ihm mit der dritten halbleeren Weinflasche den bedeutungsschwangeren Namen
gaben: „Literarisches Quartett minus zwei - nur für Betrunkene mit Niveau!"
Hallejuliaaa.

Seitdem waren wir dicke Tinte. So richtig dicke Tinte. Ich bin zu müde, um weiterzudenken, weiter zu philosophieren und erst recht um weiterzulesen. Das Heft lege ich zur Seite auf meinen Nachttisch, drehe mich zum Fenster meiner Altbauwohnung und schlafe ein in der Hoffnung, in den Genuss eines Traumes zu kommen, der mir zufriedene Freude und Feuchtigkeit spendiert und dank dem ich am Morgen irritiert, ob es wirklich nur ein Traum war, glückselig erwache.

DREI

Heute ziehe ich meine irrwitzig geblümte pastellfarbene Hose an, Designermarke unbekannt. Dazu ein luftig weißes Hemdchen und ein pinkfarbenes Sakko aus Leinen mit cremefarbenen Knöpfen obendrauf. Haare sind frisiert, Aktentasche ist geschnappt, Montag, ich bin bereit.

Während des montäglichen Meetings und dem üblichen Gelaber tauche ich gedanklich ab und blättere beiläufig in dem Notizheft unter meinem Tisch. „Selina, du folgst uns, ja?", mein derzeitiger Chef hat einen Tonfall drauf wie ein Oberlehrer zu seinen minderbemittelten Schülern. „Ja, Theo, natürlich." „Dann macht es dir sicherlich nichts aus, dieses Notizheft beiseite zu legen und mich anzuschauen, während ich mit dir rede."

Habe ich das etwa nicht? Oh. Ich lache ihn ganz verlegen an, schiebe das Heft beiseite, setze meine Schlaumeierbrille mit transparentem Plastikrahmen auf und schaue ihn an. Anscheinend ist ihm meine gespielte Aufmerksamkeit auch nicht Recht, denn er kommt ins Stottern. Vielleicht liegt es auch an meinen weit aufgerissenen Augen, hinter den Brillengläsern wirken die gut und gerne dreifach so groß.

„Selina, was hast du für große Augen?“, kommt es mir gerade in den Sinn. „Damit ich dich, Theo, besser fressen kann.“ Ach nee, das ging anders. Obwohl. Ich öffne meinen Mund und lasse meine frisch polierten und gebleichten Beißerchen aufblinken. Theo stottert immer noch herum. „Äh, äh“, er fasst sich bei meinem Anblick nun auch noch an die Brust - das wird doch wohl kein Herzinfarkt werden - und sucht sich ganz schnell im Kreis einen Angestellten, der ihn nicht so irre anblickt.

Das war, glaube ich, das letzte Mal, dass er mich auffordert, ihn bei seiner Montagsrede gefälligst anzublicken. Ich schaue wieder auf mein Heft, ziehe es mit einem Finger zu mir und lass es auf meinen Schoß plumpsen. Ab und an schaue ich nach oben, nicke. Und wenn gefragt wird, dann nuschel ich „hm, stimmt“, und dann ist nach zwei Stunden das Meeting auch endlich vorbei.

Es gibt Schnittchen, der eigentliche Grund, warum wir uns auch alle montags nicht krank melden. Leckere geschmierte Bemmchen von dem jung dynamischen Pärchen, dass ich in einer ehemaligen Fleischerei, zwei Straßen hinter unserem großen Bürokomplex, auf „BüroSchnittchenService de Luxe“ spezialisiert hat. Macht in dieser Gegend auch Sinn. Und diese Veggie-Teilchen mit der selbst gemixten Remouladentunke (ohne Ei) sind dermaßen lecker, dass da selbst unsere lethargischsten Kollegen, die von mir sehr geliebten Programmierer, auf einmal munter werden.

Ich glaube, die denken wirklich, dass es sich bei ihren „Fleischsalatstullen“ um echten Fleischsalat handelt. „Die einzigen Stullen, die ich von der Platte esse, sind die mit Fleischsalat. Geh mir weg mit dem ganzen Grünkram.“ Ja, Klaus und Martin, ich könnte euch jetzt aufklären, dass beim Fleischsalat nicht die hässlichen Wurststreifen für den Geschmack ausschlaggebend sind, sondern die Tunke mit den Gewürzen, aber lass mal, denke ich mir dann. Das nächste Mal werde ich denen bei der im Sommer wieder stattfindenden Grillparty Veggie-Grillwürste anpreisen. Das, was so verführerisch an der Bratwurst ist, ist nicht die Wurst, sondern es sind die Röstaromen. Aber was drifte ich schon wieder ab, ich nehme mir noch ein Bemmchen mit Zucchini-Curry-Aufstrich und schreite majestätisch und mit dem Ärschel wackelnd an meinem Chef vorbei.

Meine Gehaltserhöhung steht noch aus, und ich verfolge die Strategie: „Nur wer gut aussieht, der wird auch ernst genommen!“ Gut, das habe ich vorhin am Tisch total vermasselt mit meiner Wolf-im-Oma-Nachthemd-Nummer - Oh Gott, dieses Märchen verfolgt mich! –, aber ein wackelnder Popo wie meiner kann da alles wieder rausreißen. Drum liebe ich diese geblümte Hose ja so, ein Mitbringsel aus Italien, da sich auf den Gesäßtaschen - merke: bei einem großen Hintern immer große Hosentaschen wählen - links und rechts jeweils eine üppig rote Mohnblumenblüte räkelt.

Frederik, mein Lieblingskollege, kam da schon mal in Versuchung, den lauen Sommerwind nachzuempfinden, als ich über meinen langen Bürotisch gebeugt nach dem Tacker angelte, kam er gerade hereinspaziert, ging hinter mir in die Hocke und bließ „WWwffffff“... Frederik darf das, er ist nicht nur mein Lieblingskollege, sondern auch meine Lieblingsschwuchtel, in Insiderkreisen auch „Tante Fee“ genannt. Außerdem bin ich mit Jungs groß geworden. Hätte sich das allerdings einer der

Programmierer erlaubt, dann hätte ich den Tacker zielgerichtet eingesetzt. Tack, tack, Metallnadeln im Sack.

Rechner läuft, da ich mal wieder nicht richtig hingehört habe, malschauen, was in der Wochenplanung steht. Britta, unsere Sekretärin der Marke überreife Aprikose (Theos Schwester, gutmütig, üppig, schrill) wird dann gleich anklopfen, die Planung in der einen Hand, eine Kaffeetasse in der anderen. Ich liebe Britta für diesen Extra-Service, den sie nur bei Theo und mir macht, bekommt sie nämlich von mir immer leckere Kekse zugesteckt. Darf nur Theo nicht sehen, ein Marathonläufer, gestählt von oben bis unten, der außer Müsli nichts Festes zu sich nimmt, und seine arme Schwester hinter verschlossenen Türen immer ermahnt, auf Süßigkeiten zu verzichten.

Britta haben wir es auch zu verdanken, dass es Veggie-Schnitten am Montag für alle gibt und von Dienstag bis Freitag kommt dann auch der Veggie-Service mit warmen Suppenvorbei, die man allerdings dann selber bezahlen muss. Hat sich alles Theo ausgedacht, um seine Schwester davon abzubringen von Dienstag bis Freitag bei der gegenüberliegenden Pizzeria "Salvatore D." die Mittagskarte rauf und runter zu bestellen. Salvatore D., D steht für seinen unkapriziös klingenden Nachnamen Dellmann und ist auch das einzige was an Salvatore D. stimmt, denn mit bürgerlichem Namen heißt er Günther Dellmann und ist seit dieser eingeleiteten Zwangsmaßnahme auch nicht mehr gut auf Theo zu sprechen.

„Selina, du, was ist bei euch los? Arbeitet Britta bei Euch noch?"

„Ja, klar. Wieso? Weil Sie gar nichts mehr bestellt? Ach, das meinst du. Naja, Sie ist jetzt auf leichtere Kost umgestiegen."

Das war auch das letzte Mal, dass ich Salvatore, Günther Dellmann, gesehen habe, kurz darauf kam das Aus für seine Pizzeria. Die weder durch italienisches Flair (wie auch mit Günthers verschmiertem Latz und einer Statur, die einem Metzger gleich kam in Verbindung mit Musik von Helene Fischer als Stimmungsmacher) noch durch Qualität und Zeitgeist überzeugen konnte. Es gab im Umkreis von 200 Kilometern keine vergleichbare Pizza, die so von Fett triefte, dass der Pizzaboden sich binnen von Sekunden fast wie ein Zwieback im heißen Tee aufgelöst hatte. Aber Britta liebte das

Zeugs: „Kind, Fett ist ein natürlicher Geschmacksträger!"

„Dann lass doch das Gemüse darauf auch gleich ganz weg!"

„Gute Idee, ich rufe gleich mal Salvatore an!" Die entstandene Kreation von Schinken-Salami-Speck-Gorgonzola an Speck-Schinken-Salami" bekam den gehaltvollen Namen „Brittas Spezial" für 8,90 Euro. Tja, und Britta war nicht nur an dieser Spezialausgabe Schuld, sondern auch daran, dass ohne ihren täglich zur Mittagsstunde (wahrscheinlich schwenkte sie nach Büroschluss da auch noch ein) eingehenden Bestellwahnsinn, Salvatore Günther Dellmann nach zehn Jahren aufgeben musste. Kann aber auch mit dem neuen Eigentümer -vielmehr Invasor - zu tun gehabt haben. Jedenfalls, bekomme ich gleich meinen Kaffee und werde mich – montags ist hier außer bei einem großen Pitch – eh noch zweiter Sonntag, dem sinnlichen Lesevergnügen widmen.

307

Beschreibung: gepflegtes naturrotes, langes, gewelltes Haar, Sommersprossen am ganzen

Körper, riesige, formschöne Brüste, breites Lachen, gertenschlank, lange Finger, total blass
Geschmack des Schoßes: nach Nivea-Creme
Duft im Nacken: schwingt immer ein Duft von Apothekersalbe und Metylalkohol mit ...

Das ist Melanie, meine Melanie! Ganz sicher!! Ich klappe das Buch schnell zu, weiter will ich gar nicht lesen! Ich muss sie sofort anrufen. Zwischen Schamesröte, Wut und irgendeinem anderen undefinierbaren Gefühl griff ich zum Hörer, der mir vor lauter Aufregung zuerst aus der Hand flutschte. „Apotheke Grashuber, Sie sprechen mit Melanie Weidner, guten Tag!" „Meeeeelaaanie, ich MUSS dich jetzt was fragen!"

Klopf. Klopf. Klopf. Die Tür geht auf. Mist, Britta kommt mit Kaffee, der Wochenplanung und einem freudigen Lächeln im Gesicht auf mich zu. „Scheiße, ähm warte mal, bitte." Britta, ich danke dir, nimm dir bitte selber die Kekse aus der Schublade, besser noch, nimm gleich die ganze Schachtel mit, heute ist Montag!", nicht dass sie noch auf die Idee kam, ein weiteres Mal mein überaus WICHTIGES Telefonat zu stören, um nach einem weiteren Keks zu betteln.

Hauptsache Theo sieht sie nicht mit der Kekspackung aus meinem Büro gehen. Ich signalisierte ihr mit den Fingern meiner freien Hand, die andere hielt den Hörer krampfhaft fest, dass sie die Kekspackung unter ihren grauen Long-Pulli stecken und an dem Gummiband ihrer schwarzgrau gemusterten Leggings fixieren sollte. Aber Britta griente nur und schnallte nicht, was ich ihr zu verstehen geben wollte. Sie war einfach nur überglücklich, heute war ihr Glückstag, eine ganze Packung Marshmello-Doppelcreme-Schokokekse auf einmal! Mich hätte mal interessiert, wie der Kühlschrank oder überhaupt die Wohnung der beiden, Britta und Theo machten auf WG, aussah. Es war eine riesige Loft-Wohnung, mehr wussten wir nicht. Britta schloss die Tür hinter sich und ich bettete zum lieben Gott, dass ihr Bruder und mein Chef Theo gerade ein wichtiges Telefonat führte und nicht auf dem alle Büroräume verbindenden Gang umherwandelte.

„Bitte, bitte lieber Gott, lass Britta ungesehen zu ihrer Rezeption gelangen!"
„Selina?"
„Melanie! Ja, also jetzt höre mir bitte genau zu."

Ich schilderte ihr knapp und präzise (wie mir nur möglich) meine Entdeckung des rotes Notizbuches und dessen Inhalt und kam dann, nach einem kurzen Umriss von den anderen Frauen und der immer wieder gleichen Abfolge von dazugehörigen Stichworten und Bilanzen, auf Frau Nummer 7, auf Melanie zu sprechen.

„WWWAAASSS?? Dieses Dreckschwein!!!! Diese Ausgeburt eines männlichen Chauvie-Schweines!!!! Diese hinterhältige Kanalratte einer Missgeburt! Dieses A…Ich muss auflegen!"

Tüttüüttt. Okay. Sie hatte wohl Kundschaft bekommen, und ich sollte vielleicht auch mal langsam anfangen zu arbeiten. Was zeigte der Wochenplan an? Mein Handy vibrierte und gab mir zu verstehen, dass ich eine Mitteilung bekommen hatte. SMS und MMS gab es dank Whatsapp nicht mehr, und ich war sowieso mal gespannt, was wir von diesem „kostenlosen" Datenaustausch einer amerikanischen Friedensfirma noch zu erwarten hatten. Vielleicht steckt dahinter auch ein ganz großer Masterplan ähnlich wie im Film „Kingsman: The Secret Service", und wir „Nicht-Privilegierten" bekommen dank eines Befehles uns alle gegenseitig um, während die Elite mit Schampus, geilen Karren, Diamanten und nackten Weibern in einer geschützten Riesenkapsel auf riesigen Monitoren dem Gemetzel der Erde herablassend zulächelt. Und dann, wenn das Thema Überbevölkerung sich erledigt hatte, zurückkehrt...

Ein erneutes Vibrationssignal ließ mich zu mir kommen, und ich blickte auf das beleuchtete Display meines Smartphones. „Ah ja“, dachte ich laut „das ist er also“. Melanie schickte mir zwei Fotos. Auf dem einen war er mit ihr ganz verträumt in einem ParkCafé an der Alster zu sehen, allerdings trug er eine dunkle Sonnenbrille und schaute zur Seite. Als Fahndungsbild untauglich. Auf dem anderen war er nackt vor ihrem Spiegel in ihrem Badezimmer stehend zu sehen. Leider nur von hinten. Sehr schöne, fest trainierte Pobacken! Die kamen mit Sicherheit entweder von einem Stepper oder vom Tennisspielen? Ich stehe auf Ärsche! Nachträglich kam noch ein Text mit Vibrationssignal auf mein Handy: „Das ist das Arschloch!“

Liebe Melanie, dachte ich bei mir, das ist mir an dieser Stelle jetzt mal egal. Ich löschte den Text und die Fotos. Also das eine löschte ich, das andere „vom Arsch“ behielt ich! Ja, und was für ein Arsch....Oh Mann! Ich musste mal kurz die Beine übereinanderschlagen und Beckenübungen machen. Anspannen, loslassen, anspannen, loslassen...

Und während dieser Trainingseinheit für die inneren Beckenmuskeln - nicht dass ich das bräuchte, weil ich ausgeleiert war, nein, ich machte diese Übung, um weiterhin schön eng beziehungsweise noch enger für Philips Pipette zu sein - , widmete ich mich nun dem ersten Auftrag: ein Logo zu entwerfen und „grafikte“ drauf los. „Fruits & Fun“ - das war die eigene Wortkreation unseres Kunden, der auch auf den „Smoothie- Zug“ mit aufspringen wollte. Bei dem Firmennamen und der Philosophie verdrehte nicht nur unser Chef anfangs die Augen. Über den Namen, ich entschied mich vorab für einen aufgeweckten Schriftzug, setzte ich zwei pralle Orangen - ein weiterer Wunsch unseres Kunden, „Apfelsinen müssen aber schon sein!“ - und die soll er auch bekommen, und was für schöne Dinger. Die erinnerten mich an die Brüste von Frau Nummer XXXX, die „der Arsch“ so hingebungsvoll beschrieben hatte. In voller Hingabe forme ich, mit gekonnter Photoshop-Hand, grünbraune Nippel aus der ehemaligen

Blüte (Stempel? Wie sagt man dazu? Biologie Note 5, setzen!). Einen für die linke und einen für die rechte. Jetzt geht die Fantasie mit mir durch, unser Kunde soll schließlich auch was für sein Geld bekommen. Fruits hat er schon mal, ich sorge jetzt für den Fun und entschließe mich, den Rosmarinzweig wederüber noch unter, sondern zwischen die Apfelsinen zu legen und öffne eine neue Ebene (Photoshop-Sprache für ein weiteres Bild, welches man frei in die Grafik setzen möchte) und kopiere dahinein einen Penis. Ich habe einen unglaublichen Fundus an diversem Bildmaterial privater und beruflicher Natur.

Ziehe den entsprechend in die Länge, reduziere dafür aber seinen Durchmesser – wenn man das doch auch in Real so machen könnte: Ist mir zu kurz und mit einem Doppelklick und einem Wisch wird der Schwengel in Form gebracht - individuell nach Frauenmaß und Lust. Kommt vielleicht beziehungsweise ganz bestimmt noch.

Wenn ich dran denke, woran die Japaner jetzt herumfummeln. An Robotern, die eines Tages die zwischenmenschliche Liebesebene ersetzen sollen... - ich färbe meinen Penis noch in Rosmaringrün – auch eine Idee für die reale

Zukunftswelt, je nach Outfit und Stimmung die Farbe anpassen, grandios. Bringt auch bunte Abwechslung in den Alltag. Heute ist mir mal nach Türkis oder Lila, ist auch mal was anderes als immer dieses Schweinchenrosa! Das Auge bläst ja auch mit - dann noch den echten Rosmarinzweig mit meinem Rosmarinpenis austauschen, Klöten entfernen (die Orangen sind Busen und Eier gleichzeitig…ich bin genial!) und et voilà, fertig ist das Logo „Fruits & Fun“! Nun muss sich der Kunde nur noch über seine eintönige Firmenphilosophie Gedanken machen, die passt nämlich nicht mehr zu meinem Logo! Ihm das zu verkaufen, das ist dann Theos Angelegenheit, der kann auch mal was machen!

VIER

Melanie fing mich vollkommen aufgewühlt vor dem Eingang unseres Lieblingslokals ab. „Mir wollte er glaubhaft machen, dass er zurück zu seiner EX ist, da diese ein Kind von ihm erwartete und er sich seiner moralischen Verpflichtung stellen müsste", erzählte sie mir am Abend bei „La Filou", einem kleinen französischen Lokal, in dem wir uns jeden Freitagabend trafen, da es unserer beider Wege auf der Hälfte kreuzte. Wir arbeiteten näher beieinander als wir wohnten und trafen uns höchstens mal im Sommer auf ein Bier, da wir beide froh waren, wieder in unseren Kiezen zu sein.

Heute beschlossen wir, dass dieser Tagein außerordentlicher Fall und somit ein „Montag-Freitag" ist. Aufgeregt blätterte Melanie in dem roten Sexheftchen. „Die interessantesten Notizen habe ich mit schmalen Neonheftklebestreifen markiert - diese Schnippelarbeit habe ich mir heute nach meinem Logoentwurf gemacht, irgendwie musste ich ja noch die Zeit herumschlagen bis Feierabend. Ich arbeite am besten unter Druck, und das Logo musste ich erst morgen vorlegen. - Wie bei einer Ampel. Grün steht für witzig harmlos, Gelb für makaber, Rot markiert die Perversionsgrenze."

„Hm. Hm. Hm. Ich bin also Frau Nummer sieben. Wie hat der mich denn beschrieben, dieser Klötenküsser!"

„Melanie, beruhige dich bitte". Franzois, der Oberkellner mit einem Stock im Hintern und einem dünnen Bärtchen über der Oberlippe, klein und drahtig, ein Franzose wie aus dem Buche, besser noch vergleichbar mit Skinner, dem Koch aus Ratatouille, schaut schon zu uns rüber. „Außerdem, Melanieleinchen, wir lesen hier sozusagen in einem fremden Tagebuch."

„Waaaas steht hier? Eine ausgehungerte Frau, nach dem ersten Mal deutlich weniger zickig! Und ein Minusgeschäft war ich für ihn? Der hat doch die Locken falsch gedreht!"

„Süße, alle Frauen in diesem Heft tragen ein dickes, rotes Minus in seiner Bilanz!"

„Bin ich alle? Schau mich an! An mir ist alles dran, ich sehe nicht nur fantastisch aus, ich bin obendrein noch witzig UND intelligent!!"

„Melanie, Schätzelein, das bestreitet doch keiner! Ich wollte nur..."

„Ja, vielen Dank! Mir geht es super jetzt!!! Darauf muss ich erst einmal einen trinken! Du auch?"

Ich nickte ihr zu, und mir war insgeheim klar, dass das nicht bei einem Glas bleiben wird. Wenn wir erst einmal am Wein genippt hatten, gab es für uns kein Halten mehr. Aber was sollte ich machen? Hatte ich noch genügend Kopfschmerzpillen zu Hause? Ansonsten muss ich dann noch schnell zur Nachtapotheke rennen. Melanie wollte ich vermeiden zu fragen, sie hätte mir sonst einen Stundenvortrag über das Einnehmen von Pharmaka gehalten, mir Fragen gestellt, um welche speziellen Kopfschmerzen es sich handele? Ein einziges Mal habe ich sie nach Aspirin gefragt, und nach einer Stunde Aufklärung, was Aspirin in meinem Körper veranstaltet, habe ich am Ende keine Aspirin bekommen, dafür dröhnte mir von ihrem Gequassel meine Rübe noch mehr. Ein einziges Mal und nie wieder!

„Selina, Du quasselst wieder vor Dich hin."

Leider war der Chef heute nicht da, und dieser verquirlt guckende Kochkellner - Ich konnte den überhaupt nicht leiden, ein Grund mehr, nie wieder, an einem Montag hierher zu gehen. Freitags war der Chef da, ein kleiner, dicker mit Rotweinwängchen und sicherlich auch dazu passenden roten Bäckchen und einer dicken und großporigen Nase ausstaffiert. Ein kleiner Gerard Depardieu. Franzois – von uns auch immer Skinner genannt - war eigentlich Koch, heute war er Koch und Kellner. Wie das geht? An einem frühen Montagabend ist hier nicht viel los, wir sind die einzigen Gäste, keine Ahnung warum er immer um unseren Tisch scharwenzelt und große Ohren und Augen macht. - Wir bleiben noch, und mit einer Handbewegung gab ich ihm zu verstehen, dass uns nach einem weiteren Glase dürstet, widerwillig, fast schon mürrisch verschwand er hinter dem kleinen Tresen. Melanie indes schwadronierte lauthals weiter, und da ich mich jetzt wieder geistig bei ihr befand – schnappte ich auch unweigerlich all die Schimpfworte auf – der mögliche Grund für Franzois´ Interesse an uns, ich gebe zu, dass selbst ich – und das heißt was - einige von den Ausdrücken aus Melanies Hals zum ersten Mal hörte. Einige speicherte ich mir unverhohlen und alphabetisch geordnet im Geiste ab. Man weiß ja nie. „Analaffe! Atomhoden! Penisgesicht! Samendanebenabspritzer!

Schneckenschleimlecker! Das war gar nicht so einfach mit der Zuordnung, da Melanie querbeet alles heraus posaunte. Druck ablassen ist wichtig, und wir waren erstens Stammgäste und zweitens war hier nix los und drittens verstand Francois hoffentlich genauso viel wie von der französischen Küche. Kochen konnte er nämlich nicht, aber wir kamen auch nur zum Trinken hierher.

„Bankiersschwuchtel!"

„Halt. Stopp! Er ist Bankier?"

„Ja! Bei der Privatbank seines Papis."

„Das ist ja äußerst interessant. Du kannst dich natürlich noch weiter auskotzen und weiter fluchen, um kein Magengeschwür zu bekommen, aber was auch sehr hilfreich wäre....Also ich denke, es ist Zeit für einen Racheplan, meinst du nicht?! Das wollte ich schon immer mal machen!" Ich malte mir schon aus wie wir ähnlich wie bei „Club der Teufelinnen" uns an „Wie heißt er eigentlich?"...

„Klötenküsser!"

„Nein, ich meine richtig!"

„Sag ich doch: A. Klötenküsser!"

„Melanie! Im Ernst!"

„Anal Klötenküsser!"

„Melanie!!!!"

„Mensch, Alexander Schweinearsch!"

„Gut. Alexander also. Und wie weiter?"

„Keine Ahnung, aber ich nehme an, dass der erlauchte Nachname dieser Penisleuchte irgendwas mit „Bankhaus Polokksonn" zu tun haben wird, sprich Alexander Po Loch Sohn!"

„Ein Freund der Bilanzen. Jetzt wird mir einiges klar. Na, da haben wir doch schon mal einige wichtige Eckdaten. Warst du auch bei ihm zuhause?", amüsiert schrieb ich fleißig in meinen A4 Block die wichtigsten Infos mit. Und malte dazu – passend zum Namen – noch ein unanständiges Bildchen eines dicken Hinterns (ich dachte dabei an Gerard Depardieu), setze zwischen die Backen einen großen Kreis „Arschloch Ausmal-Bild" – Das ist die Idee für ein Buch, speziell für Erwachsene, die gepackt von Langeweile oder Denkblockaden fleißig all die vorgezeichneten Ärsche samt Löchern mit einem dazu gepackten schwarzen Stift ausmalen konnten. Merke ich mir! - und dann gebe ich zu guter Letzt dem Ganzen noch die nötige Restverzierung und zeichnete ein strammes Hodenpaar oben drauf. Sah ja fast aus wie der heutige Logoentwurf von „Fruits & Fun".

„Scheiße, ich muss los!", nach gefühlten vier Stunden und an der frischen Luft nun deutlich spürbaren vier Gläsern Wein verabschiedete ich mich von meiner Freundin Melanie und eine jede von uns stieg in ein Taxi ein. „Überlass das nur mir, ich schreib dir ´ne Email mit meinen Ideen!"

FÜNF

Im Laufe des Dienstags entwickelte ich – nach vollendeter Auftragsarbeit – meinen Schlachtplan. Wer meine Freundin so miskreditierte, nee, wie hieß das nochmal? Heute hatte ich dank des französischen Weines alle Gehirnzellen voll zu tun, dass ich die richtigen Worte fand. Gott sei Dank war das Meeting gestern. Bei meinem letzten Arbeitgeber konnte man sich tagsüber mal für 30 Minuten hinlegen und schlafen. Hier war das leider noch nicht so angesagt, was ich gerade heute schmerzlich bedauerte.

Ich funkte kurz unsere Sekretärin an, in der Hoffnung, dass sie noch einige Wunderpillen in ihrer geheimen Schublade versteckt hielt. Koffeintabletten und ein, zwei Kopfschmerztabletten und ein kontra Likörchen würden mir jetzt das Arbeitsleben versüßen und mich wieder in Topform bringen! Gott war mir heute gnädig und Britta kam nicht nur mit den gewünschten Pillchen auf dem Tablet um die Ecke, sondern auch mit Kaffee – okay, kein Likör – und einer Handvoll Schokokeksen. „Ach, meine liebe Britta, ich könnte dich knutschen!“

„Ja, da hast du Glück, denn in zwei Minuten wären die Kekse w wie weg gewesen…“, kicherte sie und leckte sich das Mündchen während sie ihre stattlich angewachsene Wampe streichelte. Meine Rettung in Form von Tabletten und Schoko, wenn das ein Omen ist, dann wird das mit mir wohl kein gutes Ende nehmen. Ach, drauf geschissen, ich schluckte die Pillen mit dem Wasser runter und schnurpste einen Keks nach dem anderen weg, ohne dabei auch nur eine Sekunde lang den Blick gen Britta zu richten. Denn, ich wusste, dass sie sehnsüchtig darauf wartete, dass ich ihr mindestens einen Keks zurückgab. Mit vollem Kekskrümelmund nuschelte ich ihr zu: „Mmmorgn bekommpft… öhöhöhö … bekommst du von mir die weltgrößte Kekspackung!“.

Ich schluckte runder, lächelte ihr zu und zufrieden verließ sie mein Büro, ich nahm noch einen kräftigen Schluck aus der Wasserflasche – fragte mich insgeheim, wann es wohl soweit wäre, und ich Wodka aus so einer Flasche trinken würde, um den Tag, ganz wie der von mir sehr verehrte Harald Juhnke, zu überstehen - machte ein „UURPP“-Bäucherchen und öffnete den Knopf meiner engen Jeanshose. Puh. Jetzt ´ne Runde aufs Ohr legen, das wär´s.

Ich rollte mit meinem Bürostuhl dicht an den Tisch heran, legte meine Hände und Unterarme matt auf der Platte ab, schloss die Äugelein und hörte auf mein langsam pochendes Herz und stimmte mich mit tiefer Ein- und Ausatmung in den Takt ein…bis die Wirkung der Koffeintablette anschlug! Wie der Blitz stand ich auf, die Pupillen so weit wie ein Technobeatjunkie auf Exstasy – oder wie ich damals, als ich zu Studienprüfungszeiten mal wieder kurz vor knapp angefangen hatte zu büffeln, auf die grandiose Idee kam, , nach der 120sten Kaffeetasse und der nicht mehr damit einhergehenden Wachwirkung, Traubenzucker auf einem Spiegel mit Hilfe einer Messerklinge klein zu drücken - wie ein Kokser – und mir das Dextro-Energy-Pulver durch die Nase mittels eines gerollten, karierten Papierröllchens – einen Geldschein hatte ich nicht mehr – durch die Nase direkt in meine Gehirnlappen zu ziehen. Reste müssten sich heute noch da einfinden, da sich das Zeug nicht auflösen wollte und meine „Stirnanhangdrüse“ spürbar verklebte. Danach hatte ich noch einige Tage mit Kopfschmerzen zu kämpfen, aber ich war geistig wach wie noch nie. Dennoch nicht zu empfehlen!

Voll gepumpt mit Koffein-Dragees-Energie mache ich mich daran, einen Racheplan zu schmieden, denn wer meine Freundin verletzt, der verletzt auch mich, und das geht in den allermeisten Fällen für diese fiesen Schurken nicht gut aus. Auch nicht für Alexander! Und wozu hatte ich all diese Filme geschaut?! Irgendwo las ich, dass man Anti-Haar-Mittel in das Haarwachs des ehemals Geliebten und nun Opfers mischen kann und der Effekt sehr haarig beziehungsweise herrlich haarlos ist.

Aber ich kopiere nicht, ich kreiere eigenständig. Ehrensache unter Kreativen! Also, was kann ich machen? Mit dem Bleistift an meine Lippen klopfend und durch mein Büro auf und ab gehend, der Blick vollkommen irre und die damit einhergehenden Gedanken war es ebenso. Doch bevor ich Zugang zu Alexanders Kosmetiktasche bekäme, müsste er mich erst einmal besteigen wollen. Okay. Wollte ich nicht schon immer eine eigene Grafikbude eröffnen und dafür braucht man – ganz klar – einen Kredit. Kreditwürdig war ich und irgendwo hatte ich auch noch meinen Businessplan, damals wollte ich eine Agentur mit meiner damaligen Freundin, Expertin in allen Werbesachen, gründen.

Kurzes Stoßgebet nach oben, denn GOTT SEI DANK, hatte mich ein Bekannter, ihr Ex-Freund, noch rechtzeitig über die gespaltene Persönlichkeit dem Borderline-Syndrom von Sandra aufgeklärt. So gut befreundet war ich mit ihr nun auch wieder nicht, das zu durchblicken. Laut Carsten setzte Sandra gerne mal ihre Psychopharmaka-Tabletten ab und wandelte dann mit einem Gesicht wie ein Clown geschminkt, und mit nichts an außer ihren Socken durch die Gegend. Das hätte gut und gerne unser Ruin werden können. So hatte sie weiter für Carstens Firma gearbeitet bis zu ihrer Einweisung in die sprichwörtliche Klappse. Aber den außerordentlich exakt erarbeiteten Businessplan, den verdanke ich ihr und mit einigen Veränderungen eine gute Basis, um ein erstes Gespräch zu vereinbaren und in der Privatbank „Bankhaus Polokksonn" vorstellig zu werden.

Ein Blick in meinen Kleiderschrank verrät mir, dass ich noch einmal einkaufen gehen sollte. Warte, sag ich zu mir, hier hinten ist noch eine Kiste von meinem letzten Umzug, da sind noch einige von den edlen Kostümchen drin. Ah, und hinter der Kiste - mein Kleiderschrank ist nicht nur breit, sondern auch sehr tief, da passen ungelogen um die acht Männer rein – steht mein Ölbild. Noch einmal, warte, Selina, sage ich zu mir. Bessere Idee. Ich gehe als Künstlerin in die Bank, der Mann ist schließlich Gourmet und Liebhaber von schönen Dingen, von weiblichen und mit Sicherheit auch von künstlerischen – und Reden kann ich wie keine Zweite und wenn es darum geht, meine kreativen Ergüsse an den Kunden zu verkaufen, bin ich ein Ass. Ich sollte doch noch einmal mit dem Gedanken schwanger gehen und mich selbstständig machen. Und ich sollte mich in ein sexy Outfit werfen, da schwebt mir schon ein ganz bestimmtes vor, das ziehe ich auch immer an, wenn Theo der Meinung ist, „Selina, dieser Kunde ist ganz besonders schwierig", und BINGO, dank meines eng geschnittenen, schwarzen Stiftrocks, der mehr als eine Handbreit über dem Knie endet und natürlich dank meiner semitransparenten roten Chiffonbluse, die meinen Busen dank der Raffungen im Vorderbereich noch voluminöser erscheinen lässt, als er eh schon ist, die passenden roten Pumps tun ihr Übriges. Ja, was? Ich arbeite in einer Werbeagentur, ich bin Profi auch in Sachen Selbstvermarktung!

Outfit steht. Über das Bild muss ich nochmal den in Farbe getauchten Pinsel fliegen lassen. Moderne

Kunst darf alles! Okay. Jetzt schau ich mir die Bude nochmal in Ruhe an, und ich gebe ein „www Punkt Polokksonn Punkt com". Ah ja. Mein lieber Scholli, alles - wie erwartet – mit teurem Marmor, goldenen Türklinken und mehreren Kristallleuchtern ausstaffiert. Nicht schlecht. Leider haben die nur, das hatte ich natürlich heute im Büro als allerersten recherchiert, ein Bild des Gründers dieser altehrwürdigen Bankiersfamilie ins Netz gestellt. Wahrscheinlich haben die berechtige Angst vor einer Entführung. So ohne weiteres komme ich da nicht rein. Was hat mir Melanie gestern noch erzählt, er geht gerne mittags in diverse Gourmettempel und... Ich könnte ihn abfangen. Von hinten erkenne ich ihn, der Knackarsch ist mir noch sehr gut im Gedächtnis, und folge ihm. Offiziell mache ich Mittagspause und könnte Theo noch vorwarnen, dass ich die Woche mittags wahrscheinlich längere Pausen nehmen muss, Arzttermine wegen - irgendein Scheiß wird mir da schon einfallen.

„Britta, ich muss heute Mittag noch zum Gynäkologen, und danach muss ich für dich noch was ganz Besonderes abholen."

„Was denn?"

„Habe dir doch Kekse versprochen, aber nicht irgendwelche.“

„Ich blocke dich bis 14 Uhr. Okay?“

„Du bist und bleibst ein Schatz!“

Mit meinem Mini ging es los. Natürlich habe ich ein für solche Verfolgungsjagden anderes Outfit gewählt. Einen schwarzen Overall mit interessantem V-Ausschnitt, Hochsteckfrisur, schwarze Sneakers mit goldenen Streifen und einem opulenten und in goldfarbenem Messing eingesetzten schwarzen Achat-Drusenring. Künstler eben. Roter Lippenstift. Also, wenn ich keine Augenweide war, wer dann? Overdressed? Zum Mittag? Ich? Wäre ich gewesen, hätte ich meinen Augen einen Smokey-Touch verpasst. Habe ich aber nicht. Perfekt. Parkplatz direkt gegenüber der Bankiers-Villa, die von einem hohen Metallgitterzaun eingebettet majestätisch da stand und das schon – wie ich gelesen hatte – seit 1820!

Aufgeregt und mit meinen rot lackierten Fingernägeln klickere ich hektisch auf dem Lenkrad herum und schaue dabei sekündlich auf die Uhr. 12:15 Uhr, der soll hinne machen! Die

Pforten öffnen sich. DAAAAS muss er sein. Meine Güte, der sieht ja...mein Herz klopft. Wie groß wird er sein? An die 1,90 Meter mit Sicherheit und dann dieser aufrechte Gang und überhaupt seine ganze Statur, ein Abbild von Rock Hudson. Schwul, wie der amerikanische und von Frauen umschwärmte Schauspieler ist er, zumindest bis jetzt, ich hatte da mal was von Altershomosexualität gelesen, nicht! Das ist er!! Oh ja! Er läuft an den Gitterstäben des Zauns vorbei, gibt den Blick auf sein Hinterteil frei und lässt seine linke Hand an den Stäben entlang sausen - das mache ich bei Hecken und Zäunen auch immer, Tuchfühlung nenne ich das, das macht ihn für mich schon mal sehr sympathisch. Sein dunkel gewelltes Haar, viel zu schade um dieses mit giftiger Antihaarpaste zum Ausfallen zu bringen, bewegt sich sanft im Wind.

Verliebe ich mich gerade in dieses wunderschöne Scheusal? Wie bei unserer ersten Begegnung im Café klopft mein Herz und ich fühle einige Aussetzer aufgrund der Geschwindigkeit, ich fasse mir an die Brust, atme tief ein und steige aus dem Auto. Hinterher!! Wie eine Detektivin auf Samtpfoten schlängele ich mich gekonnt am mittagstäglichen Stoßverkehr durch, vorbei an parkenden und auf mich zu fahrenden Autos – wo will er nur hin? – und weiter zu seinem aktuellen Lieblingsrestaurant – wie ich weiß, wechselt er die gastronomischen Lokale je nach aktueller Liebschaft – einmal rum um die große Alster. Hinein in eine Seitenstraße und da geht er also in ein Haus. In ein Wohnhaus?

Hm. Da ich keinerlei Lust verspürte, an den weiteren Tagen mein Schlitzohr zu verfolgen, um dann festzustellen, dass er in keinem Restaurant verschwindet, um seinen Luxusgaumen zu verwöhnen, sondern stattdessen seine aktuelle Flamme in ihrer Wohnung vernascht - praktisch, wenn sie so nah an seiner Arbeitsstätte wohnt –, musste ich einen anderen Plan schmieden. Ich könnte mir auch ausrechnen, dass nach fünf Werktagen sowieso Schluss mit lustig ist, um ihn dann in einer neuen Woche wieder vor dem Eingang im Auto wartend abzufangen – aber das Risiko war mir zu hoch, dass er mich A bemerkt - vielleicht hatte er auch einen Leibwächter in unsichtbarer Nähe, darauf hatte ich gar nicht geachtet - und das wäre dann das AUS für meinen, will sagen unseren Racheplan (der immer noch nicht fertig war)! und B: wie soll ich Britta und

Theo ständig meine Gynäkologen-Termine verklickern?

Britta!! Mist, ich brauche noch Süßkram für meine dicke Naschkatze!! Wenn ich ihr heute nichts vorbeibringe, dann ist die wieder eine Woche lang eingeschnappt, bei nicht eingehaltenen Versprechen in Sachen „Kakao" versteht die gute Britta keinen Spaß! Und das kann ich mir nicht leisten, schließlich ist sie meine unwissende Verbündete. Na, irgendwo hier in der Nähe wird es doch wohl eine ordentliche Schokobude geben!

Beim Betreten des Ladens kam ich mir vor wie der Junge aus der Bonbon Werbung: „Guten Tag, einen Beutel Riesenkaramellen bitte…." Aus den verschiedensten Glaskugelbehältern konnte man sich mittels Messingschaufel bedienen oder bedienen lassen: „Haben Sie auch Schokoladenkekse mit Karamellfüllung?"

Ding Dong. Die Ladentür ging hinter mir auf. Die kompakte Fachfrau, die wahrscheinlich ähnlich wie bei einer Frittenbudenverkäuferin am ganzen Körper auch nach mehrmaligen Schrubbelduscheinheiten immer noch den Geruch in diesem Falle Duft – mir war Schokiduft lieber als der Geruch von Frittenöl – ihrer

Arbeitstätte an sich haften hatte wie die Goldmarie (Karamellverkäuferin) versus Pechmarie (Frittenbudenverkäuferin, sorry) im Märchen von „Frau Holle“, empfahl mir hinter dem Tresen eine Sorte und hob dabei eine Art Kuchenschaufel mit einem runden Keks darauf in die Höh´. Wahrscheinlich mussten die weg, dachte ich bei mir, denn für mich sahen der Keks und die dazugehörigen Geschwisterkekse in der Auslage eher nach Hundekuchen aus, solche, die es mittlerweile auch – ausgelegt wie einzigartige Trüffelpralinen in der Glasvitrine – zu kaufen gab. „Diese hier sind innen besonders cremig und außen noch schön knackig. Unsere eigene Herstellung.“ Hm, ich zog die Augenbrauen nach oben und musterte die Auslage.

„Wenn ich Ihnen etwas empfehlen darf, nehmen Sie diese hier. Sie werden es nicht bereuen.“, ertönte eine Männerstimme hinter mir. Und diese erkannte ich und auch der Duft war mir sehr vertraut. Ohne mich umzudrehen, wusste ich, ER stand hinter mir, und ich lief knallrot an. „Reiß dich zusammen!“ Seine heiße Hand spürte ich in meinem Rücken, zwei handbreit über meinem Steißbein, welches ich mir vor zwei Jahren beim Treppensturz im Suff angeknackt hatte. Mit der anderen Hand, ich wollte mich ja nicht umdrehen, hielt er mir eine Schaufel mit Keksen vor mir auf den gläsernen Tresen. Ich griente und musste ihn nun, er stand neben mir, zwangsläufig anschauen, meine Beine wollten schon nachgeben, so flatterig war mir.

„Na? Die sehen nicht nur zum Anbeißen aus…die duften und schmecken dazu noch himmlisch." Und mit einem Kennerblick gab er mir zu verstehen, dass er nicht die Gebäckdinger meinte. Mir war das klar, auch dass er sich schon ausmalte, ob ich auch so süßlich schmecken würde. Ich kannte seine Aufstellung ja ganz genau. Ich griente freundlich und riss mich zusammen. Hier geht es um die Ehre der gedemütigten Frauen! Und wer weiß, wie viele rote Notizhefte - besser Bilanzhefte - er bei sich zuhause schon stapelte. Wie viele Frauen wohnen in Hamburg?

„Ähm, jaaa." Die sehen allemal besser aus als die ´Kauf uns, kauf uns, wir sind allesamt schon überreife Kekse´, dachte ich bei mir. „Frau Holle" kam mir wieder in den Sinn. Ich kniff mir in meinen Oberschenkel so gut es irgendwie ging, war gar nicht so einfach. Durch die innere Erregung spannte ich sämtliche Muskeln an und antwortete weiter: „Die nehme ich. Danke für den Tipp!“ Mit einem Lächeln gab ich Madame Karamell zu verstehen, dass ich 500 Gramm von denen mitnehmen wollte, schob ihr die Empfehlung von Alexander zu und ihre Empfehlung beiseite. Ein Lächeln gab sie mir nicht zurück, dafür aber einen stattlichen Kassenbon. 500 Gramm Mehltaler für 34 Euro! Scheiße! Aber, ich hatte ihn an der Angel, mein Spürsinn sagte mir das, denn ich vernahm seine Blicke auf meine ebenfalls angespannten Gesäßmuskeln. Dank des schwarzen Overalls kamen diese deutlich zum Vorschein. Gut so.

„Mademoiselle, zu diesem ausgezeichneten Gebäck empfehle ich Ihnen eine heiße, weiße Schokolade mit Kurkuma. Wenn Sie Zeit haben, ich lade Sie gerne auf eine Kanne ein. Sie können es sich ja leisten, wenn ich mir dieses Kompliment erlauben darf.“

Das geht ja schneller als gedacht, ich blicke auf meine Uhr und zucke mit den Schultern, „Klingt verlockend, Monsieur. Leider ruft mich die Arbeit an den Platz zurück.“

Er hält mir galant die Tür auf, ich atme tief ein und sauge den Zuckergebäckduft aus meiner güldenen Konfiserie-Tüte nebst seinem herben

Johannisbeer-Pfirsisch-Moschus-extra-vagantem-und-äußerst-verführerischen Männerparfüms ein. Kann nicht jeder tragen, Alexander schon. Ich beiß mir auf die roten Lippen, beinahe hätte ich gesagt: „Danke, Alexander!“ Autsch! Er neigt sein Köpflein und – aufmerksam wie ein Mann seiner Klasse ist – hat er mein schmerzhaftes Lippenbekenntnis gesehen, „Na, vielleicht ist ein kühler Wein auch besser“, und reicht mir ein Taschentuch. Ich betupfe meine Lippen, das Blut vermischt sich mit „Passion“, meiner Lieblingslippenstiftfarbe, und wir stehen uns auf dem Gehweg stillschweigend gegenüber. Jemand hat die Zeit angehalten. Ich bekomme kein einziges Wort heraus.

„Okay. Ich möchte Sie nicht in Bedrängnis führen, ich gebe Ihnen meine Telefonnummer, bitte.“ Er steckt mir seine Visitenkarte mit den wichtigsten Daten in schwarzer Schrift auf creme-weißer und edler Kartonage: „Alexander 0172. 55 77 55 7“ zu.

Nicht mehr und nicht weniger. Haltung, Selina! Denk an die Frauen! Klaren Kopf bewahren! Endlich kann ich den Casanova beim Vornamen nennen, „Alexander, ich nehme an, das möchten Sie so nicht zurück haben“, ich stecke sein

Taschentuch in meine Tasche und lächele dabei. „Auf die Einladung zu einem Glas Wein komme ich gerne zurück und bringe Ihnen dann das Seidentuch frisch zurück. Ich muss jetzt los." Und ich laufe los, in Richtung Bankiershaus und Auto, welches gegenüber von Alexanders Arbeitsstätte auf mich wartet. Ein Blick nach hinten, nein, er kommt mir nicht hinterher, er winkt mir aber wohlig zusehends, wie ich davonlaufe, zu. Wahrscheinlich auch so ein Backenliebhaber wie ich. Ich lache und schüttele den Kopf. Verrückter Tag!!!

SECHS

„Melanie, du glaubst es NICHT!" Am Telefon, es war kurz vor 21 Uhr, erzählte ich ihr von meinem Erlebnis.

„Und nun? Hast du dich verliebt, oder was? Was schwebt dir vor? Was ist mit Philip?"

„Was, was, was. Ja, was und wie und überhaupt. Die Fragen stellen sich doch so gar nicht, sondern: Wie lautet unser Racheplan?!"

Unsere Köpfe rauchten und wir kamen zu dem Entschluss, vielmehr Melanie kam zu dem Entschluss, dass ich das mal in die Hände nehmen sollte, schließlich sei ich ja die Kreative. „DU hast mein vollstes Vertrauen und meine Unterstützung. Sag mir einfach Bescheid, wenn Du mich brauchst."
Bis um Mitternacht zermarterte ich mir meinen Schädel und dann, dann hatte ich es! Ich machte es wie Alexander und unterteilte einen aus meiner untersten Küchenschublade – einst für Rezepte vorgesehenes – Notizbuch und fing an:

Mann: Alexander
Beruf/Berufung: Bankier einer Privatbank (Bank gehört seinem Vater), Gourmet, Spekulant in Geld und Frauendingen, noch nie verheiratet, eigentlich schwul? von sich überzeugt, auf hohem Ross sitzend, meint, sich alles erlauben zu können, Gentleman & Schwein!
Beschreibung: athletisch, stark, 45 Jahre, ca. 1,90 m, dunkel, gewelltes Haar mit drei silbernen Strähnen („Des Teufels silberne Haare"), *Anmerkung: Ich sollte Märchen schreiben…)
**Hervorstechendes Merkmal: PO!
Duft nicht nur am Nacken: schwarze Johannisbeeren, Grapefruit, Moschus
Geschmack der Lenden: ?

Racheplanung:

Einstimmung: ICH, Selina kann ihn nicht in meiner Wohnung empfangen, weil ich mit meinem Ehemann da wohne. Macht das Ganze einfacher, sein Vertrauen zu erhaschen, da ich ihm nicht gefährlich werden kann. Suche eine kurze Affäre, um nach – sagen wir – acht Jahren ein abwechslungsreiches Verwöhnprogramm zu genießen. In meiner Ehe bin ich glücklich, es soll nur eine Affäre sein. So.

Ausgaben: Goldring beschaffen!!

Treffen: Wein trinken, und wenn Alexander (und davon ist auszugehen) mich vernaschen will, dann ins HOTEL, NICHT IN MEINE WOHNUNG!!! Oder zu ihm (wird wahrscheinlich aber nicht beim 1. Treffen sein?)
Racheplan: Wir trinken Wein, und zwar mehr als ein Glas (ich vertrage gut und gerne 1 Flasche + ½ um immer noch halbwegs klar denken zu können und für weitere Ideen weihte ich Melanie ein. Und der Geheimplan zur Rettung der von Alexander geschändeten Frauenseelen nahm Formen an. Sie griente nur: „Gib dem Affen Saures!“ Und so kam es...

Nach zwei Tagen schrieb ich ihm über Whatsapp an. Schönes Profilbild, gleich mal herunterladen. Seine Antwort kam prompt.

Freitagabend war es soweit. Ich griff zu meiner schwarzen, hautengen Lederhose, dazu ein kurzer, schwarzer Lederblazer mit einer pastellrosafarbenen Chiffonbluse (dank Conny, Freundin und Inhaberin meiner Lieblingsboutique, hatte ich Zugang zu den aktuellsten und tollsten Looks), schwarzen Lack-High-Heels und auffälligen goldenen Ohrhängern mit einem rosa glitzernden Tropfen am Ende des Gebammels. Plus (auf die Details kommt es an) „meinen Ehering" (hatte ich mir in einem An- und Verkauf-Laden gekauft) plus Rosenquarzring (mein Glücksstein), mit einem pudrigen, jedoch nicht allzu aufdringlichen Duft (auch neu) stieg ich todesmutig in ein Taxi... Philip rief an: „Schatzl, meine Freundin hat doch heute Weiberabend.

Lass uns morgen oder am Sonntag treffen, ja?" Irgendwie merkte mein sensibler Philip, dass ich ihm davon glitt, ansonsten lag es nämlich nicht in seiner Art, mir an einem Tag drei Nachrichten zu schicken und mich dazu noch anzurufen. Am Wochenende verweilter er – bei schönem Wetter – lieber in dem von seiner Mami angelegten Rosengarten und genoss einen Tee zum Vogelgesang. Mir war das auf Dauer zu trist. Alexander werde ich zwar belügen in Sachen Verheiratet sein, aber dass ich Lust auf eine Affäre hatte, das stimmte. Und wenn ich jemanden Rechenschaft ablegen muss, dann nur mir, vielleicht noch Philip, aber Alexander, Baron von Hamburghausen mit Sicherheit nicht. Und außerdem wollte ich keine Affäre mit Alexander eingehen, ein Spielchen wollte ich wagen, ein auf des „Messers Schneide“ sollte es werden.

Das Taxi hielt in einer Gegend, in der ich noch nie war, die Adresse hatte ich von Alexander übermittelt bekommen, und natürlich hatte ich mir visuelle Eindrücke schon vorher über das WWW eingeholt, die Speisekarte ebenso wie die Weinkarte studiert. Vor einem großen, dunklen und blumenreich verzierten Hauseingang, Jugendstil, stand er und kam nun mit einem kecken Lächeln auf den schönen Lippen zu mir, um mir die Taxitür zu öffnen.

Bevor ich los fuhr hatte ich mit Melanie noch schnell zwei Gläser Prosecco klar gemacht, und ich weihte sie detailliert in mein heutiges Vorhaben ein, auch gab ich ihr eindringlich die Order, dass – falls Philip fragen sollte – ich bei ihr war. Wir hatten uns vorher noch schön weibisch hochgeschaukelt, welches Arschloch Alexander war, so zu lügen und zu betrügen und über ach so viele zerbrochene Frauenherzen zu stampfen. Und diese emotionale Weiberpackung trug ich heute mit mir herum, Zorn brauchte ich, denn schließlich wollte ich seinen charmanten Umgarnungskünsten nur scheinbar, aber nicht tatsächlich erliegen.

Nach einem (winzig kleinen) 3-Gänge-Menü und einer Flasche Weißwein (Riesling aus der Pfalz für mich), und einer Flasche Rotwein (Chateau Firlefanz irgendwas), fragte er mich, ob ich mitkommen würde, auf eine weitere Flasche zu ihm: „Bissst du bereit für ein Abenteuer?" Oh, der Rotwein setzte ihm also schon zu. Nix gewohnt, der Bursche. Sehr schön, dann werden die Tropfen, die ich in meiner Handtasche trage, ihr Übliches tun. „Hm, und wohin darf ich dich begleiten?", gab ich kokett zurück.

„Komm..." Er nahm mich bei der Hand, und wir fuhren in die Tiefgarage.

„Doch nicht etwa hier?" Mit einem, meiner hohen Stimmlage zu entnehmenden leicht hysterischen Lächeln - das hatte ich mir aber ganz anders vorgestellt – zog er mich sanft an den geparkten Luxusautos vorbei.

Komm...", ein Tippen auf die aus seiner Hose gezogenen Fernbedienung und ein kurzes „Tütelditüt" mit einhergehendem Blinksignal und ich sah die auch schon von Melanie exakt beschriebene Karosse stehen. Hatte ich also nicht umsonst recherchiert, alles lief nach Plan, ich rieb mir insgeheim die Hände.

„Madam“, mit der einen Hand die silber glänzende Tür seines geliebten Mercedes-SUV-Coupé und mit der anderen war er mir beim Einsteigen behilflich.

„Du willst noch fahren?“

„Selina, also bitte. Das ist doch kein Thema. Das Hotel ist nur einige Meter von uns entfernt.“

„Na dann…“ Melanie hatte mir zuvor offerierte, wie heiß und innig er sein Liebling auf vier Rädern vergötterte und es niemals alleine ließ. „Vier Jahreszeiten“, der Ablauf war mir ja hinlänglich klar, sollte es also wieder sein. Der Mann sollte sich mal was anderes ausdenken. Von der Tiefgarage aus ging es direkt nach oben. Den Schlüssel für die bereits reservierte Suite (Dauer-Abo??) hatte er einstecken und – wow – was für eine Aussicht über das kleine, beleuchtete Alsterbecken. Diffuse Außenbeleuchtung, graue Rattansessel standen auf der riesigen Terrasse, die dank oberster Etage einen wahnsinnigen und ungestörten Blick auf das kleine und ebenfalls in eine warme Beleuchtung gebettete Alsterbecken freigab. Auf einem Tisch, in einem Silberkühler, warteten zwei Flaschen Champagner darauf, getrunken zu werden.

„Und was trinkst du?"

Er schmunzelte: „Wenn du mir ein, zwei Schlucke abgeben würdest, wäre ich schon zufrieden."

„Du darfst auch gerne mehr bekommen", süffisant grienend - wenn der wüsste – hielt ich ihm zwei Champagnerschalen entgegen, eine Aufforderung die er nicht abschmettern konnte. Ja, mein Burschi, wir werden hier weiter trinken, die zwei Champusflaschen (weiß & rosé) kommen noch mit in meine Bilanz und ja, ich werde für dich teuer werden!

Insgeheim fragte ich mich, ob er ein neues Heft angefangen hatte – mit Sicherheit – und welche Nummer ich nunmehr trug. Hatte er in der Zeit eine oder gar schon drei Damen oder mehr zur Brust genommen? Leider hatte er alles notiert, nur Zeitangaben, Wochentage etc. notierte er nicht. „PLOMP" und der ROSÉ Champus floss in die kristallenen Schalen. „Oh, ich wollte lieber den ROSÉ probieren. „PLOMP", wurde dieser nun geöffnet. Seine Augen sprachen Bände, er bilanzierte bereits: „Hoffentlich lohnt sich das!"

Ich schlug die Beine übereinander, legte mein Jackett ab. „Bemerkenswert warm", und blinzelte und prostete ihm zu, dabei das Kinn immer leicht nach oben haltend, in Anlehnung einer Diva gleichen Pose drehte ich mich zu ihm. „Über mich weißt du nun so gut wie alles, Alexander, was ist mit dir", raunte ich ihm mit Blick in die Abendsonne zu.

Schau mich an, Liebes, was willst du wissen?"

Einem leicht gelangweilten Unterton vernahm ich: „Ob ich mich auf irgendwelche hysterischen Frauenzimmer gefasst machen muss, die sich vor morgen früh vor dem Hoteleingang auf mich stürzen." Jetzt schenkte er mir mit offenen Ohren und wachen Augen wieder seine volle Aufmerksamkeit. „Nein, die letzte, langjährige Beziehung, die ich hatte, habe ich mit beidseitigem Einverständnis gelöst. Wenn dir das weiterhilft."

„Oh, ja", und mit meinem Fingernagel schnipste ich an mein Glas: BING. „Dann nur noch eine Frage, die Nacht wird sonst zu kurz: Auf welche Spielchen lässt du dich gerne ein, gibt es für dich

Grenzen?“ Ich hatte nichts zu verlieren, und so füllte ich die von mir auf meinen Leib geschriebene Rolle der Femme fatale ganz und gar aus.

„Ähm. Nein.“ War er unsicher? Gleich weiter.

„Magst du dich – eine beliebte Männerfrage, die ich nunmehr für meinen Plan schamlos ausnutzte – schon mal frisch machen gehen?“

Konnte er darauf „Nein“ sagen? Nein! „Ein ganz schönes Tempo, junge Frau!“

Ich antwortete nicht auf den Mund gefallen: „Bis vor einigen Minuten saß ich noch unschuldig in einem Restaurant.“

Er lachte mich aus einer Mischung von Schelm und Begierde an, zog sein Jackett aus, warf es auf die neben dem Königsbett stehende Couch und verschwand im Badezimmer. Nun schlug meine Uhr!!! Das durfte ich nun nicht vermasseln! Ansonsten war´s das. Mit einigen Umdrehungen in der Krone stand ich auf und stolperte fast, als ich durch die Terrassentür hinein ins Wohn-Schlaf-Zimmer ging. Dämliche Konstruktion, zischelte ich, und am Jackett von Alexander angekommen fischte ich nach seinem Autoschlüssel.

Nein, Moment. Selina, BEHERRSCHUNG! Falsche Reihenfolge. Erst die Tropfen! Zurück auf die Terrasse, aber hurtig! Und wieder stolperte ich über diesen blöden Austritt! Mein mit einem Reißverschluss versehener Sicherheitsbag (Alexander dachte in Anbetracht der Größe, denn eine Clutchi-Klatsch war es nicht, dass ich da bestimmt frische Unterwäsche etc. für die Nacht eingepackt hatte), lag auf einem der Rattansessel, eine mit Reißverschluss!! RATSCH, ich zog die in einem Samtbeutel versteckte kleine, braune Flasche heraus und exakt drei (huch, könnten auch vier gewesen sein) geruchs- und geschmacklose (ich verließ mich da ganz und gar auf die Aussage meiner Apothekerin des Vertrauens Melanie) Tropfen verschwanden in seinem Glas.

Kurz darauf (ich wusste, dass er Gas gab!) öffnete sich die Badezimmertür und mit einem „F" bestickten Bademantel bekleidet kam er zu mir zurück auf die Terrasse. „Bad wäre dann frei…"

„Na, da bin ich ja mal gespannt, was sich darunter verbirgt…", ich versuchte durch den Spalt des Mantels zu äugen, er lachte, ich stand auf, nahm mein Glas in die Hand. „Wenn du mir noch einmal nachschenken würdest", er füllte mein Glas auf und nach meinen Worten „Sparst du schon jetzt deine Kräfte oder warum willst du mit mir nicht anstoßen?", schenkte auch er sich ein.

„Auf einen unvergesslichen Abend!"

„Oh, ja!", raunte ich ihm zu. Diesmal stieg ich elegant über die Terrassenschwelle und schloss die Badezimmertür hinter mir. Auf die Uhr geschaut. Okay, in spätestens zehn Minuten schläft er wie ein Murmeltier. Schnell frisch machen, Bademantel anziehen und dann bleiben mir noch ca. fünf Minuten, um ihn ins Bett zu bekommen – der sollte mir bloß nicht vorher umkippen – biss´l knutschen, meine Brüste zeigen...dann einschlafen lassen. Und dann Schritt zwei. Mein Herz pochte wie wild. Bin ich jetzt eigentlich kriminell oder eine Art „Robin Selina Hood"? Wasser marsch. Hinein in den Bademantel, Brüste eingecremt, Makeup gecheckt. Tür auf. Tatatata. Und tatata, da lag er auch schon auf den weißen Laken. Alexander der Große. Melanie hatte nicht übertrieben.

Am Bettrand stehend bestaunte ich seinen wohl geformten und farbig ansprechenden Phallusstab: „Gefällt er Dir?"

„Das wird sich erst noch zeigen…“, antwortete ich ihm.

„Na, dann komm mal her“, er zog mich zu sich aufs Bett, seine Hände glitten über meine schmeidig gecremten großen Brüste, wir küssten uns. Verdammt, war dieser Mann SEXY!! Ich spürte seine Begierde zwischen meinen Schenkeln, er küsste mich auf meinen Hals…auf mein Dekolleté und meine Brüste…und schlief ein. Halleluja! (Suchmaschine sei Dank, wusste ich um den Batteriewechsel der Zentralfernbedienung und tauschte die leere Knopfbatterie gegen die volle aus und nahm noch den versteckten Zentralschlüssel heraus…um ihn irgendwo in der Tiefgarage fallen zu lassen. Dann widmete ich mich seiner Kosmetiktasche, die er – so Melanie – immer dabei hatte. Zahnpasta, Haargel und Kamm. Mit einem Zahnstocher drückte ich von oben ein Loch in die Zahncreme und träufelte dort nach Geheiß ebenfalls zwei Tropfen einer anderen Tinktur hinein. „Kurkuma intense“. Melanies O-Ton: „Erstens ist Kurkuma sehr gesund und krebsvorbeugend und zweitens ist es sehr farbintensiv. Der wird am nächsten Morgen ein schönes gelbes Lächeln haben, und die erste Frage, die er hört, wird die sein: “Schöne Zähne, gab es die auch in weiß?"Hehe. Und danach den Zahnarzt seines Vertrauens ungeplant aufsuchen müssen. Das wird ihm schwer zuwider sein, Alexanders Zeit ist doch so eng bemessen und kostbar.

Während er friedlich schlief, trank ich nach getaner Arbeit noch den restlichen Champus leer und zwar beide Flaschen - ich musste die Zeit ja irgendwie rumkriegen -, genoss den wunderschönen Abend, überprüfte ab und an seine Atmung, aß noch die Knabbereien, die neben dem Kühler standen und die ich erst nicht angefasst hatte, und blieb bis zum nächsten Morgen.

Die ersten Anzeichen der Erwachung machten sich laut Melanie durch leichtes Stöhnen bemerkbar. Pflanzliche Mittel haben es in sich. Das war mein Zeichen, die Suite zu verlassen, allerdings ohne zu versäumen, das Eigentliche zu tätigen. Ich nahm die Zentralbedienung aus seinem Sakko und machte es so wie in dem Anwendungsvideo (für Blöde) gezeigt. Ich tauschte die volle gegen die mitgebrachte leere aus und an dem silbernen Ring zog ich den versteckten Ersatzschlüssel aus der Ferni. Nahm die leeren Flaschen und stellte sie neben das Bett, ebenso die Gläser. Seins spülte ich noch mit Seife aus und schenkte die letzte Neige in seins ein.

Frauen sind so pfiffig. Ließ meinen BH da, küsste ihn noch am Hals, vorher malte ich meine Lippen noch einmal feuerrot an, küsste ihn – und mir war das überhaupt nicht komisch – auch auf sein Zauberrohr, verteilte die Farbe mit meinen Fingern noch, hinterließ rote Kussspuren auf dem Rest seines wunderschön definierten Oberkörpers – leider kam ich gerade nicht an seinen Po, da er auf dem Rücken lag. Da hätte ich jetzt auch gerne mal geknabbert. Dann wuschelte ich noch durch sein dickes, schwarzes Haar - schließlich musste es ja nach einer ordentlichen Session für ihn aussehen –, knipste ein Foto mit meinem Handy (hatte da wiederum schon die nächste Idee für Schritt 2, so er mich sehen wollte) und hinterließ noch einen Zettel mit „DANKESCHÖN!“neben ihm. Dann fuhr ich nach unten, verschwand im EG angekommen nach hinten in Richtung Tiefgarage - wenn man souverän auftritt, damit meine ich auch die Gangart – kommt man überall durch. Lief an den Autos vorbei und ließ – Flinke Finger sei Dank – hoffentlich unbemerkt von den Kameras den Ersatzschlüssel fallen, und zwar so gekonnt, dass dieser unter einem, neben seinem Auto geparkten verschwand. Wichtig bei einem solchen Plan ist die Steigerung von seicht zu schwer. Einen Verdacht gegen mich durfte er nicht bekommen.

Melanie rief an: "Wo bleibst DU?".

„Wo stehst Du?", fragte ich zurück und grüßte den Portier der Tiefgarage freundlich.

„Hinten, Ausgang Tiefgarage, links."

„Okay. Bin gleich da."

Also, die Rechnung wird saftig, Deckungsbilanz fällt nicht gut aus, da er sich an nichts erinnern kann. Fraglich, ob er mich noch einmal sehen möchte. Aber er wird in Anbetracht meiner Lippenbekenntnisse auf ihm nicht anders können, als die Nacht nachholen zu wollen. Diesmal allerdings mit nicht ganz so hohen Kosten. Dass ich so viel trinken konnte, damit hat er nicht gerechnet. Und aktuell ist ein dickes Minus vor Selina. Er kann sich aber an meine Brüste erinnern...

"Und die sind wirklich sehr schön!", bestätigte mir Melanie augenzwinkernd.

„Danke, deine auch!“ Wir umarmten uns, denn wir schürten die Hoffnung, dass ich alsbald unserem Ziel sehr nahe sein und in seiner Wohnung sein werde um die nächsten Schritte einzuleiten. Nach der Nacht wusste er am nächsten Morgen nicht mehr (Ich machte 7 Uhr die Mücke) wo ihm bzw. wer ihm auf dem Kopf stand. Die Schlaftropfen hatten es in sich.

SIEBEN

Sonntag war Kaffeetime mit Philip und es wurde mal wieder Zeit, mich seiner Pipette anzunehmen... Dabei werde ich die Augen schließen und mir jemand anderen vorstellen, irgendwo hatte ich noch meinen schwarzen Dildo versteckt. Den werde ich mir nach „Oh, Philip, du bist der Beste! Ja! Ja!", genüsslich einführen. Wie ich von Melanie wusste, war Alexander äußerst stattlich gebaut und entspricht meinem Wunschpenis, den ich bereits in schwarzer Gummiausführung hatte.

Meine Gedanken kreisten die ganze Zeit darum, ob sich - gewiss nicht vor Montag – Alexander bei mir melden würde. Philip, der arme Kerl, war sehr irritiert als ich während des Beischlafs – treffendes Wort, da ich mit den Gedanken bei jemandem anderen war - nicht seinen Namen, sondern Alexxandeerr stöhnte. Hey, kommt mal vor. Schließlich kennen wir uns schon eine lange Zeit oder willst du mir erzählen, dass du nicht schon mal währenddessen an eine andere gedacht hast? An eine Schauspielerin oder an ein Supermodell?

„Nein! Und wer soll bitte Alexander sein?"

Ähm, Peter Alexander, Alexander der Große? Scheiße, mir fiel kein berühmter Mann ein, dessen Vornamen mit Alexander beginnt und der noch unter den Lebenden weilt. Warte, ich habe doch heute auf der Toilette – Philip konnte ohne Tageszeitung nicht kacken – eine aufgeschlagene Sportseite den Namen eines Fußballers gelesen. „Na, dieser Alexander Meier."

„Der ist Dein Typ??!"

Ich zuckte mit den Schultern. Was weiß ich, wie der noch gleich aussieht. „Es ist doch eine Art Spielerei. Wenn Du mit mir schon nicht in einen Gangbang-Schuppen gehen willst, dann muss ich mir eben anders behilflich sein." Er rollte sich endlich von mir ab und blieb wie ein Toter neben mir liegen.

Ach, komm schon. Das war ein Witz. So schlimm? Na, das haben wir gleich..." Ich versank unter der Bettdecke zwischen seinen Schenkeln. Mit Philip durfte ich es mir nicht verscherzen, mit wem sollte ich auch im Sommerurlaub nach Schweden fahren? Oder wie soll ich meinen Eltern erklären, dass ich schon wieder eine Beziehung in den Treibsand gesetzt habe? Einfacher ist es für mich, dass alles so laufen zu lassen bis etwas Besseres kommt oder das Negative das Positive mit mehr als 80 Prozent überschattet. Noch war es nicht soweit. Außerdem ist es ganz schön zu wissen, dass jemand da ist, wenn man einsam ist. Und Philip war da, immer, solange nicht seine Mama nach ihm rief, stand ich auf Platz 1. Und er hatte ja auch seine guten Seiten. Im Gegensatz zu diesem Luftikus Alexander, dem Schwerenöter, dem Casanova, der blöde Arsch mit einem tollen Arsch…

Selina, ich schüttelte mich innerlich selber durch, denke an den Racheplan! Frauen müssen zusammenhalten! Alexander bekommt seine Quittung! Dafür sorge ich und endlich kommen mir meine detektivischen Kopfkrimis zugute, die ich mir jahrelang in Cafés sitzend ausmalte. Zum Beispiel wie ich in eine Wohnung unbemerkt einbrechen und alles fotografieren würde, um dann die durchwühlten Sachen alle wieder – getreue wie auf den Fotos – hinzustellen. Was habe ich mir all die Jahre gedacht, was ich für eine Detektivin à la bonne heure abgeben würde. Nun könnte ich es auch beweisen. Der Teufel steckt im Detail. Hoffentlich meldet sich Alexander morgen! Was ich auf keinen Fall jetzt tun dürfte, meine Nerven verlieren und ihn – egal wie lange er mich auf seine Antwort warten lässt – anschreiben, anfunken oder ihm nackte Bildchen von meinem blanken Hinterteil zu schicken.

Bisweilen habe ich Philip nur betrogen, indem ich Männer, die ich auf Internetplattformen kennengelernt habe, Bildchen meines Leibes, ohne Kopf, geschickt und mit ihnen einen heißen Verkehr per Mail betrieben habe. Das ist aber noch harmlos und in meinen Augen nicht einmal im Ansatz ein Fremdgeh´chen. Da kam wieder etwas Kribbeln in meine Beziehung, zumindest habe ich das so lange getrieben, bis irgendwann ein Provider unserer Agentur zu mir kam und mich höflich darauf hinwies, solche Nachrichten besser von zu Hause aus zu schicken. Und er mir dafür dankt, dass er nun weiß, wie ich nackt aussehe.

Ein bisschen Fremdschämen mit Ansatz eines roten Kopfes, blöd grinsend und mit einem „Hauptsache, dir hat gefallen, was du gesehen hast." Himmel sei Dank blieb diese Art der Mitarbeiterüberwachung nicht von langer Dauer, da auch unser Chef Theo wieder das Gefühl haben wollte, ungestört und während des emsigen Betriebes um ihn herum – in seinem Büro unter seinem Tisch mit Blick auf den prallen Monitor - zu vergnügen. IT-Spezialist ADE!

Und nun kam Alexander also ins Spiel. Jener Mann, dem ich als Racheengel im Namen aller Frauen (wie viele waren es eigentlich, in dem Buch fängt es bei 301 an mit dem Hinweis auf Hamburg. Da wird es wohl noch weitere davor gegeben haben. Ein Mann wie er war sicherlich auch in anderen Städten rumgekommen.) Gleich mal schnüffeln gehen - Philip schlief, nachdem ich ihm einen Blowjob allererster Güte und Sahne verabreicht habe, nun tief und fest - wie viele Dependancen diese Privatbankiersfamilie überall hat.

Ich stand auf und ging zuerst ins Badezimmer, klatschte mir eine Nachtcreme aufs Gesicht, und mit leichten Schlägen auf die Stirn bekämpfte ich die ersten zarten Fältchen. Durchblutung ist alles! Eigentlich könnte ich mich nochmal ins Bett neben Philip legen und es mir mit meinem schwarzen Adonisstab richtig besorgen. Wenn Philip schlief, dann schlief er. Er war ja auch befriedigt im Gegensatz zu mir. Selbst ist die Frau! Aber das werde ich nachholen, die Neugierde in mir war größer, und ich setzte mich an meinen Laptop. Und nachdem ich die Recherchearbeit erfolgreich erledigt hatte, Barcelona, Brüssel gab es Familie „Polochsohn“ also noch, fragte ich mich, wo mein Handy abgelieben war?

Um gewissen Unannehmlichkeiten vorzubeugen, hatte ich mich für ein Smartphone entschieden, welches nicht beim Eintreffen einer neuen Nachricht die ersten Zeilen und den Adressaten anzeigte, sondern lediglich auf eine neue Nachricht mit „neue Nachricht“ hinwies, indem es lila aufblinkte.

Ich suchte das Bett ab und stellte erfreut fest, dass Philip immer noch schlief, das würde sich auch bis zum frühen Morgen nicht ändern. Es sei denn, er bekam Appetit auf eine Käseschnitte. Ich schaute unterm Bett nach und da lag es…war wohl vom Nachttischlein hinuntergeplumpst, als ich mich mit vollem Körpereinsatz zwischen den Schenkeln von Philip zu schaffen machte. Es blinkte. Ich las...unterm Bett...“Hallo Süße, ich habe eine Idee… Ruf mich doch morgen mal an. LG Melanie“.

Ansonsten Stillschweigen. Nun denn. Morgen ist ein neuer Tag.
Ich legte mich wieder neben Philip, zog die Schublade auf und holte meinen schwarzen

Gummifreund heraus, um ihn unter der Bettdecke verschwinden zu lassen. Augen zu und an Alexander gedacht... Der Fantasie sind keine Grenzen gesetzt. Sorry, Melanie! Aber das ist meine Fantasie. Bekam ich ein schlechtes Gewissen. Ich öffnete die Augen und schloss sie wieder – das mache ich immer so...wenn ein störender Gedanke meine Fantasie bremst – und fing von vorne an....

„Was ist das?"

„Unverkennbar. Ein Gummischwanz!"

„Hast du den gestern noch benutzt?"

„Nein, Philip. Iwo! Du hast mich voll und ganz ausgefüllt mit deiner Begierde. Der muss noch in der Bettritze geklemmt haben. Schließlich bist du nicht jeden Abend da..."

„Das könnten wir auch bald mal ändern."

„Lass uns darüber mal in Ruhe sprechen." Ich zeigte auf die Uhr, sprang aus dem Bett und machte mich unter der eiskalten Zitronencreme-Dusche mit einem lauten Quieken frisch. Ich schminkte mich und überlegte, welche Klamotte heute anstand? Montag. Montagsmeeting. „EL

KOTZSCHE!“ Hatte ich einen Bock. Meine Wahl fiel auf die Farbe Schwarz. Schwarze Jeans, schwarze Bluse, schwarze Pumps, schwarzer Ring und zu so einem schwarzen Montag passte ein starker, schwarzer Kaffee. Ohne Milch, ohne Zucker. Ich ging in Richtung Küche, da stand Philip. Immer noch nackt und machte sich gerade an der Kaffeemaschine zu schaffen.

„Immer noch nicht angezogen? Ich muss gleich los, Philip.“

„Selina, Schatz. Ich habe mich gefragt, ob wir uns nicht einen Schlüssel für unsere Wohnungen geben sollten. Macht das alles einfacher.“

Spinnt der jetzt total? Ich überlasse ihn doch nicht meine heiligen Wände, auf dass er alles durchschnüffeln kann und weitere Dildos in bunten Farben zu finden. Und kein einziger von den Lustbringern hat auch nur im Ansatz die Größe seiner Lustpipette. Wobei das noch im Vergleich, was er noch finden könnte, das Harmloseste wäre. Die Rechnungen für alle meine Kleidchen meine ich nicht, aber zum Beispiel die Abrechnungen von Internetseiten, bei denen ich angemeldet war um mir Email-Männer anzulachen. Ist zwar schon eine Weile her, jedoch hatte ich die Rechnungen fein säuberlich abgeheftet. Meinen Laptop wollte ich auch nicht jeden Tag mit ins Büro schleppen, da wäre er noch unsicherer aufgehoben als bei mir. Klar, auch diesen hatte ich mit einem Passwort geschützt, ist aber ein Leichtes, dieses zu knacken. Ferner gibt es auch noch – das wusste ich von meiner Hobby-Detekteiarbeit – andere Möglichkeiten, sich Zugang zu verschaffen. Und während ich mir ausmalte, was Philip so finden würde, was er nicht sehen sollte, merkte ich, dass dies gar nicht das wahre Problem darstellte. Ich hatte kein Vertrauen zu ihm?! Nein. Ich suchte nach einem Grund, und der stand offensichtlicher als jemals zuvor mit dicken, schwarzen Buchstaben vor mir: PHILIP, ICH LIEBE DICH NICHT!

„Ich weiß!“, bekam ich als Antwort, „Endlich ist es raus!“ Er legte mir seine rechte Hand auf meine linke Schulter und lief an mir vorbei, um seine Klamotten vom Boden aufzuheben und anzuziehen.

„Das habe ich aber gar nicht so…“, was konnte ich noch sagen? Es war alles gesagt. „Entschuldige…ich weiß gar nicht…“

„Ist schon gut. Lieber ein Ende mit kurzem Schrecken, Selina…“

Was sollte das denn nun wieder heißen? „Kurzer Schrecken?!" Ja, einen kurzen Schrecken bekam ich am Anfang, als ich zum ersten Mal seinen kleinen Johannis sah, Johannis Pipette, aber ich gewöhne mich an vieles. Aber was meinte er mit kurzem Schrecken im Hinblick auf meine Person??!!!

„Sagt man doch so."

„Philip, hast du eine andere??!"

„Tut nix zur Sache, oder?"

„Oh, doch!!!"

„Lass es mich so ausdrücken. Ich bin mir noch nicht so sicher, ob ich ....also ich treffe mich aktuell mit einem Mann..."

ACHT

Schwarzer Montag

„Selina, kommst du mal!“, Theo rief in einem nicht ganz so liebreizenden Ton nach mir.

„Theo?!“, ich gab mir Mühe und lächelte ihn an, obwohl mir nicht der Sinn danach stand. Ich hatte mit Philip Schluss gemacht, unbeabsichtigter Weise oder richtig gesagt, er hat den von mir unbedachten Satz – warum muss ich auch immer laut vor mich her brabbeln – als Einladung verstanden, das Weite zu suchen. Schien er doch mit mir immer sehr glücklich zu sein. Meine Wahrnehmung hat mich so getäuscht, so im Stich gelassen? Wenn ich mir nicht mehr trauen konnte, wem denn dann noch??

„Selina, bist du anwesend?“

„Ähm. Ja, Theo. Klar, Theo.“

„Pass mal auf, ich würde gerne nächsten Monat für zwei Wochen in den Urlaub fliegen. Ich weiß, das ist plötzlich und die Urlaubspläne sind geschmiedet. Folgendes: Du vertrittst mich in der Zeit. Ich weiß, dass du Urlaub zu diesem Zeitpunkt genommen hast, aber ich dulde keine Widerrede. Du vertrittst mich. Falls du schon etwas gebucht haben solltest, dann übernehme ich die Kosten. Okay?“

„Okay!“ Scheiß auf den Scheißschwedenurlaub. Alleine wäre ich eh nicht mit dem dafür bereits gemieteten Wohnwagen dahin gefahren. Viel zu gefährlich als Frau wie ich dank der schwedischen Krimis wusste. Es gibt keine Zufälle. Das scheint mein Schicksal zu sein. Kein Philip, kein Schwedenurlaub, Chefvertretung. Packen wir es an!

„Selina! Noch was!“

„Ja?“

„Das 'Fruits & Fun' Logo musst du bitte noch einmal überdenken…“

„Uii…ähm. Lass mich raten. Ich habe dir das etwas seltsam anmutende mit dem…“

„Ja, genau das!“

„Den aktuellen Entwurf hast du in zwei Sekunden auf dem Bildschirm. Sorry.“, ich zischte mit hochroter Birne aus Theos Büro, stolperte, als ich in meines rannte, über meine Frivolität – Wie konnte mir das nur passieren? – und schickte Theo den seriösen Logoentwurf per Verteiler.

Dann klingelte das Telefon, und wir versammelten uns alle wie üblich am Montag zur Konfi. Nach dem üblichen Blabla und der Einweisung sorgte Theo mit der Ansage, dass ich ihn in seinem Urlaub vertreten würde, für erstaunte Gesichter, die ich willentlich ignorierte. Allesamt! „Selina ist meine erste Wahl, denn nur sie hat das Zeug dazu. Für euch ändert sich außer an der neuen Platzierung von Selina in meinem Büro nichts! Gar nichts! Ruhe! Ferner möchte ich in aller Deutlichkeit zur Diskretion mahnen. Keine Sau wird hier irgendwelche Sachen ungefragt verschicken! Klartext. Wenn ihr hier wieder einen IT-Vogel haben wollt, der euch überwacht, dann nur zu. Ansonsten gilt: Hände weg von fremden PCs! Verstanden?! So, nun Abmarsch. Das Büffet ist eröffnet!"

Mit einem vegetarischen Schnittchen in der Hand und einem Lachen im Gesicht – jetzt wusste ich, dass nicht ich das „Porno-Logo" weitergesendet hatte, sondern irgendeiner von diesen Arschkrampen, Kollegen genannt. Nur wer? Ich sollte Fingerabdrücke von meiner Maus nebst Tastatur nehmen lassen. Robert kam drei

Sekunden, nachdem ich auf meinem Stuhl Platz genommen und den Rechner hochgefahren hatte, zu mir herein. „Du bist also für drei Wochen unsere neue Chefin? Na, das kann ja heiter werden. Auf welche anstößige Arbeitsmoral können wir uns da gefasst machen? Soll ich mich jetzt schon mal frei machen…"

„Robert! Was ist mit euch allen denn los? Ich vertrete hier nur Theo. Und glaube mir, dass ich nicht gerne auf meinen Urlaub in Schweden dafür verzichte. Viel wichtiger ist mir allerdings die Nummer, wer von euch Drecksäcken meinen witzig und nur für mich erdachten Logoentwurf „Fruit & Fun" an Theo – hoffentlich nicht an den Auftraggeber, aber der hätte schon längst angerufen – von meinem Rechner aus weiter geschickt hat? Hm??"

„Keine Ahnung. Ehrlich. Und selbst wenn ich es wüsste…es waren herrlich orangefarbene Brüste und dieser Rosmarinzweig dazwischen…"

„Robert! Halt die Klappe! Wer war´s?"

„Schätzelein. Du kannst dir beim Alten doch alles erlauben. Das ist doch wieder mal ein Beweis dafür. Mich wundert es nur, dass du ihn nicht in seinen Urlaub begleitest. Das wundert uns eigentlich alle...haha."

„Achso. Daher die verwunderten Gesichtsausdrücke von euch! Sehr witzig und jetzt verzieh dich." Mit einer deutlichen Handbewegung und einem verknitterten Gesichtsausdruck gab ich zu verstehen, dass ich alleine sein wollte.

Kurze Zeit später rollte Britta mit den Wochenplänen heran. „Nein, heute habe ich leider keinen Keks für dich!" Auf dem Absatz machte sie kehrt und ich sah mir ihr trauriges Hinterteil an, dabei hatte ich das Gefühl, dass es zu mir spricht. Das lag wohl an Brittas beigefarbener, enger Leinenhose, die brachte ihre üppigen, hin- und her wackelnden Puddingbacken gekonnt in Szene. Hatte Sie keinen Schlüpfer an? Ich glaubte, den Poritz zu erkennen. Und RUMMS ging die Tür zu. Ich schüttelte meinen Kopf hin und her, da ich dieses Bild schnell aus diesem heraus bekommen wollte. Hatte ich doch gleichermaßen wieder das Logo von „Fruits & Fun" vor Augen, diesmal mit einer rosafarbenen Britta-Backe links und einer rosa Backe und in der Mitte einen schokoladenen Keksrechts. Wo ist denn da bitte die Frucht? Fragte ich mich selber und wusste auch schon die Antwort. Im Arsch!

Vibrationssignal. Ich zog mein Handy aus meinem Schwarzen-Montags-Beutel – ich hatte für jeden Tag und jede Stimmung eine Tasche - und befreite es aus der ebenfalls schwarzen Schutzhülle – auch diese habe ich in verschiedenen Farben und Verzierungen. „Gut nach Hause gekommen?“ ALEXANDER!!! Jetzt nur nicht nervös werden. Ruhig bleiben und nicht vergessen zu ATMEN!

Meine Hände zitterten. Ruhig, BRAUNE! RUHIG! Schließlich ist das auch so ein Mistkerl wie alle anderen! Nur der führt ein Buch darüber. Philip vielleicht auch? Ein pinkfarbenes für seine Homo-Beziehungen und ein blaues für seine Frauengeschichten. Wer weiß. Ich wischte mir mit meiner Hand imaginär über mein Gehirn hin und her, so konnten die doofen Gedanken gleich raus aus meinen Ohren. Hinfort! Tschüss! Kommt bloß nicht wieder! Konzentration. Was ist der nächste Schritt? Melanie! Ich schrieb ihr „ER hat sich gemeldet. Text: ‚Gut nach Hause gekommen?‘ Was antworten? Gruß Selina!“

„Dumme Frage! Zappeln lassen! Hurra, ich sehe dich schon dort, wo wir dich haben wollen!“, folgte prompt die Antwort von Melanie.

„WIR?“

„Ja, habe heute mit einer guten Kollegin über Alexander Polochsohn gesprochen. Und diese wiederum hat eine Freundin und die arbeitet in einem französischen Restaurant als Kellnerin. Und ihre Köchin und Chefin in einem hat auch von so einem Mann erzählt. Dann haben wir Fotos ausgetauscht. Und den Arsch haben wir zweifelsfrei erkannt. Am Arsch! Komischerweise – haha - hatte er sich nie mit dem Gesicht ablichten lassen. Melde mich später! M.“

„Okay. S.“

Irgendwie gefiel mir diese Dynamik nun nicht mehr, weil ich vermutete, dass jetzt noch mehr Frauen mit noch mehr Ideen auf mich zukamen. Der arme Alexander… Ich schaltete das Handy aus und warf den Akku hinter mein Büroregal. Das machte ich immer so, um mich auf meine Arbeit zu konzentrieren und nicht ständig aufs Handy gucken zu müssen. Nun war mein Smartphone dunkel.

Insgeheim freute ich mich aber, dass ich Alexanders Neugierde erweckt hatte. Was er wohl denken musste? Haha. Amüsiert blätterte ich im Wochenplan und kreierte ganz dem Kundenwunsch entsprechend drauf los. Wir sind die beste Agentur mit der besten Grafikerin der Welt. Vier Logos für vier Kunden an einem Tag zu entwerfen, das sollte mir erst einmal einer nachmachen. Und meine Entwürfe waren immer Volltreffer bei Theo und beim Kunden gleichermaßen. „Fruit & Fun“ mal ausgeschlossen. Genügend Zeit hatte ich jetzt bis zum Feierabend. Mit meinem Zollstock (extra für solche Zwecke erworben) versuchte ich nun den Akku hinterm Regal vorzubewegen. Nach fünf Minuten gab ich auf.

Ich wählte die Durchwahl 11, „Frederik, komm doch mal bitte zu mir!“, ich legte auf und begab mich seitlich am Regal wieder auf die Knie.

„Was is los, Selina?“

„Schaffst du meinen Akku da raus zu holen?“, ich zeigte hinter das weiße und mit Ordnern vollgestopfte und an die 1,80 Meter hohe und 1 Meter breite Regal.

„War es mal wieder soweit? Stress mit deinem Philip?“, keuchend ging Frederik neben mir auf die Knie.

„Ich möchte nicht darüber reden. Hast du´s?“

„Selina, jetzt wo wir mal wieder ungestört sind. Ich warne dich vor Robert. Dem stinkt das, dass du die meisten Aufträge bekommst. Er posaunt schon herum, dass Theo dich deswegen als beste Grafikerin von ganz Hamburg bewirbt, weil du mit ihm in die Kiste steigst!“

„Ach, der ist doch nur auf mein Büro neidisch. Der soll sich mal schön mit euch im Großraumbüro weiter anschwuchteln.“

„Selina, also bitte!“

„Ist ja nicht persönlich gemeint, meine liebe Obertucke! Hast du es nun?“

„Ja! Das verlangt Fingerspitzengefühl…“

„Habe ich nicht. Mach´ hinne!“

„Da, jetzt kannst du wieder auf Betriebsbereitschaft gehen. Als Dank bekomme ich hoffentlich in der Zeit, wo du Theo vertrittst, dein Büro, oder?“

Ich fummelte den Akku in mein Handy ein und überlegte.

„Das muss ich abhängig von der Gesamtsituation machen. Da muss ich besonnen reagieren und das mache ich, wenn es soweit ist. Okay?“

Am Abend lag ich in meinem Pyjama auf der Couch, die Arme hinter meinem Kopf verschränkt, einer Tasse heißen Kamillentee auf dem Tisch neben mir, an die Decke zu starren und dabei zu versuchen, nicht zu denken.. Als Kind hatte das prima geklappt. Klappte aber nicht, ständig quatschte mir meine innere Stimme dazwischen: Philip, Alexander, Masterplan, Homo, Vier Jahreszeiten, Lippenstift, Champagner, Schlaftropfen, Pipette…

Ich schob die Tasse vorsichtig beiseite, nicht dass mein daneben liegendes Handy noch einen Schwapp abbekam - ich bin Meisterin in Handys Schrotten – und las abermals die Nachricht von Alexander. Die Privatsphäre-Einstellung hatte ich so gewählt, dass niemand erspähen konnte, wann ich das letzte Mal online war. Auch mein Profilbild zeigte ich nicht jedem. Alexander wohl auch nicht, oder er hatte gar keins hochgeladen.

Okay. Ich sollte ihn zappeln lassen. Das ist ein altbewährtes Frauenallheilmittel und darf nimmer angezweifelt oder gar ignoriert werden. War immer meine Predigt, und die habe ich meinen Freundinnen so lange eingehämmert, bis sie sich ergeben hatten, „Okay, dann melde ich mich morgen bei ihm“. Und jetzt? Jetzt war ich es, die an diesem Prinzip zweifelte. Wenn das alle so gemacht haben, dann ist er es gewohnt und findet dieses „Ich-lass-dich-zappeln-Spiel“ ja auch langweilig, redete ich mir ein. Genau, antwortete ich mir auch schon und überlegte, was meine Stimme A und meine Stimme B wohl nun schreiben sollten. Was ganz COOLES, sagte Stimme A. Nee, was LUSTIGES, was GAAANZ LUSTIGES, sagte Stimme B. Okay, was COOL-LUSTIGES!

Aber was? Ich verzichtete darauf, Melanie anzurufen. Die hat das damals mit ihm schon nicht hinbekommen, jetzt dann wohl auch nicht. Nee, ich musste das machen, ich war die Auserwählte.

NEUN

Acht Stunden waren seit seiner Nachricht vergangen. Mir fiel nichts ein. Weder etwas Cooles noch etwas Lustiges. Und das mir. War ich doch die ungekrönte Queen der lustigen Coolness. Aber auch eine Königin wird müde, und ich beschloss nach dem aufregenden Wochenende plus dem anhängenden schwarzen Montag, mich zur Ruhe zu begeben, um für den nächsten Tag jungfröhlich und blütenzart gewappnet zu sein und schlief ausnahmsweise mal vor 23 Uhr ein.

Der Wecker klingelt. Ich greife zuerst zum Nachttisch und hau dem Wecker ein paar auf die Glocken, dann drehe ich mich um und will den Arm um Philips Becken legen, doch Philip ist nicht da. Philip Theodor Gebbhardt-Schwulenstein. Stimmt, der war ja nun homo, bi oder keins von beidem. Bei mir braucht der nicht mehr anzuklopfen. Dazu hatte er ja auch keinen Grund, ich gab ihm ja in aller Deutlichkeit zu verstehen, ihn nicht zu lieben.

Gekränkter Stolz ist etwas für Weicheier! Los, aufstehen! Ich hob meinen Körper von der Matratze und stellte mich auf mein

Vibrationsgerät. Erspart den Gang ins Fitness-Studio und ist äußerst effektiv. Siehe meine strammen Pobacken. Mal kurz einige Übungen gemacht, anstrengend allemal, man glaubt es gar nicht, und nach einer halben Stunde war ich gut durchgerüttelt. Nicht geschüttelt - Running Gag. Nun war ich wach, sprang pfeifend ins Badezimmer und hopste auf meinem linken Bein zurück. Einer musste ja den Kaffee aufsetzen, und das war nun an mir. Et voilà. Aus der Ferne vernahm ich einen Vibrationsalarm. Zack. Auf das rechte Bein gestellt und ins Schlafzimmer gehüpft. „Können wir das Zappel-Spielchen lassen und uns lieber anderen Spielchen widmen? Smiley. Alexander"

Oh ha! Jetzt heißt es nicht gleich Volldampf geben. Kühlen Kopf bewahren -und dafür werde ich mich gleich mal unter die Dusche stellen. Das eiskalte Wasser lief, mein ganzer Körper wehrte sich mit steifen Nippeln zum einen und mit Entchenhaut zum anderen gegen die Kälte. Und ich lachte wie schon lange nicht mehr. Heute ist mir nach pink! Meine Kleiderwahl fiel entsprechend aus. Pinkfarbene, enge Hose, pinkfarbenes Sakko, dazu eine ebenso pinkfarbene Bluse, pinkfarbene

Pumps, pinkfarbener Lippenstift. Die Nägel noch schnell lackiert und fertig.

Um 10 Uhr stand ich als PURPLE ROSE in der Agentur. „Mensch, Selina. Ich brauch´ nen Augenschutz! Willst du uns umbringen?“, Robert zwinkerte mir freundschaftlich zu - diese falsche Schlange – und ich griente neckisch zurück. Bei Britta bestellte ich einen Kaffee, die nickte nur und ich spürte, da liegt was im Busch. Während sie zur deluxe Brühmaschine schritt, schrieb ich auf einen ihrer neonfarbenen Memozettel: „Ich habe was für dich! Selina & Smiley“, und klebte diesen auf den Rand ihres Bildschirmes. Britta bekam ich schnell wieder hingebogen. Die ist die zentrale Kraft hier und ich brauchte sie als Verbündete, wenn Theo außer Landes und ich mit den Matrosen hier alleine war. Eine Meuterei schien sich zusammenzubrauen und der Anführer war für mich schon ausgemacht. Doch bis dahin hatte ich noch drei Wochen Zeit. Jetzt musste ich mich erst einmal um meinen anderen Plan kümmern. Alexander, das Früchtchen, war nun dran.

„Sag mal Britta, du hast doch auch Erfahrungen in Sachen Männerwelt.“, fragte ich sie, als sie mit meinem Kaffee hereinkam, und lehnte dabei weit hinten in meinem Bürostuhl für alle Arbeitslagen, die Füße hatte ich auf meinem Tisch abgelegt. „Setz dich doch mal bitte, nur kurz.“ Ich zeigte – schon leicht im Chefmodus – auf den freien Stuhl neben mir – nicht ganz so gut gepolstert wie meiner – und reichte ihr eine neue Kekspackung, die sie mir freudestrahlend aus den Händen riss.

„Naja, was willst du wissen, Liebes?“, dabei schaute sie auf meine in pinkfarbenen Pumps steckenden Füße. Und ich verstand und setzte mich ganz weibisch wie bei einem Kaffeekränzchen aufrecht hin, überschlug meine Beinchen und schlürfte die frisch gemahlene und gesottene Koffeinbrühe.

„Keine macht den Kaffee so gut wie du!“ Wir kicherten, da wir beide froh darüber waren, dass Theo einen Vollautomaten gekauft hatte und somit Britta nur noch auf die Knöpfchen drücken und keinen Kaffee mehr brühen musste. Der schmeckte immer so etwas von scheußlich. Entweder war er zu dünn oder zu stark. Die Mitte traf sie nie. „Also…wenn ein Mann, ein sehr gut aussehender Mann sich immer nur und zwar maximal nur fünfmal mit einer Frau trifft und darunter Bilanzen zieht, einen „Deckungsbeitrag" berechnet...also..."

„Wie bitte?"

„Ja, warte. Meine Frage kommt noch. Also, sagen wir mal, dieser Mann soll einen Denkzettel bekommen. Und er trifft auf eine Frau, die es sich zur Aufgabe gemacht hat, ihn im Namen der über 300 Geschädigten zu rächen..."

„Die bist du, oder?"

„Das spielt jetzt keine Rolle. Also, wie müsste sich diese Frau verhalten? Sprich!"

„Selina, ich weiß ja nicht, was du oder was ihr euch da so ausgeheckt habt, aber sei mal schön vorsichtig. Prinzipiell kann ich dir nur sagen: Wenn einem die Treue Spaß macht, dann ist es Liebe. Und die Liebe, die trifft jeden einmal. Bis dahin kann viel passieren und man probiert viel aus. Aber, wenn einen die Liebe trifft, dann stellt man keine Fragen mehr. Und bis dahin ist alles erlaubt."

Mit einem widerspenstigen Räuspern setzte ich mich neu in Position, aufrecht und erhaben, „Okay. Vielleicht bin ich dafür noch zu jung. Aber ich bin da anderer Meinung. Auf der zwischenmenschlichen Ebene ist eben nicht alles erlaubt!" Draußen im Flur klingelte das Telefon, und ich war nicht gewillt das Telefonat zu übernehmen und lächelte Britta freundlich zu. „Lass uns später nochmal in Ruhe darüber philosophieren und vergiss bitte deine Kekse nicht..."

Als würde sie diese vergessen, dachte ich bei mir und lachte nicht hörbar in mich hinein. Dann klatschte ich in die Hände, sah auf meinen Wochenplan, erledigte einige Anrufe – Telefonate erhalten die Geschäftsfreundschaft – und nach einem erneuten Blick auf den heutigen Tag stellte ich fest, dass ich bereits gestern so viel erledigt hatte, dass ich mir heute kreative Zeit für mein Alexander-Projekt nehmen konnte. Okay, was antworte ich ihm?

Beste Taktik, auf die ich mich besann, auf die eingegangenen Nachrichten nicht zu antworten, einfach zu ignorieren und so zu schreiben, als hätte Alexander nichts gefragt. Ich skizzierte auf meinen Notizblock einige Entwürfe: „Donnerstag schon was vor?" Nee. „Eine Nacht, die es zu wiederholen gilt. Die Zeit läuft..." Doppel-Nee! Hm...Ich hab´s! „Das nächste Mal benutzt sie einen kussechten Lippenstift..."Das gefällt mir und weg damit!

Aufgeregt kicherte ich vor mich hin wie ein kleines Mädchen, das zum ersten Mal von einem Jungen geküsst worden ist. Vibrationsalarm. Oh Gott, er schreibt ja schon zurück?!

„Das nächste Mal benutzt ER einen Lippenstift…“ Haha. Er hat ja sogar Humor.

„Rouge Allure von Chanel kann sie ihm empfehlen… dazu bitte passende rote Pumps …“

„Ich muss Dich sehen! A.“

Ups. Und nun? Hätten wir nicht noch etwas länger hin und her schreiben können. Mit zittrigen Händen schaute ich in meinen Timer. Wochenende auf keinen Fall. Ich bin eine viel beschäftigte Frau mit einem großen Freundeskreis und vielen, vielen Terminen und – ganz nebenbei - bin ich ja verheiratet. Ring nicht vergessen zu tragen! Ich glaube, mein Ehe-Ring, der nur in Alexanders Universum einer war, macht ihn scharf. Gut. Donnerstag passt. Bis nächste Woche halte ich es nicht aus, ich muss jetzt Land gewinnen und den Plan umsetzen. Je mehr Zeit ich verstreichen lasse, desto wackeliger werden meine Beine. Und einer Spezialagentin wie mir sind weiche Beine nur ein Hindernis! Auf geht´s!

„Donnerstag!", so. Damit er gleich sieht, dass es mir ernst ist und ich keine anderen Terminwünsche seinerseits akzeptiere.

Antwort kam auf dem Fuße: „Er holt Sie 20 Uhr ab. Sie sagt ihm nur wo!" Überlegen. Überlegen. Mir ist schlecht! Zusammenreißen. Melanie anrufen.

Melanie? Okay. Pass auf. Ganz schnell. Er will sich mit mir diesen Donnerstag treffen. Ich muss dich sehen. Langsam bekomme ich..."

„Was? Bist du verliebt?"

„Nein! Es ist nur so, dass ich mich zum ersten Mal an einem Mann - und mir hat er ja nichts getan – rächen will..."

„Okay. Lass uns den Plan noch einmal durchgehen. Aber nicht hier am Telefon! Man weiß ja nie. Ich schnapp mir nach Feierabend ein Taxi und komm zu dir, okay? Oder ist Philip heute bei dir?"

„Ach, das habe ich dir noch gar nicht erzählt. Ich bin wieder Single. Erzähle ich dir auch heute Abend in Ruhe."

„Alles klar! Bis dann!"

„Bis dann."

Huuuhh. Durchatmen. Gut. Jetzt geht es mir besser. „Sie sagt ihm noch genau Bescheid." Klingt zu sachlich. Besser: „Sie sagt ihm noch genau Bescheid. Smiley" und abgeschickt.

Melanie war eine große Stütze, und sie erzählte mir so einige Geschichten über die französische Restaurantbesitzerin, die nebenbei auch Sterneköchin war, und wir fanden Bestätigung darin, dass Alexander nichts anbrennen ließ und vor allem aber ein Gourmet durch und durch war. Wir gingen das rote Büchlein nochmal durch, und jede Frau war auf ihre Weise jemand, von dem Alexander sich in genießerischer Hinsicht nähren konnte. Kosmetikerin, Köchin, Sommelière, Verkäuferin Feinkostabteilung…alles Berufe, die etwas mit Genuss, Hingabe und Wohlfühlen zu tun hatten. Okay. Nicht alle. Kindermädchen eines Freundes, Praktikantin in der Polochsohn´schen Privatbank und viele mehr… Ich rüttelte mich innerlich und dachte dabei an meine Vibrationsplatte und sprach zu mir: „WEHE SELINA, DU DENKST AUCH NUR IM TRAUMDARAN, DASS ER MIT DIR EINE BEZIEHUNG WILL. FÜNF NÄCHTE WILL ER, vielleicht auch nur ZWEI oder DREI, wenn DU

DICH zu blöde anstellst und auf seine Tour reinfällst."

„Ganz genau!", antwortete Melanie und nickte, während sie weiter im roten Heft blätterte. Hatte ich also wieder vor mich hin genuschelt. Das wird nochmal mein Verhängnis! Muss ich nach der Nummer zum Psychologen oder zum Neurologen?!

Nachdem wir unseren Plan noch einmal durchgegangen waren und Melanie wieder auf dem Weg nach Hause war, hatte ich nach diesem Gespräch wieder einen klaren Kopf. Mein Herz hatte ich vor genau zehn Minuten vorübergehend in den Urlaub geschickt - auf dass es mir nicht dazwischen funkte – wenn ich schon nicht nach Schweden fahren konnte, dann sollten wenigstens meine Emotionen weit weg sein. Am besten noch weiter weg von mir, vielleicht nach Alaska zum Wischen-Einfrieren!

Dieses Arschloch! „In der Liebe ist alles erlaubt?" Wer so einen Dreck erzählt…vor allem, was ist wann Liebe und was ist wann genau erlaubt? Gut, sagte ich mir. Wiederum gibt mir diese Aussage von Britta – die hatte sie bestimmt in so einem Groschenroman oder auf irgendeiner Humbug-

Ratgeber-Seite im Internet gelesen: „Die schönsten Sprüche über die Liebe" – den Freibrief für unseren geschmiedeten Racheplan. Ganz richtig. Man muss sich das alles nur zurechtbiegen. Wie viele Frauen, die ihn lieben, möchten sich durch mich als Köder bei ihm so für seine Liebe bedanken...Hehe. Meine Kopfhaut krabbelte, meine Teufelshörner wuchsen. Gut. Alles erlaubt!

Morgen werde ich ihm schreiben oder am Donnerstag. Ich muss da ganz easy über den Dingen stehen und mich als coole Braut, die ich nun mal bin, geben. Nur auf ein Abenteuer aus, keine Verpflichtungen für ihn, wie auch. Ich bin ja bereits verheiratet und suche nur eine kleine Affäre. Affären können zwar auch tödlich enden oder mit einer psychopathischen Stalkerin dann an seiner Seite. Aber nicht ich. Ich vermittele ihm das Gefühl, dass es zwischen uns ganz ungezwungen, ohne Stress, dafür mit viel Spaß abläuft - und zwar an fünf Nächten. Damit der Alexander auch schön anbeißt und mich hoffentlich schon am Donnerstag in sein Domizil lässt. Die französische Köchin hatte es geschafft, für eine Nacht in seine Privatsphäre vorzustoßen. Laut Melanie war es die 5. Nacht und somit ihre letzte. Mir blieben also noch vier. Eine Nacht hatte er ja schon verschlafen. An die zweite Nacht wird er sich leider auch nicht erinnern können…dafür an die Folgen umso mehr.

ZEHN

Nach dem üblichen Bürotag am Mittwoch und den Rütteleinheiten am Morgen und am Abend auf meiner Vibrationsplatte - auf die ich mal zum Spaß meinen Vibrator (mit Gummisaugkopf) steckte und mich drauf setzte -ein Spaß-und Trainingsprogramm der Superlative. Nicht zum Nachmachen für jedermann geeignet, nur für Rüttelprofis wie mich erdacht - war es nun soweit. Donnerstagmorgen und ich für den Abend in Rot gekleidet und bereit.

Rot ist eine Farbe, auf die Männer gleichermaßen abfahren. Stelle eine umwerfend schöne Frau nackt neben den schnellsten schwarzen Porsche der Welt und lass den Mann zwischen diesen zwei Optionen entscheiden. Die Wahl wird der Porsche werden, jede Wette. Aber...stecke diese Frau in ein Kleid (Farbe egal) kombiniert mit - aufgepasst - roten High Heels und farblich passenden roten Lippen - heute bekommt er ja von mir auf Wunsch einen neuen und laut Werbung kussechten Lippenstift geschenkt - und der Mann entscheidet sich für die Frau. Und genau das ist heute meine Überzeugungsoption ohne viele

Worte. Ich trage zwar kein Kleid, dafür einen schwarzen Hosenanzug mit tailliertem Kurzblazer und einer schwarzen Bluse mit Stehkragen. Aber dazu rote Wildleder-Pumps. Passend rot mattierte Lippen. Er wird mich heute 2,5 Gehminuten von meiner Arbeitsstätte abholen dürfen. Die Blicke meiner Kollegen waren mir sicher und siegesbewusst trat ich mit einem „Bing“ durch die sich öffnende Fahrstuhltür. „Guten Morgen, liebe Britta!“

„Wow. Selina, heute siehst Du besonders schön aus.“

„Danke. Das liegt an meinen Pumps.“

„Britta hob ihr Gesäß vom Stuhl und schaute über den Empfangstresen. Die hatte ich noch gar nicht gesehen. Toll!“

Mit einem Lächeln im Gesicht schritt ich an den gierigen Augen von Theo mit einem „Guten Morgen“ vorbei, und ich hatte das Gefühl, dass er sich – dieses Gefühl überkam mich öfter mal – in sein Büro zurückzog, die Tür hinter sich verschloss, den Hörer beiseitelegte um zu onanieren oder wie es in der Männersprache hieß, um abzusahnen. Das war wahrscheinlich auch der Grund, warum

Robert mich so um mein Büro, welches nur für mich war, beneidete. Er saß umringt von insgesamt zehn Kollegen im Großraumbüro und konnte nun leider nicht das machen, was Theo gerade unter seinem Tisch trieb.

Männer wichsen an die sieben mal am Tage, hatte ich mir von Frederik, meinem Lieblingskollegen bei einem Glas Feierabendwein erzählen lassen. Nun denn. Ich könnte ja mal im Großraumbüro, oder wie ich es nenne, im Affenstall – manchmal riecht es da fürchterlich drin, wie bei den armen Primaten, die nicht an die frische Luft können – Tiere stinken nur dann, wenn sie nicht artgerecht leben können –, vorbeischauen und mal durch die Reihen gehen und Kekse anbieten. Dabei schön mit meinem Popo wackeln, die Pumps über den Steinboden klimpern lassen und den Hauch von Tonkabohne (Basisduft meines heutigen Parfüms, Vanille zieht neben roten Pumps die Männer an wie Motten das Licht) verströmen. Und dann lasse ich sie zurück mit ihren steifen Gliedern und jeder einzelne von ihnen wird dann auf der Männertoilette verschwinden. Habe ich schon häufiger zelebriert, nachdem mir Frederik – der einzige in dieser Runde, bei dem meine weiblichen

Reize versagen – die Nummer mit den sieben Wichseinheiten am Tage offenbarte.

Los geht´s! Ein bisschen Spaß muss sein. Eine Keksrolle stecke ich für später für Britta in meine Schreibtischschublade und die andere biete ich den Äffchen an. Muss mich ja in Anbetracht meines baldigen Chef-Vertretungs-Postens bei den Nerds auch einschleimen. „Keks?"

Zurück in meinem Büro höre ich auch schon den ersten zur Toilette gehen... Wirkung nicht verfehlt. Sehr gut. Dann schreibe ich jetzt Alexander: „20 Uhr, Eingang Mundsburg Tower?"

Vibration. Antwort von ihm gewohnt schnell. Was schreibt er? Kann er jetzt doch nicht? „Arbeitest Du da?" Sollte ich ihn vielleicht besser woanders hinlocken? Nein. Daran merkt er, dass ich Vertrauen zu ihm habe. Außerdem, was soll schon passieren? Der Bürokomplex ist groß und meinen Nachnamen weiß er nicht. Aber meinen Vornamen, und der reicht in Verbindung mit dieser Adresse für einen Datenabgleich. Nur gut, meine Firma verzichtet auf die Teamvorstellung auf der Homepage.

Sollte in der heutigen digitalen Ausspionage-Zeit auch gänzlich unterbunden werden. Ich spreche aus Erfahrung als Hobby-Detektivin. Nun, weiß er aber schon mal die Adresse und würde ich ihm jetzt eine andere geben, dann macht das keinen Sinn. Was mache ich mir da überhaupt meine Gedanken. Noch vier Nächte und dann TSCHÜSS. Und wenn er sich dann an mir rächen will, was dann? Ich stelle mich einfach viel zu geschickt an, als dass er auch nur ansatzweise meine Person mit dem Ganzen – was ihm passiert – in Verbindung bringt. So. Meine Antwort lautet so. „Klingel mich an, und ich komm´ runter!"

„Noch so fleißig?" Theo schaut herein. „Habe ich dir so viele Aufträge erteilt?"

„Ich habe gerade eine kreative Welle, die nutze ich aus."

„Dafür machst du aber morgen eher Schluss, ja? Deine Schönheit soll uns ja erhalten bleiben", dabei schaut er auf meine roten Pumps, die ich sofort hinter dem Papierkorb unter dem Tisch zu verstecken weiß.

„Wenn du nichts dagegen hast, dann fange ich morgen etwas später an?" „Ja, schlafe dich aus.

Wir sehen uns morgen 12 Uhr zum Kundengespräch."

„Okay." Ich winke ihm etwas blöde zu und wühle, nachdem er gegangen ist, in meiner – passend zum Outfit und passend zum Anlass –Rote-Kussmund-Tasche. Wo sind denn jetzt die blöden Tropfen? Ring ist da, gleich anstecken. Lippenstift, Schlüssel, Portemonnaie, Parfüm…Ah, hier ist das Samtsäckchen. Nichts ausgelaufen, wunderbar. Handy ist auch aufgeladen. 19:50 Uhr zeigt die Uhr, es kann losgehen.

Telefonklingeln.

„Hallo Alexander."

„Hallo! Kommst du runter? Oder soll ich hoch kommen?"

„Bleib wo du bist! Ich bin in zwei Minuten unten."

„Ich stehe genau vorm Eingang. Bis gleich."

Ich ziehe meine Bluse aus, rutsche mein Spitzen-Bustier zurecht - meine Brüste schiebe ich noch etwas höher - und dann kann es schon losgehen. Im Fahrstuhl noch den Lippenstift nachgetragen, den betörenden Duft von vanilliger Tonkabohne aufgesprüht und dann sehe ich ihn durch die gläserne Eingangstür lässig an seinem Luxusschlitten gelehnt stehen. Schick, sexy und umwerfend, wie Frau ihn kennt. Ich kneife mich und mahne mich zur Konzentration.

„Wow, tolle Schuhe und erst diese Lippen. Ist das das ROT, was ich am ganzen Körper hatte?"

Ich schmunzel. Wenn du wüsstest, was ich weiß, und wenn du nur den Hauch einer Ahnung von unserer ersten Nacht hättest, du würdest nicht so blöde grinsen bei diesem Gedanken, den ich diesmal nicht vor mir her genuschelt, sondern wirklich nur in meinem Köpfchen gedacht habe, dank meiner „ICH-beiß-mir-auf-die-Unterlippe-Taktik", lächele ich ihn an, „Da dir mein Lippenstift so gut gefällt, habe ich dir auch gleich noch einen besorgt. Oder hatte ich da etwas missverstanden?" Kokett ziehe ich eine Augenbraue nach oben, gebe ihm ein Küsschen auf die Wange: „Keine Angst. Meiner ist heute kussecht.", und nehme in seinem Wagen auf dem Beifahrersitz Platz.

Er startet den Motor, legt seine rechte Hand auf meinen Oberschenkel, neigt seinen Kopf zu mir und haucht mir vorm Abfahren noch ins Ohr: „Lass uns zu mir fahren. Da sind wir ungestört."

Jaaaaa! Jaaaaa! Jaaaa! Innerlich schreie ich wie eine wilde FC-Bayern-Fantruppe bei einem Tor, ein „JAAA! JAAA! TREFFER!!“ und beiße mir abermals auf die Unterlippe. Um ihn nicht zu irritieren, schaue ich in seine – oh Gott sind die schön - Augen und raune ihm nur zu: „Worauf wartest du noch?“.

Er mustert mich und ich ahne, meine Antwort war nicht die, mit der er gerechnet hat, und hake gleich nach: „Zu mir können wir nicht.“ Ich hebe meine Hand und zeige mit einem „Hier“ auf meinen vermeintlichen Ehering.
„Bist du immer so vertrauensselig?“

„Der Abend könnte schön werden, willst du ihn zerreden? Ich habe nicht ewig Zeit…“

„Oh. Okay. Ja.“ Er gab Gas, und wir fuhren zu ihm. Auf dem Weg ins schöne Grünwald, der französischen Köchin hatte ich diese Information zu verdanken, smalltalkten wir wie Geschäftsfreunde über Neu- und Umstrukturierungen das Hamburger Stadtbild betreffend und über Investitionen in Verbindung mit Anlagekapital und sozialen Brennpunkten. Wahrscheinlich dachte er, ich arbeite auf dem Sektor der Städtebildung, denn in unserem Bürokomplex war auch ein großes Architekturbüro ansässig. Diese Gesprächsthemen über den optischen Wandel der Stadt in Verbindung mit Renditeausschüttungen langweilten mich zu Tode, und ich versuchte den Bogen anders zu spannen und antwortete in einem knappen Satz.

„Ich erschaffe gerne mit meinen eigenen Händen eigene Dinge."

Er antwortete unerschrocken und gerade aus: „Architektin?"

„Im Großen und Ganzen, ja!"

„Hm. Du machst mich neugierig. Erzähl mir mehr."

„Wie lange dauert denn die Fahrt noch?", antworte ich daraufhin mit einem Augenzwinkern, um die Ahnungslose vorzutäuschen.

„Wir sind gleich da."

„Das ist zu knapp. Ich erzähle dir ein anderes Mal mehr von mir."

Wir hielten vor seiner Villa, die versteckt hinter einem eisernen Zaun - ähnlich wie die über Generationen in Polochsohn´scher Hand befindlichen Bankiersvilla im Hamburger Stadtkern und von stattlich gewachsenen Bäumen umgeben da stand. Mittels Druck auf seine Fernbedienung öffnete sich der eiserne Vorhang mit dem geschwungenen schmiedeeisernen Buchstaben „P“ mittels Knopfdruck.

Die Uhr zeigte bereits 20:45 Uhr an. Er hielt mir die Tür auf, reichte mir die Hand, und wir schritten die vier – ich habe mitgezählt – Stufen zum großen Holztor mit goldenem Löwenkopf empor. Sehr feudal, mein lieber August ähm Alexander!

„Das Taxi kannst du mir bitte jetzt schon für 04:00 bestellen. Das sollte für uns heute reichen.“ Mit frechen, aufgeweckten Augen schaute ich ihn an.

Dann lass uns keine Zeit verlieren und komm…“Er zog mich an der Hand nicht wie von mir erwartet die geschwungene Treppe hinauf, wo das – wie ich bereits wusste, was aber auch nicht schwer zu erraten war – Schlafzimmer mit einem riesigen Himmelbett wartete, sondern es ging von der Empfangshalle linker Hand weg ins bereits angeheizte Kaminzimmer.

„Ich soll mich wohl gleich ausziehen oder warum brennt der Ofen?“

Ofen?“

„Der lodernde und altehrwürdige Steinkamin…"

„Dieses Haus muss von Frühjahr bis Winter beheizt werden…dieses Feuer brennt nicht für dich, dass in mir schon…"

Ich musste laut auflachen und fasste mir dabei ans Herz. „Herrlich…"

„Schön schwulstig, oder?"

„Ja, hast du noch mehr davon?", antworte ich darauf.

„Ich bin in diesen Sachen nicht so der große Redner, eher ein Machertyp…"

„Verstehe. Ich bin in solchen Fällen der Champagner- und Lust-und-Genießertyp…"

Er hatte meinen Wink mit der Keule verstanden. „Oh, entschuldige. SO viel Zeit muss immer sein."

Gab es keine Gesindeklingel in Reichweite oder hatten seine Angestellten heute frei? Ich überlegte die nächsten Schritte. Ich musste ihm wenigstens einen blasen, bevor er einschläft. Nochmal aufzuwachen und sich an nichts zu erinnern, das nimmt der mir kein zweites Mal ab. Und jetzt, wo ich Single bin? Darf ich ja auch ein bisschen Spaß haben! Und nur so könnte ich ihn bis zur fünften Nacht auch für mich gewinnen. Ich war eine leidenschaftliche Bläserin. Ja.

„Sag mal, was sagst du eigentlich deinem Mann?“, wollte er mit zwei Champagnerschalen und einer Flasche ROSÉ Champagner (hatte er sich also gemerkt...gut!) in der Hand von mir wissen.

Ich war auf solche Fragen vorbereitet und war sowieso noch nie auf den Mund gefallen und kreativ in Sachen Ausrederei. Schon als Kind haben mich die anderen Kinder für meine Fantasie, böse Menschen würden sagen Lügerei, bewundert. „Er ist auf Geschäftsreise...“

„Er?“

„Ja, er. Über ihn musst du nichts wissen...“

„Gut. Setzen wir uns?“

Wie zwei Bekloppte auf der Hühnerstange saßen wir mit den Ärschen auf der Couchkante fertig zum Sprung. „Blöd, wenn man seine Liebelein neben sich sitzend weiß, Champagner trinkt, aber nichts von sich preis geben möchte.“

„Eine Liebelei bin ich also für dich?“

„Klar. Ich für dich doch auch. Prösterchen“, ich hielt ihm meine schon wieder leere Schale entgegen.

„Selina…“

„Keine Panik“, antwortete ich ihm, „Heute trinke ich dich nicht zu Grund und Boden…“

„Was meinst du damit?“, er wurde hellhörig.

„Na, das letzte Mal hatte ich einiges mit dir zusammen an Champagner gekillt…heute gehe ich es behutsamer an…wenn du vielleicht noch einen Keks hättest? Ich bin etwas hungrig.“

„Sorry. Heute bin ich kein guter Gastgeber.“

Und wieder stand Alexander auf und ging in die Küche. Ich nutzte die Zeit und tropfte ihm exakt einen Tropfen ins Glas und wollte ihm gegebenenfalls später lieber nochmal einen ins Glas tropfen. Da ich glaubte, dass er sonst die Stufen nicht mehr schaffen und auf der Treppe umkippen würde. Und dass es irgendwann nach oben ging, war klar. Wie war das? Melanies Einweisung in die Naturapotheke: „Ein Tropfen schadet nicht, da merkt er nur seine aufkommende Müdigkeit. Nach dem zweiten

Tropfen hast du noch ca. zehn Minuten Zeitpuffer bis er schläft. Willst du die Nacht unbefleckt überstehen, dann verabreiche ihm drei bis vier Tropfen für einen langen und erholsamen Schlaf. Das ist meine Spezialtinktur. Keine Angst, da kann nichts passieren. Eine Überdosierung führt lediglich zum Durchfall. Wird sofort vom Körper ausgeschieden."

Er kam mit einem Tablett voller Früchte und Käse und Brot zurück.

„Ein Machertyp macht wohl alles lieber selber?"

„Wieso?"

„Oder ist das Personal auch nicht mehr das, was es einmal war?"

„Was meinst du? Magst du lieber etwas anderes?" Langsam wurde er ungeduldig.

„Oh, nein. Das ist wundervoll. Ich hatte mich nur kurz darüber gewundert, ich war vielmehr erstaunt, dass du in die Küche gehst und nicht bedient wirst."

„Verstehe. Nein, heute haben wir das Haus für uns allein."

Ah, diese Taktik fährt er nun. „Wir haben heute das Haus für uns allein." Will mir suggerieren, dass an anderen Tagen Hans und Magda – erdachte Namen für den Gärtner und für die Köchin –da waren. Und wir uns also öfter hier sehen könnten. So. So. Nicht mit mir!

Ich nahm nur von den in mundgerechte Happen geschnittenen Früchten, von denen die beim Kauen keine lästigen Knack-Schnurps-geräusche machten, kernlose, rote Weintrauben, Mango und für ein besseres Mundgefühl noch weiche Birnenstücke hinterher. Er schaute mir beim Kauen zu, die Hand ans Kinn und dabei insgeheim auf seine schwarze „Blancpain", genauere Modellbezeichnung noch unbekannt, Armbanduhr; ich registriere alles. Ich schluckte das letzte saftigen Birnenstück hinunter, „So. Kommen wir nun zu deinem bestellten Lippenstift. Den musst du dir aber erst noch verdienen…"

„Ach ja?" Große, braune Augen funkelten mich an. „Prost!" Er kippte in einem Zug sein Glas aus, ich tat es ihm gleich, und wir gingen mit unseren leeren Gläsern und einer neuen Flasche – die hatte er ohne mein Zutun aus der Küche geholt, während ich vor der Treppe wartete - die Stufen hinauf. 52 Stufen waren es, und dann stand ich noch einige Schritte weiter vor seinem König-Ludwig-Himmelbett. Mensch, Herr Polochsohn, dafür haben Sie aber öfter ihren Arsch verkaufen müssen. Wie viel verdient man denn als Bankier einer Privatfamilienbank. Hicks.

„Noch einen Schluck?“

„Klar, und dann lassen wir die Puppen tanzen…“

„Selina, du gefällst mir immer mehr…“

Das war für mich das Kommando, meinen schwarzen Blazer endlich auszuziehen, der nun endlich einen erotischen Blick auf meine unter dem Spitzenbustier durchscheinenden, großen, runden und überaus strammen – die Rütteleinheit machte sich auch da bezahlt – Brüste frei gab. Wobei ich an Alexanders zufriedenen Ausdruck feststellen konnte, dass er diesen Anblick nicht vergessen hatte. Er hüpfte vor Freude aus seiner schwarzen Anzughose – dieser Mann hatte sicherlich einen ganzen Raum für seine Anzüge und einen für seine schwarzen Schuhe – und dann sprang er, die Flugkraft ausnutzend – mit einem nicht ganz so galanten Sprung aufs Bett. Und dann dämmerte es mir….Was ist, wenn hier versteckte

Kameras installiert sind? Scheiße noch eins! Mit Sicherheit waren sie das. Ich hätte es nicht anders gemacht, hätte ich so einen Kasten unterm Arsch!

Aber zu spät, die Tropfen hat er schon geschluckt. So musste ich auf mein Glück bauen und darauf hoffen, dass es weder im Kaminzimmer noch hier im Schlafzimmer Sichtgeräte gab. War jetzt eh zu spät, wenn die hier sind, dann sicherlich auch im ganzen Haus. Meine Gedanken fuhren Achterbahn.

Alles in Ordnung?" Er saß hinter mir auf dem Bett, seine Arme umfassten meine Hüfte und zogen mich zu ihm. Ganz nah, ich spürte seine warme, behaarte Brust auf meinem Rücken. Sein heißer Atem streichelte meinen Nacken, sämtliche Haare - außer auf meinem Kopf, in meiner Nase und bestimmt auch einige in meinen Ohren ließ ich keine wachsen – stellten sich auf, und da war sie wieder: meine Sandkörnerhaut – die hatte ich als Kind so getauft, immer dann, wenn ich am ganzen Leibe schon gefroren hatte, aber nicht aus dem Wasser kommen wollte. „Du hast schon eine Gänsehaut! Du kommst jetzt sofort raus!" „Nein, das ist keine Gänsehaut, Mutti. Das sind feine

Sandkörner, die durch den Wind und das Wasser auf meiner Haut kleben!"

Und genau diese hatte ich nun, obwohl mir alles andere als kalt war. Seine Lippen entfachten abermals einen Schauer, der sich wie bei einer Fieberkranken wie eine Feuerwalze auf der Haut anfühlte. „Aua", entfuhr es mir.

„Sind meine Küsse so schlimm?"

„Nein, mir ist nur so heiß, ich habe das Gefühl zu verbrennen."

„Oha. Noch ein Glas Champagner?"

„Ich habe eine bessere Idee", ich drehte mich zu ihm und wurde aktiv. Küsste ihn am Hals (die Lippen ließ ich zu seiner Verwunderung gleich mal aus), seine Brust, seinen Bauch, die Innenseite seiner Schenkel, betrachtete mir seinen empor wachsenden Stamm, der wirklich meinem schwarzen Dildo – außer in der Farbe natürlich – zum Verwechseln ähnlich sah.

Und während ich meine weichen, heißen und mit Lippenstift angemalten kussechten Lippen zart über seine Eichel gleiten ließ, sah ich ihn an wie er mich zufrieden anfunkelte: „Oh, jaaa…", und kurze

Zeit später einschlief. Kaum zu glauben, aber während er dank der Tropfen gemächlich ins Schlafland dämmerte, blies und blies und blies ich weiter wie unter einem enormen Saugdruck stehend und davon nicht loskommend, bis er im Schlaf kam. Ich würde ihn zu gerne fragen, ob er etwas dazu Passendes geträumt hatte... malte seine Lippen mit seinem neuen Lippenstift, den ich ihm versprochen hatte, feuerrot an und legte ihm diesen neben ihn aufs große, weiße Kopfkissen. Zur Erinnerung. Klatschte mir eine rechts, eine links ins Gesicht und überlegte, ob der vermeintlich installierten Kameras etwas zu tun sei.

Gehen wir davon aus, dass ich bereits gefilmt worden bin, wie ich zwei Tropfen in sein Glas geträufelt hatte, wie lautete meine plausible Erklärung? Homöopathische Tropfen zur besseren Allgemeinbefindlichkeit für eine längere Ausdauer...? Grenzte dennoch an Körperverletzung, wäre aber eine Chance...sollte er mir dieses glauben, dann könnte ich gegebenenfalls auch noch weiter spinnen. Also sollte ich mich jetzt so verhalten, dass ich möglichst die unbefriedigte Geliebte spiele und so tue, als ob ich überrascht darüber bin, dass er nun schläft und mich davon mache. Ich könnte ihm aber auch ein grandioses Theaterstück bieten, welches er sich immer wieder auf seinem Filmchen anschaut und mich danach unbedingt wieder – Tropfen vergessend – sehen will! So mache ich das. Okay.

Dafür müssen Nacht drei, vier und fünf entsprechend nach Plan und alle – und wirklich alle, wie konnte ich das nur mit den Kameras vergessen - Eventualitäten durchdacht sein bis zum grandiosen Finale! Während er weiter schläft, gebe ich die Femme fatale. Ich küsse seine Lippen, lecke an seinen Ohrläppchen, streichele mit einer Hand über seine Brust, die andere verschwindet zwischen seinen strammen Schenkeln, ich rutschte mit meinem Körper nach unten und beuge mich über ihn, den Kopf über seinem nun schlafenden Zauberstab und drehe meinen Arsch in alle möglichen Richtungen, damit die Kameras diesen auch schön erfassen, stöhne etwas leidvoll beim Anblick meines schlafenden Geliebten, strecke die Arme nach oben hin aus, wackele mit meinen großen Brüsten – das ist jetzt albern – und stehe auf. Das macht so keinen Sinn. Nicht dass er denkt, ich bin völlig durchgeknallt und kann nur mit leblos daliegenden Männern Sex haben. Gibt´s ja alles. Nein… Ich küsse ihn ein letztes Mal auf seiner Seite am Bettrand stehend, und meine Brüste berühren dabei seine...dann schlägt er die Augen auf. Huch! „Wo willst du hin?“

„Ähm...“ Diese Nacht werde ich meinen Lebtag nicht vergessen. Ich, die Regisseurin, der alles aus den Händen gleitet, außer seinem Schwanz, den meine Hände reiben – SELINA!! Reiß dich zusammen. Hier gibt es kein Happy End! Hier gibt es ein Projekt mit einem ganz klaren Auftrag mit nur einem Ergebnis und diesen gilt es erfolgreich zu Ende zu bringen! Wenn du das nicht schaffst, dann auch nicht die in knapp drei Wochen anstehende Vertretung und die damit verbundene Dompteurnummer von wildgewordenen Affen, Kollegen genannt!

„Alexander an Selina....Hallo?“

„Ja. Also gehen habe ich nicht vor.“

„Wo waren wir stehen geblieben?“

„Stehen geblieben?“ Ich schaute zwischen seine Schenkel und zeigte mit dem Finger – was man ja normalerweise nicht macht, weder auf fremde Menschen, noch auf nicht mehr ganz so fremde Schwänze – zwischen seine Schenkel, „Da...“

Er lachte, stand auf und zog mich zum Fenster, beim Vorübergehen gab er mir zu verstehen, dass sich hinter der Seitentür ein Badezimmer befindet, „Wenn Du Dich frisch machen willst?", zwinkerte mir zu und dann standen wir hinter hellen Gardinen, die schweren Vorhänge waren immer noch seitlich an goldene Knaufe gebunden, und mit einem Druck auf den Messingknopf, der an der rechte Seite des Fensterrahmens angebracht war, leuchteten Lampen im hinteren Teil des Gartens auf. Man könnte sagen, der Garten wurde illuminiert in die schönsten Regenbogenfarben.

Er öffnete das Fenster, und wir traten auf den Balkon, und ich sah einen zauberhaften Garten voller blühender Bäume ohne Zierschnitt, wilde, hochgewachsene Gräser, ein Pfau lief um den Brunnen, ich musste mich kneifen, nicht dass ich aus Versehen von dem Glas mit den Schlaftropfen genascht hatte und das alles träumte. Dann stellte er sich mit seinem nackten Körper hinter mich und fickte mich wie ich schon lange nicht mehr genommen worden bin. Himmel. Der Pfau nahm meine Schreie wohl zum Anlass und stimmte mit ein. Dank des durch die Bäume natürlichen Sichtschutzes konnten die Nachbarn in einigen Metern Entfernung nur ein Pfauenlied mit weiblicher Stöhn-Untermalung vernehmen, und wenn sie dennoch durch die Astspitzen etwas gesehen haben sollten, dann muss es wie ein Bild aus einem Traumland gewesen sein. Denn der Dunst der Wiese stieg in der Nacht empor und wurde in ein spektralfarbenes Lichtkonzert gehüllt...Ich hätte davon gerne einen Film gehabt. Ob er auch draußen Kameras aufgestellt hatte? Jetzt könnte ich ihn ja fragen, und das machte ich auch... "Alexander?"

Er atmete langsam und streichelte meine Schulter, während mein Kopf in seiner Achselhöhe perfekt gebettet war wie der Kirschkern in der Kirsche. „Hm?"

„Falls eine von deinen Außenkameras unsere Nummer auf dem Balkon gefilmt haben sollte – rein zufällig – ich hätte davon gerne eine Kopie!"

Wieder lachte er und gab mir einen Kuss auf die Stirn. „Selina...was denkst du von mir?"

„Ich meine ja nur. So eine traumhafte Kulisse, mit einem stolzen Pfau am Brunnen, bunt angestrahlten Bäumen und wir auf dem Balkon uns hingebend, das hat man doch selten. Respektive ich. Daher..."

„Du bist mir eine..."

„...Liebhaberin der schönen Künste", ergänzte ich, wohlwissend, welch´ Ästhet er ist. Er küsste mich leidenschaftlich, seine Hände streichelten sanft meine erregten Brüste und dann klingelte mein Handy von unten zu uns herauf. Mein selbst installierter Weckruf, der nicht nachgeben wollte und immer penetranter wurde... „Ich muss jetzt los!"

„Warum eigentlich? Dein Mann ist auf Geschäftsreise. Du kannst dich hier frei bewegen und wie zuhause fühlen..."

Was fährt der Idiot – ich wurde jetzt sauer – für Waffen auf? Fünf Nächte, nicht mehr und nicht weniger, will er von einer Frau, da kann er doch auch ehrlich sein und das vorab sagen, und wenn nicht sagen, dann aber bitte nicht so eine Gefühlsnummer ´Fühl dich wie zuhause!´ bringen. Bei mir funktioniert das ja so und so nicht, ich bin ja schon verheiratet. Also ich meine... Ruhig Braune! Ruhig! Genau um diese Arschlochnummer – Polochsohnnummer geht es uns ja! Denk an Melanie, denk an all die Frauen, die er mit seinem

Gequatsche in den Himmel und nach spätestens fünf Treffen in die Hölle geschickt hat.

Ich lachte, durch Lachen kann man Stress am schnellsten verarbeiten – und mit einem „Wie komme ich hier eigentlich raus?“ zog ich mir mein Bustier und mein Höschen an, ohne ihn vorher jedoch augenzwinkernd – Ich hatte mich wieder im Griff - zu fragen: „Oder soll ich es hier lassen?“ Danach Hose, Blazer, und der Rest vom Schützenfest lag ja unten.

„Ich bring Dich nach Hause!“

Oh, ganz Gentleman. „Um diese Uhrzeit dauert es ewig, bis ein Taxi kommt.“ Mist! „Okay. Aber nicht bis vor die Haustür…!“

Nach zehn Minuten Autofahrt fragte er mich: „Ich brauch´ nen Kaffee. Magst du auch einen? Ich halte hier mal kurz, die Konditorei macht den besten Café au lait weit und breit!“, dabei gähnte er mich so großmundig an, dass es ihm sogleich peinlich war und er sich die Hand an den Mund schlug: „Sorry, du hast mich geschafft...“

Ja, genau. Das denk du mal ruhig. Das sind die Nachwirkungen der feinen Tropfen. Ich biss mir schnell wieder auf die Unterlippe, nicht dass ich wieder laut dachte. Ich sah ihn an, er schaute mich, durch die aufkommende Müdigkeit, etwas sehr bescheuert an. „Also? Magst du?"

„Wenn die schon geöffnet haben? Gerne.", ich staunte jedoch nicht allzu lang. Der Herr von und zu wird hier ja öfter seine Bahnen ziehen und mit Mädels im Schlepptau am frühen Morgen vorbeikommen und schon ein frühmorgendlicher Stammgast sein, oder er hat was mit der Inhaberin oder beides. Er stieg aus und gähnte abermals und winkte mir, als er an der Motorhaube vorbeischritt, noch zu. Hm? Das sind die Tropfen. Na, soll uns mal mit seinem rot verschmierten Mund – wieso sollte ich ihn darauf aufmerksam machen, dass sein neuer Lippenstift nicht nur so kussecht war, sondern auch verdammt gut hielt - einen Kaffee holen. Malsehen, was seine Freundin da drin dazu sagt. Wahrscheinlich wird sie versteckt aus dem Fenster schauen – ich gucke da jetzt nicht hin – und bemerken, dass ich viel schöner und jünger bin als sie und mich – wie bei Schneewittchen – umbringen wollen. Nicht mit einem vergifteten Apfel, sondern mit einem vergifteten Kaffee. Also, ich werde nichts aus dem Becherchen trinken.

Ja, Selina, jetzt kommt das Misstrauen...als Strafe für dein hinterhältiges Verhalten. Ruhe! Konzentration! Sein Schlüsselbund lag viel zu einladend in der Getränkehalterung. Sein Handy und Portemonnaie hatte er mitgenommen. Auf die war ich nicht scharf, aber ich werde mir mal – hatte ich doch noch die leeren Batterien vom letzten Mal in meiner Tasche – einen ungeplanten und fast schon Running Gag erlauben und die Batterien aus seiner Fernbedienung, diesmal aus der vom Türöffner, austauschen.

Ich lach mich schlapp beim Gedanken, wie er auf dem Rückweg vor seiner Villa steht, das Personal nicht da, und die Scheißfernbedienung öffnet das Eisentor nicht, und er kann nicht rein. Ooorrrh. Und das um diese Uhrzeit. Tja, was machen, lieber Alexander? Ärgern und toben und dann über das Tor steigen und sich dabei die teure Hose aufreißen – sich nicht hoffentlich an den wertvollen Juwelen verletzten, das täte mir leid – und über den Sandschotterweg rennen, um dann mittels Schlüssel in die Villa zu gelangen, sich wieder zu ärgern „Scheiß Batterien!", Batterien zu suchen, diese nicht zu finden, weil das hirnverbrannte Personal alles wegräumt und sich dann daran zu erinnern, dass das Tor auch irgendwie anders aufgehen muss, den Schlüssel aber auch nicht findend, sich ins Bett zu legen und das in einigen Stunden eintreffende Personal Hans und Magda zur Schnecke zu machen.

Zurück und mit immer noch rot verschmierten Lippen und zwei schönen Pappbechern Kaffee – mit einem sehr gelungenen Logo in grün grau - in der Hand fuhren wir wieder los. Wir streichelten uns abwechselnd über die Oberschenkel, er griente vor sich hin und schlürfte Kaffee, dabei hatte er auch so einen Milchbart wie ich den normalerweise trage. „Du trinkst gar nicht?“

Ich nahm den Deckel und pustete leicht über den Milchschaum – auch sehr gelungen, „Noch so heiß…“ Es erfolgte eine unsanfte Vollbremsung und ich tauchte mit Nasenspitze und Mund in den weißen Schaum. Er lachte – mal wieder äußerst schelmisch und sehr süß –, und ich schaute ihn an wie der Weihnachtsmann. Das war kein Milchbärtchen, das war ein Vollbart. Na, warte. Meine Rache kommt schon auch noch…

Ich ließ mich 15 Gehminuten von meiner Wohnung entfernt absetzen. Wo? Bezirk? Bedankte mich bei Alexander mit einem dicken Kuss, die Bärte hatten wir immer noch und hatten unseren Spaß daran.

Ich kam mir schon vor wie ein Borderliner, auf der einen Seite genoss ich alles, den Spaß, die Begierde, alles, einfach alles mit Alexander, und auf der anderen Seite machte ich das alles nur, um meinen Auftrag zu erfüllen, ihn mit Tropfen zum Schlafen zu bringen, ihn zu küssen, ihn in mich zu lassen – heute das erste Mal und es war wunderbar…die Batterien auszutauschen. Mädel? Merkst du es noch? Batterien, Schlaftropfen? Hey, das ist harmlos. Noch kannst du aussteigen. Ich will nicht aussteigen. Ich will wenigstens nach der fünften und letzten Nacht sagen können, er wird ewig an mich denken und ich an ihn…. Läuft die 15 Minuten nach Hause, der Morgen erwacht, und sie würde eh kein Perversling anfassen, da sie mit einem eingetrockneten Milchflaum im Gesicht und vor sich hinbrabbelnd ein Bild einer geistig leicht vernebelten Frau abgibt und ihre äußere Erscheinung zu viele Fragen aufwirft, und nichts schreckt Idioten mehr ab als nicht einzuordnende Gestalten oder Situationen. Weiß sie auch aus einem Psychothriller.

Im Bett liegend, den eingetrockneten Milchschaum in meinem Gesicht als Andenken an die Nacht zumindest bis 8 Uhr, sprich in vier Stunden, behalten wollend, lag ich auf meinem

Bett. Die Nummer mit dem Pfau ging mir dabei nicht aus dem Kopf. Zugelaufen konnte er ihm ja schlecht sein, das heißt, er hatte sich diesen extra gekauft oder schenken lassen. Passte ja. Eitler Pfau oder besser noch eitler Gockel…Hihi. Ich sollte ihm einen Hahn, der jeden Morgen ab 4 Uhr lautstark kräht, statt des königlichen Blau-Grün-Gold-Federaugenviehs unters Fenster setzen.

ELF

Freitag. Gottlob, das Wochenende war zum Greifen nahe. Den Wecker hatte ich heute leider verfehlt und beim Versuch die schellende Glocken zum Schweigen zu bringen, mir eine Prellung meines Handballens zugezogen. Diese Schmerzen in meiner linken Hand lenkten mich zumindest von den druckartigen Wehen (Wehen? Ich neigte mal wieder zu Übertreibungen, eher Pulsieren – in meinem Unterleib ab. Hätte ich nicht vorher mit ihm die Flasche Champagner leer gemacht, womöglich wäre ich in meinem Vaginalbereich nicht so entspannt gewesen.

Ich klinge wie Frau Doktor. Scheiße, meine Muschi pulsierte, als ob ich meinen schwarzen Dildo noch drin hätte… Alexander hatte es mir aber auch so besorgt, wie es mein Gummifreund, festgepropft auf meinem Rüttelgerät, nicht besser hinbekommen hätte. Um Längen nicht, besser gesagt: So ein Programm gab mein Vibrationsplattengerät gar nicht her. Uii…komme mir vor wie mit 16 Jahren, als ich das Vergnügen der Entjungferung hinter mich bringen wollte und es auch bekam. Der morgendliche Sport muss heute ausfallen. Moment. Heute fange ich doch auch erst um 12 Uhr Mittag an. Ade. Ich drehe mich um und falle zurück in die Federkissen.

Telefonklingeln. „Selina? Wo bleibst du? Die Kunden warten und Theo tobt! Ich soll dir sagen, wenn du nicht innerhalb von 20 Minuten hier aufschlägst, dann kannst du dich als gekündigt betrachten."

Herzstolpern. Herzrasen. Herzschmerzen. Ich fasste mir an die Brust und wachte auf. Hechel, hechel, hechel. Wie spät? 10:30 Uhr. Puh! Albtraum! Nach ausgiebiger Dusche und Gesichtspeeling und nach Einwurf einer Schmerztablette ging es mir deutlich besser. Welchen Kunden erwarteten wir heute? Uns war es strengstens verboten, den Firmen-Terminkalender mit unserem Firmen-PC und Firmen-Smartphone gleichzuschalten. Theo vertraute der Technik nicht, noch weniger aber uns, seinen Angestellten. Alle Daten hatten in der Firma zu bleiben. Hatte er auch Recht. So stand ich nun mit einem zwar nicht mehr pochenden Kopf, aber dafür immer noch pochenden Unterleib vor meinem Kleiderschrank und es stellte sich wie jeden Tag aufs Neue die Frage: Was ziehe ich an?

Heute sollte es etwas konservativer sein und dunkler. Man weiß ja nicht, ob ich heute noch zwischen den Beinen „restauslaufe"... Wir hatten nicht verhütet, fiel mir in dem Moment ein und ich griff in Panik zum Telefon: Melanie?"

„Ja, erzähl!"

„Eine Frage, später mehr. Ich erwarte nur ein JA oder NEIN von dir!"

„Gut. Frag."

„Hat Alexander bei dir verhütet?"

„Was?"

„Ob er ein Gummi, Kondom, Mondo, Mütze übergezogen hat, will ich wissen??!!!"

„Ja!! Klar!!"

Ich setzte mich auf den Fußboden. Wenigstens bei ihr. Ich könnte mir mehrfach in die Fresse hauen. Wie bescheuert war ich eigentlich?? Bei jedem anderen Mann, bei meinen sogenannten Lebensabschnittsgefährten achtete ich präzise auf Präservative. Und bei dem Typen, der schon ganz Europa flach gelegt hatte, kackte ich drauf??! SELINA MONTGOMERIE, du bist die dämlichste Kuh – nein, ich beschimpfe keine klugen Tiere - du bist so dämlich wie Russland groß!!! So dämlich und noch dämlicher und hohler!!! Das Pochen zwischen meinen Beinen kommt nicht durch das große Gemächt von Alexander – Alexander der Große nunmehr genannt - , sondern weil wahrscheinlich schon jetzt die Strepptokokken-Viren (oder wie das Viehzeug heißt) in meiner Scheide Polka tanzen!

Robert lehnte gerade - mit Sonnenbrille auf der Rübe und seinem affigen Headset an den Ohren - bei Britta am Tresen, als ich aus dem Fahrstuhl stieg. „Heute also die Lady in Green. Ich hätte mal besser in Modeläden investieren sollen, was ihr Weiber für Klamotten ausgebt…“, und schüttelte schon fast grenzlabil mit seinem wackeligen Kopf, durch sein ständiges Dauerjoggen nur noch Haut und Sehnen, hatten diese alle Mühe, seinen Riesenschädel aufrecht zu halten.

Ich sah ihn nur mit einem herablassenden Blick an – heute war ich wirklich nicht auf charmant cool gepolt, musterte seine ausgebeulte Jeanshose, sein weißes Hemd, wo sicherlich noch irgendwo ein Fleck des Babykarottenbreis zu entdecken war, mit dem er seinen jüngsten Sprössling heute

Morgen gefüttert hatte, da seine Alte mit anderen Dingen beschäftigt war. Zum Beispiel mit ihrer Maniküre und ihren Haaren, ihren Klamotten und Schuhen und Taschen und mit allem anderen, aber nicht mit den Kindern und dem Haushalt. Daher rührte Roberts altruistisches Frauenbild – seine Sonnenbrille der Marke Ray Ban und sein bekloppptes Headset am Kopf, das Mikro vor dem Mund. Ich konnte nicht anders und fragte zischend freundlich: „Mit deinen Klamotten hast du auf alle Fälle große Chancen, der neue Store-Manager bei Bäh & Kloppiburg zu werden!" Okay. Ich war schon mal besser, aber heute nun mal nicht. In einer halben Stunde kamen neue Kunden und ich hatte nur noch wenig Zeit, die in mir versteckte Full-Power-Sexy-Woman hervorzukramen und zum Leuchten zu bringen. Dafür ging ich als allererstes in mein Büro. Tür zu. Tür auf.

„Waas?", drehte ich mich, noch gar nicht am Tisch sitzend, genervt um, „Ach, Britta. Du. Entschuldige."

„Koffeintablette?"

„Oh, ja. Super Idee. Danke!"

„Augentropfen? Bringen das Weiß der Augäpfel wieder zum Vorschein."

„Was? Wieso?" Ich griff in mein privates Schubfach und fischte meinen Kosmetikspiegel hervor. „Oh weia! Wie sehe ich denn aus?"

„Na, wenn Du mich fragst…nach einer langen Nacht. Aber das bekommen wir wieder hin. Hier! Schlucken. Und das hier tropfen."

Tropfen? Oh, die Tropfen. Jetzt verfolgt mich mein Rachekarma. „Sind das homöodingens Tropfen?"

„Nein. Aber die helfen im Nu. Sieh zu. Kleiner Tipp. Rote Lippen wirken Wunder!"

„Mein Lippenstift. Oh nein, den hatte ich in meiner anderen Tasche. Heute war ich etwas fehlgesteuert, aber dank Wunderwirkung der Koffeintablette gleich wieder ganz die Alte. Wozu gibt es rote Marker? Alles andere hatte ich dabei. Prima. Sehe aus wie neu und fühle mich auch wie neu. Alles für den Kunden, alles für die Agentur.

„Kommst Du?" Theo musterte mein grünes Kostüm. „Siehst heute etwas giftig aus?"

Ich war mir ob meiner Kleiderwahl sonst immer sicher, jedoch durch Theos Bemerkung leicht verunsichert. „Und? Gut?“, fragte ich.

„Sehr gut. Genau die richtige Farbe gewählt.“, und mit einem strahlenden Lächeln in den Werbegesichtern empfangen wir den neuen Großkunden aus dem weiten Feld der Pharmaindustrie, dem ein „ökologischer“ Imagewechsel vorschwebte.

Nachdem der Kunde gut gelaunt die Agentur verlassen hatte, nahm mich Theo vor allen anderen Mitbeisitzern wie Robert, Frederik (Kundenberater) in die Arme. „Mädel, Du bist die beste Artdirectorin der Welt!“

Obwohl es bei uns flache Hierarchien gab, da Theo der Meinung war, dass eine Agentur Menschen braucht, die ihr Handwerk sauber verstehen, aber vor allem Teamplayer sind und er der Oberboss – wir waren eine Agentur mit gesamt zehnfesten Mitarbeitern, alle anderen buchten wir nach Bedarf zu – hatten wir zwar immer fest zugewiesene Projekte und durch Frederiks und meine Hand gingen vorab alle Projekte, ehe sie bei Theo auf dem Tisch landeten, aber als Artdirector hatte er mich – obwohl es auf meiner Tür stand - bisweilen nie vor allen anderen angesprochen. Dementsprechend lang wurde auch der schon eh viel zu dünne Hals von Robert, unserem Kundenberater, der seine Arbeit toll machte, aber irgendetwas an sich hatte, was Theo nicht sonderlich gut gefiel. „Frederik, Robert, ihr seid auch gut. Aber ich bin nicht schwul, daher umarme ich euch nicht. Also, hopp, hopp wieder an eure Plätze."

Sonnabend. Keine Verpflichtungen, nur ich mit meinen Gedanken, die mir aktuell die Wochenendstimmung verdrießen wollten. „Was, wenn er HIV-infiziert ist. Bravo!" Hinfort. Kann ich nicht heute, auch nicht morgen abklären, muss am Montag zum Arzt. Der nächste Gedanke. „Syphilis ist auch nicht viel schöner..." Kann ich auch momentan gar nix machen. Montag. Nächster Gedanke: „Schwanger sein ist auch noch ´ne Option". Das kann ich zumindest schon mal ansatzweise herausfinden. Im Internet gab ich die Suchbegriffe „Fruchtbare Tage berechnen" ein und klickte das oberste Ergebnis an. Der erste Tag der letzten Blutung - war an Philips Geburtstag, die kam auch etwas überraschend und war mal wieder mit schönen Bauchschmerzen verbunden – vor 2 ½ Wochen am 15. April, und dieses Datum gab ich nun ein und drückte auf ENTER.

Okay. Puh. Das sah gut für mich aus, der Eisprung lag wohl hinter mir. Knapp, aber hinter mir. Ich goss mir ein Glas „Kombucha" ein, haute mich auf die Couch, schmiss den DVD-Player an und entspannte mich mit „Harry Potter", Teil 1 – 7 (1+2). Dann war Sonntag, und diesmal ging ich nicht in mein Lieblingscafé, um Milchkaffee zu trinken. Dort hatte ich das rote Buch gefunden und ihn getroffen. Meine Güte, wer konnte ahnen, dass ich es einige Tage später mit ihm auf seinem Balkon treibe und nun wahrscheinlich keine Kinder mehr bekommen konnte – kam für mich eh nicht in Frage, aber eine Ich-könnte-Option ist besser als eine Ich-kann-ja-gar-nicht-auch-wenn-ich-wollte-Option. Mir wurde wieder schlecht.

Melanie brachte mir kolloidales Silberwasser. „Das trinkst du jetzt über die Tage verteilt. Dreimal einen Teelöffel voll. Und ein Tampon sollst du nehmen und es in eine Schale mit dem Silberwasser tunken und dir dann schnell einführen. Hier. Ich habe dir gleich mal ein paar „Minis" mitgebracht. Und führe das hurtig ein, das saugt sich nämlich schnell voll zu einer Art Silbertorpedo!" Melanie machte mit ihren Händen noch eine entsprechende Geste „So dick", und lachte dabei „Hi, hi!".

„Was gibt es da so blöd zu lachen?", fauchte ich sie an.

„Entschuldige. Das ist nicht lustig. Aber von Geschlechtsverkehr hatten wir auch nie gesprochen. Unser Plan sah irgendwie anders aus."

Ich winkte ab und verzog mich mit Mini-Tampon und Silberwasser ins Bad.

„Bist Du verknallt, sag mal?"

„NEIN!"

„Hast Du was zu trinken da? Wein?"

„Ja, Wein. Schau mal in den Kühlschrank. Ich nehme auch ein Glas!"
Wir saßen nebeneinander auf der Couch. „Wollen wir uns ‚Harry Potter' reinziehen?", fragte ich sie.

„Nee. Wir wollen reden. Wie war es denn? Also mich hat er vorm Kamin vernascht und dich?"

„Melanie, ich möchte aktuell nicht darüber reden."

„Komm´schon!“

„NEIN! Nach dem Besuch beim Amtsarzt für Seuchenschutz, vielleicht.“

„Du bist ja lustig. Der wird schon nichts haben! Es macht zwar jetzt wenig Sinn, aber ich habe dir hier allerlei Schnelltests mitgebracht.“

„Danke. Aber ich gehe besser morgen früh zum Arzt.“

Wir tranken Wein, aßen Chips, kein Wort über Alexander, auch kein Wort über den Fortgang unseres Racheplans. Es war ein ganz normaler Sonntagabend mit zwei Freundinnen vor der Glotze.

Zweiter **Schwarzer Montag**

Vor dem Montagsmeeting und von oben bis unten in schwarz gekleidet, mit entsprechender Stimmung, ging ich zu meinem Muschidoktor, der seine Praxis in der Nähe hatte. Meine Ärzte waren um die Agentur gut verteilt, eine Frau wäre mir zwar auch lieber gewesen. Aber gut. Ich gab meinen Urin und mein Blut ab. Eine kurze Untersuchung wies nur auf Schwellungen hin. Mein Arzt machte mich darauf aufmerksam – ich hatte ihm was von einem geplatzten Kondom erzählt -, dass ich für einen erneuten HIV Test nach drei Monaten noch einmal kommen sollte. Da wäre ein erneuter Schnelltest ratsam aufgrund der Ansteckungszeit und Bildung von Anti-Körpern. Des Weiteren klärte er mich über mögliche Geschlechtskrankheiten und deren Erreger auf, die es abzugleichen galt: Gonorrhoe/Tripper, Chlamydien und Syphilis, Genitalherpes, HIV/AIDS, Hepatitis B/C, dann irgendein Pappdingovirus, Vaginalpilz, Trichoirgendwas und Filzläuse.

Pfui Deibel! Ich werde wohl nie wieder in meinem Leben Sex haben. Nur noch mit mir und mit meinem desinfizierten Gummidildo. Die Praxis verlassend und einen Schluck aus der Silberwasserflasche nehmend, hopste ich leichtfüßig über die Straße zum Büro - heute war ich elegant sportlich unterwegs, meine dunklen Haare zum Pferdeschwanz gebunden, der auch vergnügt mit meinen Schritten mit hopste – wenigstens war mein Pferdeschwanz vergnügt, in schwarzen Jeans, schwarzem, dünnem Rollkragenpulli und schwarzem Blazer und in schwarz-goldenen Sneakers - keinen Bock auf Absatz.

Unten in der Lobby vibrierte meine Tasche, und während ich auf den Fahrstuhl wartete, kramte ich mein Handy hervor. „Mein letzter HIV-Test liegt eine Woche zurück. Was ist mit deinem? A."

Er hatte also auch Panik wie ich nach unserer ungeschützten Nacht bekommen. Ließ darauf schließen, dass er - wie ich seit Jahren ohne Ausnahme – nur mit Verhüterli verkehrt. Das stimmt mich positiv. Apropos. „Dein Test ist hoffentlich negativ ausgefallen…So wie meiner. S."

Mein HIV-Schnelltest war heute negativ ausgefallen und wenn seiner… „Auch negativ! A. Smiley"

Juchu. Die Chancen, nicht tödlich von seinem Sperma getroffen worden zu sein, standen gut und meine Laune besserte sich auch. Bezogen auf seine Nachfrage, zeigte er mir somit, dass er auch Angst hatte, sich bei mir – die rundum gesund, dank Latex geblieben war und hoffentlich geblieben ist – angesteckt haben zu können. Was für ein Gedankensatz. Ich war happy.

Gott sei Dank! S. Smiley", schrieb ich ihm zurück und mit einem „Hallo Britta", konnte das Meeting stattfinden. Zuvor jedoch eilte ich zur

Damentoilette und zog den heute Morgen frisch ins Silberbad getauchten Pfropfen aus mir. Nahm noch einen letzten Schluck aus der Wunderflasche, die jetzt leer war. Ich hatte vielleicht doch zu viel getrunken, dabei dachte ich an Melanie. „Nimm nicht zu viel, Löffel für Löffel, ansonsten bekommst du blaue Schleimhäute." Ich wusch mir die Hände und vorm Spiegel stehend, steckte ich mir die Zunge raus. Bääh. Tatsächlich blau! Wahrscheinlich sah es in meiner Venusmuschel nicht anders aus. Ich musste laut auflachen! Gab es ein Märchen, das dazu passte? Mir fiel keins ein. Vielleicht sollte ich mal eins schreiben?!

Nach dem Meeting watschelte ich – die Wirkung der Koffeintablette ließ nach – in mein Büro und konnte nicht anders als zum Telefon zu greifen und folgende Textnachricht zu verfassen. „Du bist hoffentlich auch sonst kein Parasitenträger und frei von gefährlichen Bakterien, Viren und Keimen?! Ich kann es dir hiermit bestätigen, dass ich mit meinem Ex-Freund Philip...löschen! Ich kann dir hiermit versichern, dass ich mit meinem Mann nur mit Latex-Verhüterli verkehrt habe und verkehre!"

„Dito. Allerdings ersetze das Wort Mann mit Frau, dann passt das. A."

„Du hast eine Frau? Davon weiß ich ja gar nichts?"

„Okay. Nochmal. Ich habe mit den Frauen (ja, es waren mehr als zwei) bisher auch nur mit entsprechender Gummimütze verkehrt. Besser? A."

Der mit seinem ‚A'. Hält der mich für stumpfsinnig oder was soll das ‚A' immer am Ende? Ich weiß doch, dass er Alexander heißt.

„Gut. Sehr gut! Ich verzichte auf das ‚S', du weißt ja, wer dir hier schreibt."

„Warum verkehrst du mit deinem Ehemann nur mit Kondom??? A. A. A."

Jetzt will er es aber wissen. Was denke ich mir jetzt aus? Ganz einfach. Ich schrieb zurück. „Erstens pumpe ich mir nicht, zumindest nicht freiwillig, obskure Hormone in mich. Meine Gesundheit ist mir da viel zu wichtig! Zweitens möchte ich keine Kinder haben. Noch nicht, später vielleicht, wenn überhaupt. B."

„B.? Smiley. Dein Humor gefällt mir, gefällt mir sehr. T."

Und du gefällst mir, leider immer mehr und mehr. Aber das darf nicht sein, und wie auf das Stichwort rief nun Melanie an. „UND? UND? UND?“

„Hol mal Luft! Also, alle Quickietests beim Arzt waren positiv…“

„POSITIV???“

„Für mich positiv ausgefallen!! Was sollten die auch nach ´n paar Stunden anzeigen? Ich war immer ein braves und immer mit genügend Gummis in der Tasche ausstaffiertes Mädchen.“

„Mach mal jetzt keine Witze. Was ist mit Alexander Polochsohn? Hat er, hast du schon was geschrieben?“

„Ja, er hat ähnliche Panik geschoben wie ich.“

„Naja. Bestimmt nicht ansatzweise so viel wie du! Schließlich hast du nicht mit über 300 Männern geschlafen??!“

„Wie kommst du auf 300?“

„Hallo??? Ich bin Nummer 307! Vergessen?“

„Achso. Ja. Kann aber auch sein, dass er die Nummerierung irgendwie anders…also…“

„Selina! Der wird dich doch jetzt nicht weich im Kopf geklopft oder soll ich sagen weich gefickt haben? Ich muss…" Tütütütüt. Aufgelegt. Ich schlug mir mit meiner rechten Hand in gewohnter Manier drei- , vier-, fünfmal gegen die Stirn. Gut für die Durchblutung und somit gut gegen Falten und gut für einen klaren Kopf. Reiß Dich zusammen, Selina! Er ist und bleibt ein Ficker! Ein Gefühls-Sadist! Fünf Nächte und nicht mehr. Und wenn Du so weiter machst, dann geht der Racheplan nicht auf! Reiß Dich zusammen, Mensch!

„Alles in Ordnung?" Britta stand mit Wochenplan und Kaffee im Türrahmen.

Ich biss mir von innen auf die Unterlippe. „Jaaa?"

„Ich dachte schon, ich muss mir Sorgen um dich machen?"

Ich zuckte unschuldig mit den Schultern. „Weiß nicht, was du meinst?"

„Na, ich mach´s dir mal vor." Sie stellte den Kaffee auf meinem Tisch ab, legte die Planung daneben und setzte sich auf den freien Stuhl, meinen Gästestuhl. Sie schlug sich mit flacher Hand gegen die Stirn und brabbelte was von „Reiß Dich zusammen, Mensch! Er ist und bleibt ein Ficker!"

Dann schauten wir uns an und lachten wie blöde Hühner. „Hahaha. Ich kann nicht mehr. Oh Gott, Britta....“ „Ja. Ficker! Hahaha.“

„Das bleibt aber unter uns?!“, ich reichte ihr die Packung Kekse, die letzte Packung. Ich musste wieder neue kaufen. Allerdings nicht in der Gourmet-Keks-Bude, wo ich einst Alexander getroffen und ein kleines Vermögen für ein dreißig Gramm Mehlzuckergemisch hingelegt hatte. Ich holte tief Luft und atmete schwer wieder aus.

Britta kam zu mir und stellte sich neben mich und legte ihre warme, schwere Hand auf meine Schulter, neigte ihren Kopf zu mir herunter und nuschelte fragend: „Wirklich alles gut?“ Unzählige Krümel rieselten aus ihrem Mund auf meine Schulter und auf meine Brust.

Dank meines schwarzen Pullis blieben die da auch schön haften, ich sah aus wie eine Neurodermitis-Patientin mit akuter Kopfschuppenflechte. „Oh, entschuldige.“ Sie pustete die Krümel von mir und dabei blies sie noch mehr Krümel heraus - auch die zwischen ihren Zähnen - kleine Keksmatschhaufen platschten auf den Wochenplan und auf meinen Monitor.

Mir wurde komisch in der Magengrube, und ich war kurz davor, auf die Haufen zu erbrechen, und stand auf. „Alles gut, Britta. Alles gut."Ich rannte mit der Hand auf dem Mund aufs Klo. Damit war für Britta der Grund meiner diffusen Gesamterscheinung und meiner Laune klar. Für sie war ich schwanger.

Aus dem Frauensanitärraum hatte ich Desinfektionsspray mitgenommen, um die Schokozuckerweizenpaste von meinem Arbeitsplatz zu entfernen. Da blinkte mein Telefon und ich las. „Lass uns treffen! Ich muss dir was erzählen! Dringend! Gruß Melanie"

Und so trafen wir uns abermals an einem Montag im „La Filou" und Francois, der kleine Gerard Depardieu für Arme, schien auch sehr entzückt darüber zu sein. Er zeigte uns das, indem er auf seine Armbanduhr, Marke Swatch – dass es die überhaupt noch gab - schaute und mit den Augen rollte. Wir konnten aber jetzt auf derlei dreiste Unverschämtheiten nicht reagieren. Es gab Wichtigeres. Die erste Karaffe Wein stellte uns Francois auf den Tisch. Wir bestellten zu seinem Erstaunen aber um - da waren wir noch helle genug in der Birne -, um nicht von seiner französischen Pisse zu trinken.

Geht's noch? Offene Flasche umgefüllt hinterm Tresen in eine Karaffe. Der spinnt wohl! Damit er uns die neu bestellte und noch verkorkte Weinflasche nicht über die Schädel haute, riefen wir hinterher, er könne von uns aus gerne die Küche schließen. Wir würden dann heute nichts mehr essen wollen. Der einzige Franzose in unserem Umkreis, der sich weigerte Froschschenkel und andere Tierqual-Perversitäten zu kochen, und von uns somit, trotz seiner Schroffheit, allerhand Sympathiepunkte bekam. Wir redeten – die zweite Flasche stand bereits auf dem blau weiß karierten Leinentuch - nun über den weiteren Ablauf und über die Details zum nächsten Rache-Treffen.

Nebenbei erzählte mir Melanie von ihrer Begegnung mit Philip, der in seinem Gepäck einen jungen Knaben, Anfang 20, hatte. Hamburg ist doch nicht so groß, wie ich dachte. Vielleicht ziehe ich doch wieder um. Aktuell zählte ich in Anbetracht der Erzählungen von Melanie und den Damen, die sie ohne meine Kenntnisse kontaktiert hatte, alles zusammen. Gedanklich vollzog ich eine Bilanz – Alexander schien auf mich ungut abzufärben. Philip Pipette schwul. Hahnenkampf in der Agentur. Wollte ich nicht früher mal selbstständig sein? Wenn es auf dem heiß umkämpften Gra- und Fickermarkt nicht klappen sollte.

Hey, ich hatte noch meinen bunten Konfettikopf – Spongebob Schwammkopf würde jetzt an dieser Stelle mit beiden Händen einen Regenbogen formen – und eine Menge Fantasie. Märchenerzählerin oder Märchenschreiberin könnte ich auch noch werden? Ich sollte noch einmal neu anfangen. Weit weg. Übern Teich, übern Nordseeteich…

„Selina? Hörst du mir noch zu?"

„Ja, klar."

„Dann machen wir das so, ja? Ich warte dann nur auf dein Zeichen!"

„Ja, mein Zeichen. Okay."

Wir umarmten uns kräftig, „Und Selina...", ich drehte mich zu ihr um, „Ja, Melanie?" „Vergiss nicht morgen zu mir zu kommen, um die Flaschen abzuholen. Ich bin bis 20:00 Uhr da. Okay?"

Zuhause, und mit leichter Drehzahl angekommen, haute ich mich aufs Sofa und prustete die Luft aus mir, welche schwer auf meinem Brustkorb lag. All die Worte von Melanie drangen an meine Ohren, als hätte jemand in meinem Kopf eine Single „Alexander ist ein Schwein und wir rächen uns!" aufgelegt, die Schallplatte hatte aber einen gewaltigen Sprung und wiederholte nur diese eine Strophe: „Alexander ist ein Schwein und wir rächen uns!"

Als würde ein Radiomoderator statt der Verkehrsmeldungen diesen Satz ähnlich einer Gehirnwäsche durch mein müdes Hirn ansagen. Und niemand da oben in meinem Kopf konnte oder wollte den Moderator das Mikrofon entreißen und diesen Scheiß abstellen. Aber gut. Für Alexander bin ich eine Nummer, die Nummer...Ich wollte noch einmal sichergehen und nachschauen, griff in meine Tasche, doch dann fiel mir ein, dass ich das blöde, rote Ding – dank französischen Weines – Melanie überlassen hatte und wie mit ihr besprochen, musste nun Teil drei des Plans weiblicher Rache folgen. So war das auch von uns von Anfang geplant. Ich hielt den Zeigefinger nach oben, schaute mich – mittlerweile im Badezimmer angekommen – mit vollem Zahnpastaschaum-Mund an und gelobte meinem Spiegelbild: „Das ziehen wir jetzt auch so durch."

Am nächsten Abend, der Bürotag hatte mich gebeutelt, wir hatten Krankenstand und ein Großauftrag musste zum Kunden. Robert hatte sich angeblich übel bei einem seiner Kinder angesteckt. Mir schien es so, als ob er mir zeigen wollte, dass es ohne ihn nicht ginge. Da hatte er sich aber geschnitten. Selina kann unter Druck richtig aufdrehen. Zum Leidwesen meiner Nerven. Aber ich hatte alles geschafft, und kurz vor 20 Uhr lief ich zu Melanie, die - einige Meter weiter vom Bürokomplex entfernt - in ihrer Apotheke vorwiegend homöopathische Mittel an den Mann und die Frau brachte.

„Nimm das mal schön weiter ein und zwar so, wie ich es hier auf dem Zettel aufgeschrieben habe", meinte sie trocken, „Schaden kann es nicht, ganz im Gegenteil!" Und dann reichte sie mir mit Augenzwinkern die für mich bepackte braune Papiertüte über den Glastresen. In dem Pharmahäusl war der Teufel los, und ich verabschiedete mich schnell wieder. Vielleicht hatte Robert ja doch nicht gelogen und war wirklich hoch bakteriell verseucht. Ich litt, glaube ich, schon an Verfolgungswahn. Überall sah ich das sich wiederholende Rachekarma. Bakterien. Seuchen. Lügen…

Der klirrende Inhalt, mit dem ich davon ging, vermittelte einigen Passanten den Eindruck, einer schwer Alkoholsüchtigen besser ausweichen zu müssen, entsprechend bedauernd schauten sie mich an. Nach dem gefühlt 20sten Mitleidsblick reichte es mir: „Hey, das ist kein Spiritus, das ist Silberwasser. Und das ist sehr gesund! Hier!" Und ich hielt dem Nächstbesten eine meiner braunen Glasflaschen mit roter Verschlusskappe unter die Nase, tippte mit dem Zeigefinger meiner freien Hand aufs Etikett und las dem völlig verdutzten Herrn langsam vor, „S I L B E R W A S S E R".

Mach nur weiter so, Selina. Dann hält hier gleich ein weißer Wagen der „Anti-Kloppi-Einheit". Meine Nerven waren gespannt wie dünne, hauchdünne Drahtseile, die zu zerreißen drohten. Ich könnte ja auch noch von den Seilen abspringen. Warum nicht? Mein Leben, mein Weg. Melanie und ihre Frauen könnten das doch auch ohne mich durchziehen?

Drei junge Männer kamen auf dem Gehweg auf mich zu und formierten sich zu einer Frontalmauer. Sollten die sich nur ansatzweise getrauen, mir nicht aus dem Weg zu gehen und mich anzurempeln, dann ramme ich denen meine Apothekerflaschen in die Fresse! Jedem Einzelnen. Rüber. Abraham, Mehmet und Mustafa schauten mich nervös an, und ich sah einige Schweißtropfen aus ihren schwarzen Haaren tropfen, drei Millizentimeter vor mir machten sie den Weg frei. Junge, Junge, haben die Glück gehabt! Die letzten Meter von der U-Bahn Station lief ich schnellen Schrittes und schnaubte wie ein Stier Dampf aus meinen Nüstern.

Völlig entkräftet, aber in neuer Rekordzeit kam ich in meiner Wohnung an. Ich schraubte – ganz nach Anweisung der Apothekerfrau - einen Sprühkopf auf die erste Flasche des Silberheilmittels. Die zweite sollte ich für meinen Unterleib und für meine Pfropfen verwenden und zwei Teelöffel voll in einen Becher geben und so weiter. Die dritte Flasche als Reserve. Nachdem ich alles verwendet hatte, ich gab ein wunderbares Versuchskaninchen ab, schaute ich noch einmal prüfend in das grell-blaue Licht meines

Smartphones. Keine Nachricht. Wie zu erwarten. Und dann schlief ich ein.

ZWÖLF

Mittwoch, der Tag der Tage. Das dritte Treffen stand aus. In schwarzen, offenen Sommerpumps, grauer Wildlederhose, weißer Bluse und schwarzem Sakko ging es ab ins Büro. In der U-Bahn fand ich Zeit und schrieb Alexander: „Überraschung. Keine Widerrede!"

Seine Antwort „Melde mich gleich.", flatterte erst herein als ich schon ungeduldig mit den Fingern an meiner Keramiktasse klopfte und mich nervös am Kopf kratzte.

„Selina. Du solltest in deinem Zustand weniger Kaffee trinken."

„Hä?" Britta stellte mir eine Tasse mit Yogitee auf meine Arbeitsplatte und mit einem Blick auf mein Bäuchlein und einer passenden Kopfbewegung gab sie mir ein eindeutiges Zeichen, was sie zum Ausdruck bringen wollte. Achja, ich hatte die Keksbreikotznummer ganz vergessen. Sollte ich sie in dem Glauben lassen, sie wäre in ihrer Rolle der Büroübermutterbestimmt super aufgegangen. Noch mehr aufgehen darf sie allerdings nicht. Unsere heimlichen Keksaustauschereien formten ihren Body nicht gerade zum Vorteil. Wenn das Theo rausbekommen würde, dass ich seine eh schon rundliche Schwester mäste – speziell in Amerika beliebt und heißt unter dieser Fetisch-Gruppe „Feeding" – ich hatte gerade Bilder vor Augen, die wollte ich ganz schnell wieder los werden.

„Britta. Nein. Nicht schwanger. Und das wird sich in den nächsten Jahren auch nicht ändern!"

„Sicher?"

„Ganz sicher! Und den Tee, den kannst du gerne wieder mitnehmen. Danke!"

Vibrieren. Diesmal war es keine Nachricht, er rief an. Oh Gott. Geh ich ran? Geh ich nicht ran? Er will jetzt bestimmt wissen, was ich mir ausgedacht habe. Ja, ein Mann mit Schuldgefühlen und schlechtem Gewissen findet Überraschungen nicht so gut. Ich geh nicht ran. Womöglich bekommt er mich umgestimmt. Nein! Diesmal muss ich vorschriftsmäßig vorgehen. Ich bin Selina, Superagentin! Im Zeichen und zum Wohle aller Frauen! Was für ein Scheißdreck. Los. Nochmal. Ich bin Selina, Superagentin, Superwoman, Superdetektivin, Superküsserin. Kurz, ich bin Selina

Super. S. S. Das wird meine neue Signatur! S.S. Man sagt ja nicht S Punkt S Punkt, sondern S S. Nee. Das ist Müll!

Er hatte aufgelegt. Tja, war ich halt in einer Telco. Drei Sekunden später: „Bin kein sonderlicher Freund von Überraschungen im herkömmlichen Sinn. Was schwebt dir vor..?"

Eine Stunde später erfolgte meine Antwort. „Alexander, das kann ich dir hier und jetzt unmöglich verraten. Heute Abend Zeit und Muße?"

„Ja! Wann und wo?"

„20 Uhr. Adresse noch bekannt?"

„Nein. Vergessen. A."

Der wieder mit seinem blöden A. „Gut. B.", antworte ich.

„Bin pünktlich da. C."

Seine Art, auf meinen Humor einzusteigen, gefiel mir immer wieder. Versteht nicht jeder, und Philip Pipette konnte da gar nicht drauf. Gleich nochmal geantwortet: „Gut. D."

„Schön. E."

Der macht aber schön mit. Mal schauen bis zu welchem Buchstaben wir kommen. „Fein. F *****."

„Noch einen letzten habe ich. Ich finde diese Nachrichtspielchen so toll. Obwohl Männer das eher als lästig empfinden. Aber einen, einen habe ich noch." „Wie? Weniger als dreimal ?? H."

„Smiley"

Okay. Er hatte genug. Ich muss jetzt auch noch einiges vorbereiten. „Heute. 20 Uhr geht's los", schrieb ich Melanie. „Warte auf meine Instruktionen."

Pünktlich war er da. Er sah blendend aus – wie immer. „Wohin darf ich Sie begleiten?", aufgeregt – ob es an der Geilheit lag oder einfach an dem Ungewissen, weiß ich nicht, aber seine Augen funkelten und blitzten mich an wie noch nie. „Ich lotse dich durch die Stadt", erwiderte ich, und weiter: „Sie sehen heute wunderbar aus, Herr A." Unsere Blicken trafen sich, er startete den Motor, und ich betete zum lieben Gott, dass alles gut ginge. Gut ausginge für ihn, für mich, für uns alle. Selina Super! Wenn nicht du, wer dann? Stimmt.

„Hast du was gesagt, Liebes?" Ich schaute ihn erschrocken und mit großen Augen an. „Nein??"

„Mir war so. Was schaust du mich mit deinen großen Augen so an, willst du mich fressen? Jetzt und hier, Madame Selina?"

Mein Herz klopfte wie wild, es sprang fast aus meiner Bluse. Er hatte mich zum einen „Liebes" genannt und - was noch viel schlimmer war - er kannte sich mit Märchen aus.

„Was denn? Immer noch so erschrocken?"

„Geht schon wieder. Danke. Da vorne musst du rechts."

„Alles in Ordnung?"

„Alexander, du wirst dich doch wohl nicht in mich verlieben?"

Er lachte laut. „Liebes, wie klingt denn das? Soll ich das nicht?"

„Nein! Das gibt nur Probleme. Liebes? Eine Affäre, nicht mehr und nicht weniger."

„Okay. Selina."

Ein, zwei Widerworte hätten jetzt alles ändern können. Wir müssen dieses Spiel nicht machen. Sag mir einfach, dass ich deine Einzige bin, deine große Liebe, und wir kehren um und ich beende das hier. Aber nein. Monsieur muss ja noch einen drauf setzen.

„Liebes, ich finde es einfacher, dich nicht dauernd Selina zu nennen. Gerade bei einer Affäre – und da sind wir uns beide einig – kann ein häufig ausgesprochener Namen fatale Folgen haben…"

Jetzt war mir wieder alles klar. Ha! Ansatzweise dachte ich, er hätte Gefühle für mich und wäre nicht so ein Idiot. Jetzt war ich in meinem Stolz verletzt. Nun aber. Jetzt hat er sich die Tarotkarte des Racheengels (in meiner Person) aber selber gezogen. Könnte ich mir glatt selber wieder auf die Stirn schlagen, nur ansatzweise mit dem Kerl Mitleid gehabt zu haben. Hallo? Wer kam auf die Idee, des Verheiratet Seins? Wer hat vor weniger als fünf Minuten gesagt, O-Ton: „Eine Affäre – nicht mehr und nicht weniger." Ja, und? Und? Und? Ich kann mir sekündlich widersprechen, dafür bin ich eine Frau. Und ich biss mir wieder von innen auf die Unterlippe.

„Machst du das öfter?"

„Was?“

„Mit dir selber reden?

„Ich bin unterzuckert.“

„Ah ja. Und wohin nun?“

Wir standen an einer Kreuzung und meine Intuition sagte mir, dass seine Energie vor meiner zurückwich. Ich spitzte meine Lippen zu einem Schmollmund und gab ihm einen warmen Kuss auf seine Wange, und mit der Zunge leckte ich ein kleinwenig an seinem Hals und raunte ihm ins Ohr: „Habe gerade etwas Salz gebraucht. Jetzt geht es schon wieder viel besser.“

Er lachte erleichtert auf und gab mir noch schnell einen Kuss, den wollte er aber auf meinen Lippen platzieren, und nahm dafür mein Kinn sanft in seine Hand und zog mich zu sich. Hmmm. Gewitterschauer und Blitze an meinem ganzen Körper. Das ist die Leidenschaft, Selina. Bist schon lange nicht mehr von einem Mann so...so...

„Also wohin, Selina?“

„Wir sind gleich da, die nächste rechts und dann wieder links und dann...“

„Ah, „Fischereihafen"? Ich nickte.

„Gute Wahl, eines meiner Lieblingsrestaurants. Ist das die Überraschung?"

„Jetzt essen wir erstmal. Ich bin kurz davor, einen deiner Schenkel rauszureißen und zu verspeisen."

„Ich denke, du isst kein Fleisch?"

Stich ins Herz. Wieso muss er so sein. So verdammt herzerweichend. Schnell meine Gedankenaffirmation: Selina Super! Selina Super! Selina Super!
Während er das Auto parkte, stieg ich schon mal die Stufen empor, um mich zu vergewissern, ob sie da sind.

„Guten Abend. Sie hatten reserviert?"

„Moin!", entfuhr es mir. Sichtlich nervös schaute ich mich um, und dann sah ich sie. Melanie, die sich eine etwas zerzaust wirkende blonde Perücke aufgesetzt und eine viel zu große Brille auf ihre kleine Nase gesetzt hatte. Trägt sie die Sachen aus der Faschingskiste? Mit dem vereinbarten Signal, Daumen nach oben, gibt sie mir zu verstehen, dass alles okay ist.

„Madam?"

„Oh, ja. Entschuldigen Sie. Ich warte noch auf meinen Begleiter." Der in dieser Sekunde auch schon zur Tür hereinkam.

„Guten Abend, Herr Lokksonn."Ah, so spricht man das also aus.

„Darf ich Sie zu ihrem Tisch geleiten?"

Meine Reservierung hätte ich mir auch sparen können, denn es ging an einen Tisch, welcher sicherlich nicht für mich reserviert worden war, entnehme ich dem Zettel „A."

Dieses „A." steht für Arschloch, Selina! Ja, sehr treffend. Wenn alles gut geht, muss ich heute auch nicht mehr mit ihm verkehren, was eigentlich schade ist. Dennoch befanden sich in meiner Handtasche eine Handvoll Gummis. Und zuhause hatte ich auch noch eine Packung. Aber jetzt erstmal zurück ins Hier und Jetzt. Wir saßen an einem Zweiertisch, der mich an die gepolsterten Sitze in einem der alten Metrozüge erinnerte, zumindest die Tischbeleuchtung, eine kleine Schirmlampe, der wir das diffuse Licht verdankten. An diesem speisten auch schon bekannte Schauspielgrößen und Boxlegenden, wie man den Bildern an den Wänden entnehmen konnte. Von der Empore hatten wir einen Blick auf den restlichen Betrieb des Restaurants, der Tisch hinter uns wurde – so kam es mir zumindest vor – auf Alexanders Blick kurzerhand weiter weg von uns geschoben. Ein Manko war hier wirklich – ich war hier noch auf Geheiß von Melanie drin – die nah aneinander gerückte Bestuhlung.

„Bilde ich mir das ein, oder bist du heute etwas angespannt?"

„Mein Mann ahnt etwas", antwortete ich ihm. „Lange werden wir uns nicht mehr treffen können."

„Schade", er senkte den Blick und schaute in die Weinkarte.

Sah ich auf seinem Gesicht ein Schmunzeln? Ja, ich weiß, es kam dir ganz recht und von dir aus hätten wir uns eh nicht öfter als maximal fünfmal getroffen. Sack!

Seine Augen schauten zu mir über den Rand der Weinkarte, „Darf ich für uns die Getränkewahl übernehmen?"

„Aber ja. Und gerne auch das Essen. Für mich alles außer Austern, Hummer und Fleisch."

„Schatz, die Rechnung kann ich gerne übernehmen. Du musst mich hier nicht einladen, wenn du..."

„Nein. Darum geht es nicht. Ich esse das aus Prinzip nicht!"

„Ah, so eine..." Er zwinkerte dabei, so dass ich seine Aussage als Spaß aufnahm. Entspann dich, Selina! Entspann dich! Super Selina, Selina Super! Er nahm meine Hand und küsste mich. Und ich konnte nicht anders und nahm seine und küsste diese. Wir tranken erst ein Glas Champagner rosé - mal wieder, so lecker ist der nun auch wieder nicht, da ist mir ein Aperol Sprizz viel lieber – und danach einen vorzüglichen feinherben Riesling aus der Pfalz.

Wir schauten uns dabei innig und seltsam vertraut an – so kam es mir jedenfalls vor - und erzählten uns nebenbei etwas von unseren Vorlieben, dann kam auch schon die Vorspeise. Verschiedene Fischsorten auf dreierlei Soßen, serviert auf einer – heute üblichen – Schieferplatte. Ich sah auf seinen Teller und glaubte, die kleinen Erdnussstücke zu erkennen, auf die unser Alexander gleich allergisch reagieren wird. Melanie hatte mit ihrem „Frauenkreis – noch immer ohne Namen" dafür gesorgt, dass heute eine neue Köchin mit Namen Mirelle Probe kochen konnte. Diese verlieh Alexanders Teller noch die nötige Feinheit. 0,08 Gramm, die sie in einer kleinen Plastiktüte bei sich trug, kamen in seine Soße. Gleich geht´s los. Dank Melanie, die sich mit Allergien gut auskannte, und das noch gesunde und ungefährliche Maß berechnete. „Bon appétit."

Nach der Vorspeise und einem weiteren Glas Wein wurde Alexander unbehaglich und rief den Kellner zu sich. „Karl, waren hier Erdnüsse drin?"

„Gott bewahre, NEIN, Herr Lokksonn! Wir wissen ja um Ihre ..." Dietrich, der Kellner sah zu mir herüber. Ahnte er etwas? Ich habe mich nicht schuldig gemacht, die Schuldige finden Sie in ihrer Küche und da, ich wollte tatsächlich schon zu Melanie, die am Fenster saß, zeigen. Selina Super! Selina Super! Selina Super!

„Schatz, lass uns bitte gehen. Mir ist irgendwie komisch. Ich bring dich aber noch nach Hause."

Ich wollte die Rechnung bezahlen, doch er kam mir zuvor. Ganz Gentleman. „Lass das bitte. Wo sind wir denn?"

Seine Stimme klang plötzlich so piepsig wie von Minnie Mouse. Ich musste mir das Lachen verkneifen. „Er wird dann sehr hoch sprechen, ein Zeichen für dich, dass die Erdnüsse ihre Wirkung zeigen. Stimmveränderung mit einhergehender Übelkeit, die bekommt er schnell hin. Aber der Ausschlag in den nächsten zwei Tagen wird unschön sein." Melanies Stimme vom Vortag erklang in meinem Kopf. Der Plan funzte. Die Mädels werden sich alle freuen. Beim Verlassen des Lokals blinzelte mir Melanie zu und musste sich vor Lachen wegdrehen. Sie hatte eine Zeugin, diese Dame war mir unbekannt, zu dem Ort des Verbrechens mitgenommen.

Alexander ging etwas gebeugt, dies fiel mir sofort auf, da er sonst gerade wie eine Kerze lief, seinen Bauchmuskeln und seinen durchtrainierten Backen sei Dank. Das A und O für eine gesunde Haltung. Er winkte Dieter zu und erteilte ihm einen Auftrag, blitzschnell ein Taxi zu bestellen. Das Auto hole er morgen ab, die Jungs sollen es sicher parken.

Wir gingen nach unten, und ich war drauf und dran, ihn zu stützen, aber ein Mann von Format wie er würde das in aller Öffentlichkeit und trotz seiner

Bauchkrämpfe nicht zulassen. Unten an der Limo angekommen, setzte er sich auf den Beifahrersitz und nahm sein Notkit aus dem Schließfach des schwarz glänzenden Armaturenbretts. Und dieses, wie ich von Melanie, meiner Fachfrau für alle gesundheitliche Fragen, wusste und - falls der Schock schlimmer ausgehen sollte als uns bekannt - bestand aus: einer Adrenalin-Autoinjektor zur intramuskulären Verabreichung von Adrenalin, einem Asthma-Notfallspray, einem Antihistaminikum in Tablettenform und einem Kortisonpräparat ebenfalls in Tablettenform.

„Hase, entschuldige. Ich bin gleich wieder der Alte. Aber irgendein Idiot hat Erdnüsse in mein Essen gemacht. Obwohl diese Arschlöcher wissen, dass ich allergisch dagegen bin. Mit zornigem Gesichtsausdruck schaute er nach oben. Dieter, der Kellner, stand an der Treppe und beobachtete uns. Sie kannten sich wohl schon länger, wie Alexander mir zwischen dem ersten und zweiten Glas Wein verriet. Dieter war früher mal ein begnadetes Boxgenie, aber im Kreis der falschen Leute marschierte er in eine Sackgasse und diese endete in einem Fischrestaurant am Hamburger Hafen.

„Da brauch dieser Wichser da oben gar nicht so blöde zu glotzen!"

Ups. Diese vulgäre Seite an ihm kannte ich noch gar nicht. Die gefiel mir aber. „Ja, was für Anusküsser und Trompetenschwänze!!!", stimmte ich mit ein. Er sah mich an und konnte schon wieder etwas lachen. Schön. Allerdings wuchs an seinem braun gebrannten Hals schon das erste rote Pickelchen. „Wenn das Taxi da ist, dann kannst du den Autoschlüssel Dieter hochbringen. Ja, Liebes?"

Der Arme ist wirklich noch sehr schwach. Na, ob das dann noch alles so klappt, wie wir uns das vorgestellt haben? Ich hatte da so meine Zweifel.

Noch etwas neben der Spur sagte er im Taxi: „Es ist wohl besser, wenn wir diesen Abend nachholen."

„Quatsch. Ich werde dich jetzt schön verwöhnen. Ganz entspannt. Ohne Stress." Eine Redensart, die ich von Theo hatte. „In Situationen, wo Kunden, männliche Kunden, zweifeln, du sie aber unbedingt in eine Richtung schieben willst, dann lautet der Schlüsselsatz: `Das können Sie ganz in Ruhe entscheiden. Ganz entspannt. Ohne Stress', damit signalisierst du Entspannung, Sicherheit und Stärke. Merken!"

Und wie ich mir das gemerkt habe und wie das jedes Mal wieder gut funktionierte. „Okay. Wohin geht´s?"

Angekommen in meiner sanierten Altbauwohnung in Altona, die ich ihm als Wohnung einer Freundin verkaufte, die zurzeit im Urlaub ist, wies ich ihn in die Räumlichkeiten ein, die ich den Abend zuvor schon akribisch dafür vorbereitet hatte, indem ich Fotos in den Tiefen meines Kleiderschrankes versenkt hatte. Alle Unterlagen, Rechnungen, Kontoauszüge auf meinem Arbeitsplatz traten ebenso die Reise dahin an. Die Auswertung der Schnelltests zog ich aus meiner Handtasche und präsentierte sie ihm, „Ich war zumindest bis zu unserem Quickie ohne Gummi sauber".

Alexander staunte über den auserlesenen Einrichtungsgeschmack „meiner Freundin" mit den Worten: „Sehr geschmackvoll", dann zog er mir die Papiere ganz beiläufig aus den Händen und las diese dafür ausgiebig, griff in die Innentasche seines Jacketts und gab mir seine. Zufrieden schauten wir uns an. „Gut?"

„Gut!“, antwortete ich. „Und ab sofort nicht mehr ohne!“ Ich schüttete neben ihn die Kondome aufs Bett. „Jetzt wollen wir aber erstmal sehen, dass du auch wieder zu Kräften kommst. So eine Chance bietet sich uns so schnell nicht wieder.“

Ich knöpfte meine Bluse auf und ließ sie zu Boden fallen, auf die von mir eigens frisch geölten Holzdielen, und präsentierte ihm meine neue schwarze Spitzenunterwäsche. „Falls dir das zu brav ist, ich habe die verruchten Sachen schon mal hier her gebracht.“

„Selina, Selina…Das ist hier wohl so eine Art Freudenbude für dich? Was machst du eigentlich an den Tagen, an denen wir uns nicht treffen?“

„Da umsorge ich meinen lieeeeben Göttergatten.“

„Ach ja, du bist ja verheiratet. Vergesse ich bei deinem Anblick immer. Setz dich zu mir…“, er klopfte mit der Hand wie ein alter Opi, der seinem Enkelkind ein Märchen erzählen wollte, neben sich.

„Warte. Ich habe da ein Vitaminpräparat, welches dich wieder auf Vordermann bringt.“ Ich kam mir vor wie eine der Hauptrollen aus „DIE APOTHEKERIN“ von Ingrid Noll und verabreiche ihm die ebenfalls von Melanie in die braune Papiertüte gepackten Kügelchen. Die werden ihn kurzweilig zu Kräften bringen. „Vitaminpower", laut meiner Freundin Melanie. Ich musste ihr das glauben, was passiert eigentlich, wenn sie mir hier Gift gegeben hat und ich mich versündige. Eine unwissende Mörderin oder Mordsgehilfin spiele. Das ist dann Totschlag ohne Affekt, aber mit Effekt. Oder wie?

„Werden doch wohl keine halluzinogene Drogen sein?", musternd blickt mich Alexander an.

„Ich schlucke eins mit runter. Vertrau mir."

Und wie er mir vertraute, der arme Alexander Polochsohn. Und dann trieben wir es wie die Kaninchen. Ungehalten und ungezügelt und ungelogen an die fünfmal! Klassisch im Bett, dann auf dem Küchentisch, an den Haltestangen des eingeschalteten Vibrationsgeräts (ich werde es nie wieder ohne Hintergedanken benutzen können) im Badezimmer auf dem Badewannenrad (kreuzgefährlich glatt), auf den angewärmten Fußbodenplatten und anschließend im Bett, da powerten wir uns nochmal so richtig aus. Alles schön mit Verhütung.

Gegen 4 Uhr morgens dürstet es ihn, allerdings nach einem großen Glas stillen Wassers. Still ruht das Wasser des tiefen Sees, denn in der Flasche, die ich ihm neben das Bett stelle, befinden sich die Tropfen für einen sanften Schlaf. Alexander schnarcht. Seit wann denn das?

Dann komme ich endlich dazu, Melanie das verabredete Zeichen zu senden: „Kannst."

„Steh davor."

„Wolle wa se rein lasse?"

„Mach!"

Ich betätige den Summer, und kurz darauf steht sie in meinem Wohnzimmer. „Sag mal, was habt ihr denn so lange getrieben? Weißt du, wie lange ich schon warte??!! Wo liegt dieser Schuft?!!"Sie schiebt mich nicht gerade zimperlich beiseite, beäugt auf dem Weg zum Schlafzimmer mein Vibrationsgerät, schaut mich fragend an, „Da auch?". Ich zucke mit den Schultern, „Nun ja..."

Dann steht sie am Fußende meines Bettes und stemmt ihre Hände in die Hüften. „Alexander Polochsohn. Jetzt haben wir dich!"

Mir wird angst und bange, „Selina Super! Selina Super! Super Selina!"

„Was faselst du denn da schon wieder?", sie schaut mich über ihre Schulter hinweg an.

„Ach..."

„Mitleid? Das liegt daran, dass du es ordentlich besorgt bekommen hast. Da liegt dein Herz jetzt zwischen deinen Schenkeln. Aber jetzt bin ja ich da!"

Oh weia.

„Komm mal her. Selina."

„Ja."

„Bitte mal näher treten."

„Ich trau mich nicht."

„Jetzt habe ich aber gleich die Fresse dicke. Hier." Sie wirft mir das rote Büchlein zu. Schlag mal auf und schau dir die Beschreibung von Nummer 323 an. Vielleicht kommst du da wieder zu dir."

Und in der Tat, ich kam wieder zu mir. Als hätte mir jemand mit voller Wucht ein tiefgefrorenes Laib Brot an die Stirn geworfen. Aua!

„So, und jetzt hilf mir mal. Das mit dem Hintergrund bekommst du hin, ja?“

„Hallo, du sprichst mit der weltbesten Grafikerin.“

„Okay. Dann zieh ihm das mal an.“

Melanie zog etwas noch Undefinierbares aus ihrem mitgebrachten Leinensack. Entwirrt entpuppte sich das Ding als platinblonde Perücke.

„Ähm? Wie rum?“

„Hach, gib mal her.“ Mit beiden Händen hielt ich seinen Kopf übers Kissen, so dass ihm Melanie - schwupp die wupp das Teil aufsetzen konnte. Lächerlich sah er damit aus. Der arme Kerl.

„Da is noch ´n Messer drin, gib mir das mal.“

„Nein!“, ich verschränkte die Arme.

„Das is ein Schnitzmesser, ich muss doch noch die Nase für unseren Clown fertig machen.“

„Hä?“

„Selina! Jetzt gib schon her. Mensch, die Zeit läuft.“

Handwerklich begabt war sie ja, und ihm Handumdrehen und mit zwei, drei Ausbesserungen steckte sie ihm den Ball auf die

Nase. „Fertig. Heute ist für den Alexander ein RED NOSE DAY!"

„Gott, das sieht so albern aus."

„Jetzt kannst Du seinen Kopf loslassen. Schieb ihm das Kissen mal höher in den Nacken. Mist. Der hat ja die Augen geschlossen. Das sieht unnatürlich aus. Das funzt so nicht. Selina, warte. Ich hab´s. Unser Freund des guten Geschmacks wird jetzt zum ersten Mal in seinem Leben die Freuden des Karnevals kennenlernen. Der hat doch immer so schöne Fotos von seinen Urlauben etc. auf seiner privaten Facebook-Seite gepostet, dieser eingebildete Fatzke. Der sollte wissen, dass Facebook ein viel zu unsicheres Medium ist. Nun werden wir sein Konto mal aufhübschen."

„Wann? Wie?"

„Die Nummer 312 aus seinem Buch ist Constanze und eine IT Spezialistin und hackt privat gerne mal andere Konten. Keine Sorge, das posten wir natürlich erst, nachdem er aufgewacht ist. Sagen wir mal, in zehnStunden. Mitten in der Woche, nachmittags. Da macht so etwas, ehe er eingreifen kann, schnell die Runde. Du bearbeitest die Fotos so, dass nichts auf dich zurückfällt.

Hintergrund etc. Aber das muss ich dir ja nicht erklären."

Und ehe ich mich versah, trug Alexander eine Brille wie Guido Horn. Groß, glitzernd und – da er ja die Augen geschlossen hielt – mit an Drahtspiralen befestigten Plaste-Augäpfeln. Biong. Biong. Biong. Melanie stupste diese immer an. Hier noch eine schöne kalte Flasche Bier in die Hand gesteckt. Jetzt wird fotografiert! Mein Akku. Mist."

„Melanie, mit dir werde ich so schnell keinen Agenteneinsatz mehr durchführen. Schlechte Vorbereitung! Hier, nimm meine Handykamera, die macht gestochen scharfe Bilder. Ach, ich fotografiere ihn mal lieber selber", ich entriss ihr wieder mein Handy - auch wollte ich diese Aufnahmen lieber bei mir wissen. Alexander bekam noch eine weitere Verkleidung verpasst. Alexander mit Mäuseohren und Mäusenase und -zähnen.

„Das hätte ich aber auch mit meinem Grafikprogramm hinbekommen.", konstatierte ich trocken.

„Aber live ist doch viel besser. Jetzt machen wir noch ´n paar schöne Fotos für die Homoseite und legen seinen Ausweis noch daneben."

„Bist du bescheuert?!"

„Okay, dann ohne Ausweis, aber mit Handynummer."

„Das ist langsam nicht mehr witzig."

„Hey, Rache ist ja auch nicht witzig. Rache ist süß und schmerzhaft."
„Mir hat er gar nichts getan."

„Hallo? Aber auch nur, weil du dich als unser Racheengel mit einem Wissen, was wir 323 Frauen nicht hatten, bewaffnet und vorbereitet hast. Wollen wir nun weiter diskutieren oder das schnell hinter uns bringen?"

„Im Kasten?"

„Ja." Gute Idee, mit meinem Handy zu fotografieren. Die Mäusefotos bekommen sie und vielleicht auch noch den wackeläugigen Guido, aber die Homobilder im Leben nicht. Mein Gewissen krabbelte die Kehle hoch. Wir vernahmen ein leichtes Husten.

„Abbau. Zack. Zack!"

Um 7 Uhr klingelte mein Wecker. Eine Stunde Schlaf reichen auch! Ich gähnte, als ob nichts weiter gewesen wäre, und fragte den ebenso zwangserwachten Alexander neben mir: „Na, gut geschlafen?"

„Ich habe vielleicht einen Mist geträumt."

„Na, du weißt ja. Das, was man in der ersten Nacht in einen fremden Bett träumt, das bewahrheitet sich."

„Mach mir keine Angst. Ich will einen Kaffee und einen Kuss. Andersrum. Erst einen Kuss!"Den sollte er auch bekommen, wo er doch so friedlich mitgespielt hatte.

Im Büro wurde ich von Frederik aus dem Schlaf gerissen. „Du hast da was!" während er mich breit angriente, klopfte er sich mit seinem Finger auf die linke Wange. „KLÖ oder so. Ist das ´ne Geheimbotschaft?"Ich strich mir über die Wange und fühlte die Abdrücke der Tastaturtasten.

„Selina Schatz, du siehst so was von räudig aus. Hast du einen Neuen? Lass Theo dich bloß so nicht sehen. Der besetzt womöglich seine Urlaubsvertretung neu."

„Der ist ja heute gottseidank nicht da."

„Robert schlendert schon wie ein Luchs auf Beutefang um dich. Am besten, du riegelst dein Büro von innen ab. Man weiß nie. Wäre Robert jetzt herein gekommen und hätte dich so gesehen, wie dir die Spucke beim Schlafen aus dem Mund heraus und auf die Tastatur getropft ist, der hätte womöglich eine ganze Fotoserie geknipst und die online gestellt oder – schlimmer – direkt an Theo geschickt."

Eine Strafe, die ich verdient hatte in Anbetracht der Geheimaktion im Morgengrauen. Ich konnte vor lauter Entsetzen nichts erwidern. Das Rachekarma!! Es verfolgt mich. Mit dem Daumen nach oben gab ich Frederik zu verstehen, dass er eine gute Idee hatte und geleitete ihn zur Tür und schloss von innen ab. Mir würden heute nicht einmal mehr Koffeintabletten groß wie Frisbeescheiben helfen. Ich brauchte eine Mütze voll Schlaf. „Britta, ich bin für eine halbe Stunde nicht zu sprechen."

„Okay. Liebes."

Liebes? Seit wann sagt sie das zu mir. Ich halluziniere schon. Eine halbe Stunde – nicht mehr und nicht weniger – würde mir reichen, um wieder halbwegs klar zu sehen. Gute Nacht.

Freitagabend, ich hatte diesen Tag, diese ganze Woche überlebt. Kinder, Kinder, ich kann nicht mehr. In meinem Bett liegend und den Johannisbeerduft von Alexander und einigen gelben Fusseln der Perücke in der Nase, schlief ich ein.

Und erwachte 11 Stunden später vom Klingelton meines Handys, welches noch auf die 7 Uhr Weckeinheit programmiert war. Wollte schon in gewohnter Manier auf die läutenden Glocken hauen – aber mein Wecker hatte vom letzten Draufhauen einen deutlichen Schaden abbekommen und läutete nicht mehr, so dass ich gezwungen war, mein Handy auf Alarm zu stellen. Ich nahm es in die Hand, um es endlich zum Schweigen zu bringen. Was durch die Wischfunktion des Smartphones gar nicht so einfach war. Vier Nachrichten zeigt es mir noch an.

Die erste war von Melanie von gestern 20:05 Uhr: „Wir wissen jetzt, wo er seine Vorlesung hält.“

Gefolgt von der zweiten, 20:12 Uhr, von meiner Mami, die jetzt auch bei Whatsapp war: „Kannst dich ruhig mal wieder melden."

Die dritte war von Alexander: „Ich brauch´ Schlaf..."

Von Philip kam die letzte, 00:45 Uhr: „Vermisse Deine Brüstee und überhaüuaü..."Philip war eindeutig stramm!

Nachdem ich den Akku entfernt hatte, eine Radikallösung, schlief ich weiter. Ich wollte weder von Klingeltönen, noch von Alarmsignalen, noch von anderen störenden Geräuschen geweckt werden. „Du bist eine Misophonikerin!", lautete die frühkindliche Diagnose meiner Mamuschka. Stimmt. Ich war eine und hatte mich schon lange nicht mehr bei ihr gemeldet, werde ich später nachholen. Gute Nacht.

DREIZEHN

Bei einer Tasse Cappuccino berichtete mir Melanie, in Begleitung von zwei weiteren und mir bis dato vollkommen unbekannten Damen, kurz die Umrisse des Plans. Sie weihten mich ein. „Die Vorlesung ist jetzt am Montag an einer Privatuniversität, Madeleine ist da Studentin und sitzt im Senat." Ah ja, die blonde und sehr aufgeweckte und mir auch sehr sympathische junge Dame war also jene Madeleine, die Alexander beim Kauf seiner Antipickelpaste (als Reaktion auf seine Erdnussallergie, anscheinend hatte öfter solche Zwischenfälle zu verarbeiten) vor einem halben Jahr im ausgewählten Kosmetiksalon kennengelernt und wie ich im Vorfeld von meiner Freundin Melanie erzählt bekommen hatte, auch an fünf Tagen vernascht hatte.

Selina, hol doch mal das rote Tagebuch. Wir wollen mal nachschauen, was bei Madeleine und bei Constanze drin steht." Constanze war für das Hackattentat und für noch irgendwas während der Vorlesung zuständig. Bei ihrem Anblick hätte ich an Alexanders Stelle noch vor dem ersten

Treffen die Flucht nach vorn ergriffen. Sie hatte etwas sehr maskulines im Blick. Wobei auch sie mir sehr sympathisch war, und ich konnte nicht umher zuzugeben, dass es mir wahrscheinlich mit allen von Alexander durchgeknallten Frauen so gehen würde. Nicht, dass ich darauf Wert legen würde, diese kennenzulernen.

„Selina?“

„Achso. Ja, das Tagebuch. Ich habe das irgendwo verkramt, weil er ja hier war und es nicht finden sollte…“

„Ah. Okay. Na, es wird jetzt wohl auch Zeit für uns, noch die anderen Frauen zu informieren. Du bist sicher, dass du nicht mitkommen willst?“, fragte mich Melanie mit skeptisch musterndem Blick.

„Leider kann ich nicht. Und ich habe schon genug gehört und gemacht. Wenn ihr versteht…“

„Oh. Ja. Natürlich.“ Constanze und Madeleine reichten mir freundschaftlich die Hand und verabschiedeten sich mit den Worten: „Jetzt sind wir erstmal dran.“ Im Türrahmen meiner Altbauwohnung stehend sah ich den beiden nach.

„Selina, du kommst klar?“, Melanie umarmte mich und schaute mir wieder tief in die Augen, „Du weißt hoffentlich, dass du auch nicht verschont wirst. Pass auf dein Herz auf. Wir können ab jetzt auch übernehmen. Wir sind mittlerweile eine richtig tolle Frauentruppe geworden und unterhalten uns nicht nur über Männer, sondern auch über Business, Kochen, Politik. Und einen Namen haben wir auch, wie es sich so für eine Vereinigung gehört. Naja. Also, wir schwanken noch zwischen Pink-Lions-Club, kurz PLC oder Club der bewegten Frauen, kurz CdbF...“.

Wir mussten beide kichern. „Naja, vielleicht fällt uns auch noch was Besseres ein. Für das Logo bist du dann zuständig, ja?“

Ich nickte und kicherte in mich rein, da ich schon im Geiste dabei war, das Logo zu entwerfen. Ich sah Brüste vor mir, große Brüste oder nur eine Brust...eine Amazonenbrust...“

„Amazonenbrust? Selina! Du sagst es! Club der Amazonen! Bravo. Das schlage ich heute noch zusätzlich vor. Schade, dass du nicht mitkommen willst. Ich schicke dir Fotos, ja?“

Sie drückte mich noch einmal ganz fest und rannte dann ihren zwei neuen Freundinnen hinterher. Wie immer mehr als unachtsam. Meine Nachbarin Kutschinski wird sich in fünf Minuten wieder bei mir beschweren, dass ich gefälligst meinen Besuch darüber aufklären soll, dass wir kein Hottentottenhaus haben und auf den alten Holzstufen weder runter noch herauf getrampelt werden soll! "Is ja wie im Krieg, wenn die kommt. Man will sich unterm Tisch verstecken. Sie haben den Krieg ja nicht erlebt. Aber so hört es sich an, wenn sie kommen, die Russen, die Polen und überhaupt." „Ja, ja, Frau Kutschinski!"

„Ja, ja?" Wir sind hier im Norden. Ja, Ja, ist hier eine Beleidigung. Ich werde mich über Sie beschweren, junges Fräulein!"

„Ja, ja, Frau Kutschinski."

Türen knallen. Ruhe. Eigentlich bräuchte ich mich gar nicht erst von der Türe wegbewegen, die müsste sowieso gleich rauskommen. Ich zähl´ bis zwanzig. Neunzehn, zwanzig, einundzwanzig, zweiundzwanzig… Nanu? Ist der Alten was passiert oder hockt die heute nun wirklich unterm Tisch aus Angst vorm Angriff der wütenden Amazonen? Mein Kopf spielte wieder Theater, und ich sah halbnackte Weiber mit Pfeil und Bogen die Treppen hochjagen auf der Suche nach der Kutschinski. Ich muss jetzt mal bei ihr klingeln. Macht keiner auf. Was mache ich? Vielleicht schaute sie auch angewidert durch den Spion und findet außer Wut in ihrem Bauch keinen positiven Grund mir zu öffnen. Gut. Ich glitt rückwärts mit meinen Wollsocken über den Flur.

In meinem Wohnzimmer angekommen kramte ich aus meiner Schreibtischschublade einen schwarzen Tintenroller und einen gelben Neonzettel. Drauf schrieb ich: „Liebe Frau Kutschinski, ich möchte Sie gerne…“ Nee. Nächster Zettel, diesmal einen neonpinken. „Habe Ihr Paket entgegengenommen. Bitte bei mir melden. Liebe Grüße Selina“.

Ich klebte die Notiz mit extra Klebeband schön sichtbar an die Tür. Da wird sie wahrscheinlich meckern: „Nur Idioten beschmieren und bekleben Türen und Wände!“ War mir aber egal, wenn sie überhaupt noch schimpfen konnte. Vielleicht lag sie auch schon seit einigen Tagen hilflos in der Küche und kam nicht mehr hoch. Jede Sekunde zählt da jetzt, Miss Super Selina! Was machen? Ich klingelte abermals und setzte ein Klopfkonzert nach. Totenstille. Wie alt war Kutschinski? 80 bestimmt. Und rennt man mit 80 am Samstag noch durch die Stadt? Wo doch sonst immer der Lieferdienst mit ihren bestellten Lebensmitteln vor ihrer Tür steht?

Scheiß drauf. Ich rufe jetzt bei der Einsatzzentrale an. Außer Schlaf nachholen und vielleicht noch ´n paar Rütteleinheiten auf meinem Vibrationsgerät hab ich ja sonst nix auf der Uhr. Männerbesuch? Alexander würde sich A) von seiner Nesselsucht erholen müssen und ruft B) am Wochenende eh nie an, das war unsere Vereinbarung, da ich ja so was von verheiratet war. Bin ich armselig oder was? Super Selina, Selina Super! Okay. Nummer der örtlichen Station ausfindig gemacht, Sachlage geschildert. Geht los. Wann hatte ich Kutschinski zum letzten Mal gesehen? Keine Ahnung. Ich ging auf die Knie und roch am unteren Spalt ihrer Wohnungstür: „Es riecht jedenfalls noch nicht komisch, wenn Ihnen das weiterhilft."

„Wir kommen."

Wenigstens kann ich am Montag sagen, dass ich ein aufregendes Wochenende hatte. Mit ACHT Männern. Zwei davon in Weiß, zwei in Blau und zum Schluss zwei in Schwarz. Kutschinski ade, scheiden tut weh. „Prösterchen, auf dich, meine Lieblingsnachbarin."

Mein Schicksalskarma verfolgte mich. Sicherlich war das die Rache, dass ich Alexander fast in den Tod getrieben hatte, mit dieser blöden Intoleranz oder Allergie, was für mich dasselbe war. Einige Tränen kullerten meine Wangen hinab, und ich gab mir von Samstag 20 Uhr bis Sonntag 01 Uhr die volle Breitseite mit den Spirituosen, die mein Kühlschrank hergab. Notfalls hätte ich noch zu Dimitri torkeln müssen, war der eigentlich schon wieder aus dem Krankenhaus raus oder hielt immer noch sein Sohnemann die russische Stellung? Mein Leben schien aus den Fugen zu geraten. Hauptsache, die Nummer mit Alexander ist bald vorbei, die Vertretung meines Chefs rückte immer näher, und in mir baute sich eine immer dunklere Ahnung auf.

Schwarzer Montag

„Ich wünsche dir auch einen erfolgreichen Tag. A."

Ah, stimmt. Heute war ja seine Lesung an der Uni. Vom Wochenende noch leicht mitgenommen, ging ich zur Arbeit. Heute war wieder einer dieser schwarzen Montage für mich. Dementsprechend fiel meine Kleidung aus. Schwarzes Kostüm, schwarze Pumps mit pinkfarbener Sohle. Den Gag mit der Besprühung hatte ich mir einfallen lassen, als dieser Hype mit den Louboutins losging. Und ich praktiziere ihn immer noch. Ich habe welche mit blauer, silberner, orangener und grüner Sohle. Passend zu meinen selbstlackierten Lesebrillen. Erwartet Alexander jetzt von mir eine ebensolche Nachricht? Außer, dass er Nesselausschlag hat, weiß er ja von nichts. In seinen Augen bin ich wahrscheinlich noch wie eine Krankenschwester oder Mami zu ihm gewesen und habe ihn gepflegt und gehegt, umsorgt, gefüttert, gestillt. Männer mögen das.

Ach, was soll´s. Ich schreib ihm auch. „Einen ebensolchen wünsch´ ich dir. Smiley"

Kaffee. Meeting. Schnittchen. Kekse. Jeden Montag der gleiche Scheiß, dabei kann das Leben so schnell vorbei sein. Gut, Kutschinski war über 80 Jahre alt geworden, wie mir der freundliche Rettungsarzt erzählte, „Machen Sie sich mal keine Sorgen. In dem Alter geht so etwas schnell. Sie ist friedlich eingeschlafen." Ja, ja, schöner Tod und so... dennoch! Schwups und das Leben ist vorbei.

Und ich? Womöglich hänge ich in 30 Jahren noch in diesem Büro umgeben von Idioten herum, starre auf meinen Grafikrechner, trage eine Sehhilfe von mittlerweile acht Dioptrien und sehe aus wie Miss Sybill Trelawney, die Wahrsagelehrerin bei Harry Potter. Leicht verwirrt, zerzaust und in bunter Fleece-Strick-Hauptsache-bequem-Kleidung mit asymmetrischer Schnittführung am Saum. Das wird mein Ende sein. Vibrationssignal.

„Hey. Hier sind die Amazonen. Es geht los. Er hält gleich seinen Vortrag. Gleich mehr…"

Melanies Nachricht holte mich zurück und ließ meine finsteren Gedanken wie Luftballons getragen vom Wind am Horizont verschwinden. Ja, es war ja noch was da, wofür ich kämpfen und einstehen konnte. Der Mensch, die Frau braucht eine Aufgabe. Wenn schon keine Kinder, dann für Ehre und Ruhm oder wie das in diesen Clubs mit goldener Schriftführung auf schwarzen Schildern graviert steht. Ich werde mich mal an das Entwerfen des Amazonen-Clubs-Dings ähm Logos setzen.

Vibrationssignal. Erster Videoeingang. Ach, da ist er, mein lieber Alexander. Steht neben dem Pult und wartet darauf, dass der Professor, der ihn gerade lobpreisend vorstellt, ans Mikrofon holt. Dank der hell leuchtenden Strahler an der Decke, die wie in der Oper die ganze Bühne in ein helles Licht werfen, hilft auch seine erstklassige Camouflage-Technik nichts. Die Nesselsucht zeigt ihre Spuren, die Pickelbeulen warfen trotz Makeups unübersehbare Schatten, und sie juckten mächtig gewaltig, da sich Alexander Polochsohn ständig am Hals kratzt. Der Arme. Nun würde eher das Wort PockeSohn zu ihm passen. Im Hörsaal waren schätzungsweise an die 100 geladene Zuhörer, 15 von ihnen mehr oder weniger eingeschleust. Dank Ann-Sophie, der Verkäuferin und BWLStudentin kein Problem.

Zweiter Videoeingang. „Meine Damen und Herren, ich begrüße Sie blabla Anlage… Coaching und Teamführung blabala…..“ Macht er ganz gut, finde ich.

Vibrationssignal. Textnachricht von Melanie. „Die Show beginnt…“

Oh je. Hingerissen zwischen Mitleid, Gewissensbissen, dem Versuch „Aufhören“ zu schreien und einem „Macht-ihn-fertig“-Gefühl warte ich nervös auf die Fortsetzung. Wetze meine Fingernägel an meiner schwarzen Hose. Eine Jeans wäre dafür geeigneter gewesen. Der schöne Stoff nutzt sich leicht ab. Momentan sehe ich mich außer Stande zu arbeiten und gebe Britta über Telefon schnell die Info, dass ich für 15 Minuten nicht erreichbar bin.

Schweißtropfen bilden sich auf meiner Stirn, und meine Zunge schwillt an. Der Karma-Boomerang holt mich ein, ich habe das Gefühl eine Art Intoleranz auf Alexander oder auf die Amazonen zu entwickeln. Wenn ich jetzt noch Blähungen bekomme, dann ist es ein unmissverständliches Zeichen dafür, mit diesem Rachefeldzug aufzuhören! Okay. Ruhig. Durchatmen. Super Selina. Selina Super! Das sind meine Affirmationsworte, die Melanie in ihrer ersten Probe-Heilhypnose-Sitzung bei mir versuchsweise ausprobiert hatte. Diese halfen mir, über mich rollende Gefühlswellen für eine gewisse Zeit zu kontrollieren und einen klaren Kopf zu bewahren. Waren meist sehr hilfreich. Wobei ich mir im Nachhinein gerne andere ausgesucht hätte.

Was hatten sich Melanie und ihre Amazonen gleich noch ausgedacht? Ich blätterte in meinem Posteingang. Hier. Sprachnachricht. „Hey Selina. Ich spreche jetzt mal, ist sonst zu lang. Pass auf. Am

Montag sitzen wir mit 15 Mann beziehungsweise mit 15 Frauen in der zweiten Reihe. Direkt vor ihm, so dass wir ihn und vorallen Dingen er uns sehr gut sehen kann. Eine macht lustige Zungenspielchen, eine andere meldet sich während seines Vortrages ständig, da sie der Uni nicht angehören, können die Professoren und Dozenten böse gucken wie sie wollen: „Bitte keine Zwischenfragen" - uns egal, stört uns ja nicht. Eine andere hustet ständig, so dass er uns sehr präsent wahrnimmt. Dann haben wir noch im Programm große Augen machen, zornig schauen und Zähne fletschen und mit dem Kopf schütteln... Stell Dir uns 15 Weiber nebeneinander vor, allesamt mit großartigem Mimik-Kino. Dem werden wir schön verhelfen, ins Stottern zu kommen und Bullshit zu erzählen. Constanze ist eine begnadete IT-Spezialistin und kann während seines Vortrages die Fernbedienung von ihm außer Kraft setzen bzw. seine Präsentation verselbstständigen. Das wird ein Gaudi...Na, lass dich mal überraschen."

Dritter Videoeingang. Alexanders Kopf ist rot, er schluckt, er kämpft, er wischt sich die Stirn. Dann gerät auch noch im Hintergrund die Präsentation völlig durcheinander. Er erzählt etwas von Seite zwei, ohne zu begreifen, dass die Folien hinter ihm schon längst auf Seite fünf gesprungen sind. Dank IT-Constanzes Glanzleistung. Er trinkt das Wasserglas leer und signalisiert, dass er ein weiteres benötigt. Dieses wird ihm auch von der reizenden Ann-Sophie ans Pult gebracht, und er erkennt auch sie wieder. Jene Studentin, die im Kosmetiksalon arbeitet, ihn anschaut und schielt und dabei brummt wie eine Bärin, die ihr Jungens ruft, lassen ihn innerlich wanken. Und Alexander sieht zum ersten Mal nicht mehr klar. Er zweifelt an sich. Einen weiteren Schluck aus dem neuen Glas, in dem einige Tropfen von Melanies geheimer Tinktur schwimmen und seine Zunge erneut anschwellen lassen, da gerät er vollends aus der Fassung, beendet kurzerhand seinen Vortrag und verschwindet, ohne sich zu verabschieden.

VIERZEHN

Telefonklingeln. „Ffelina, kann iff mit dir sprechen?“, Alexander lispelte lustig, seine Zunge schien immer noch dick zu sein und er klang völlig gehetzt. Der Arme. „Ja?“

„Iff muss dich sehen. Jetft! Kannft du dir frei nehmen?“, keuchte er immer noch außer sich vor Atem in den Hörer, „Iff bin in 15 Minuten bei dir vorm Büro. Ifft deine Freundin noch im Urlaub?“

Er tat mir leid und das Schlimme war, ich war auch dran schuld, dass es ihm hörbar schlecht erging. Hoffentlich ahnte er nicht, dass ich eine nicht ganz kleine Rolle in dieser Maskerade gespielt habe. Gespielt habe? Immer noch spiele. Als Vorwand, ihm diesen Gefallen erweisen zu MÜSSEN, gab ich Britta Bescheid, dass ich noch zum Arzt müsste, damit ich, wenn Theo im Urlaub war, alle Termine aufgeräumt und frisch diagnostiziert und zahnlasertechnisch auf dem neuesten Stand vertreten konnte. Heute waren noch zwei Aufträge hereingeflattert, die ich aber bis morgen Vormittag locker schaffen würde.

Er stand etwas verwirrt und schön wie immer - abgesehen vom Kratzen am Hals und dem Ausschlag im Gesicht, der langsam abklang und den er mir zu verdanken hatte - in einem gewohnt schwarzen Anzug und schwarzem Hemd an seiner Limousine. Er muss sich umgezogen haben, im Video trug er noch ein weißes Hemd. Aber ein Mann wie er hat ja immer Wechselhemden im Auto. „Schön, dass du dir Zeit nehmen konntest", begrüßte er mich und der rosa Lappen schien wieder auf Normalnull abgeschwollen zu sein. Ich wich kurz zurück, als er mir einen Kuss geben wollte. „Keine Angst, nicht ansteckend", wies er mich mit einem Fingerzeig auf die halb überdeckten Punkte in seinem Gesicht, „kommt noch von dem Erdnusszeug."

„Ah, ja.", ich winkte ab und küsste ihn auf die Wange und einem inneren Bedürfnis folgend auf den Mund. „Zwei Stunden habe ich."

„Besser als nichts. Können wir zu deiner Freundin fahren?"

„Ja, fahr los." Ich gab ihm einen kleinen Stupser und lächelte ihm aufmunternd zu.

Während er hinter dem Haus parkte, rannte ich hoch und stapfte dabei so laut auf, dass die Kutschinski ihre wahre Freude daran gehabt hätte und eilte in meine Wohnung, die ich für die meiner Freundin ausgab. Scannte alles, damit es nicht zu unmöglichen Situationen kommen würde. Heute ist ja dann das fünfte Mal, dass wir uns treffen, bemerkte ich erschrocken. Uii. Was kommt jetzt? Entweder er sieht es – da Notfall – nicht als solches an, oder er hat sich verzählt. Oder ich mich?

„Darf ich herein kommen?" Er stand in der Tür, etwas unsicher, so kannte ich ihn gar nicht, und mein Herz ging auf. Wie bei einer Mutter, die ihren Sohn an sich drücken will, weil er sich beim Fußballspielen eine Schramme zugezogen hatte. Hey, seit wann hat Selina Super, Super Selina Muttergefühle? Die waren mir neu.

„Setz dich doch bitte. Magst du was trinken? Wie wäre es mit einem ganz ordinären und doch immer wieder schönen Kamillentee? Du siehst so aus, als ob du was Beruhigendes vertragen könntest..."

„Ja. Klingt gut." Wir lächelten uns an und ich hatte das Gefühl, vor lauter Scham im Boden versinken zu müssen.

„Selina, heute war ein ganz beschissener Tag. Mein Vater hat mich zu einem Vortrag vor Studenten überredet, ich konnte mal wieder nicht „Nein" sagen, weil sein Freund, der Professor der Uni, ihn darum gebeten hat. Ich habe es auf gut Deutsch verkackt. Aber das ist nicht der Punkt. Ich bin sonst ein Ass, aber seit einiger Zeit läuft es nicht rund. Sag mal, mache ich auf dich den Eindruck eines Wahnsinnigen? Ich fühle mich heute so…"

Ich berührte mit meiner linken Hand sanft seinen Unterarm „Dein Kopf ist ganz schön schwer. Komm mal her", und nehme ihn mit einem Lächeln seine Tasse aus der Hand und stelle sie vor uns auf den hölzernen Couchtisch. Greife das beigefarbene Kissen hinter mir, lege es auf meine Schenkel und lade ihn ein, seinen Kopf darauf zu betten. Während er auf meinem Schoß die Augen schließt, streichele ich sanft durch sein schwarzes, dickes Haar und über sein Gesicht. Und er erzählt mir, unter welchem Druck er steht - auch familiär. Meine Hände scheinen Wunder zu bewirken, eine Art Hand-Heil-Hypnose womöglich. Ich wusste doch schon immer, dass ich mit meinen Händen mehr kann, als Werbemittel zu entwerfen oder Schwänze zu reiben. Jetzt nicht kichern. Weiter zuhören.

„Du kennst die Villa, die habe ich nur von meinen Eltern bekommen, damit ich sesshaft werde. Die ist mir viel zu groß, das Personal ist auch nicht von früh bis abends da, Gärtner, Putzfrau auch nur zweimal in der Woche und ich leide womöglich an Verfolgungswahn. Aber ich denke, dass meine Eltern mir dieses Anwesen überlassen haben, damit mir die leere Bude auf den Kopf fällt und ich einsehe, dass ich eine Familie gründen muss. Mit dir kann ich reden, du bist verheiratet und kommst für mich nicht in Frage, oder doch?" Er schaut auf meinen Schoß liegend zu mir herauf und blinzelt. Mir rutscht das Herz in die Hose, jetzt wäre so ein Moment oder nicht. Jetzt der Moment, um mit der Sprache rauszurücken?

Er lacht auf: „Schau nicht so entgeistert. Das war ein Scherz." Mit seinen Worten kann er mich regelmäßig kleine Tode sterben lassen. Selina Super. Super Selina. Dann fällt mir ein, dass seine rührselige Darbietung hier auf meiner Couch noch die Nachfolgen der homöopathischen Tropfen aus dem Wasserglas sein könnten. Ich muss Melanie fragen. Nicht vergessen. Das macht hier sonst gar keinen Sinn. Oder dreh ich jetzt schon durch und das ist ein Traum. Ich kneife ihn leicht in die Wange. „Autsch."

„Ja, das ist die Strafe für deinen komischen Witz." Wir mustern uns und lächeln verhalten. Ich küsse Ring- und Mittelfinger meiner linken Hand und drücke diesen Handkuss auf seine Wange als Wiedergutmachung. Jetzt strahlt er wieder und entspannt sich unter mir und erzählt weiter.

„Das mit den Kindern ist so eine Sache. Damit habe ich es nicht so, ich weiß nur nicht, wie ich das meinen Eltern verklickern soll. Ich will lieber die Welt erkunden, Abenteuer erleben. Und jetzt noch was. Entschuldige bitte, dass ich dich frage, aber...." Pause. Ja, aber? Was kommt jetzt? „Der 70. Geburtstag meines Vaters steht am Wochenende vor der Tür, und ich – wie soll ich es sagen – habe noch keine passende Begleitung..."

Hat er gerade passende Kleidung oder passende Begleitung gesagt? Nachfragen hilft: „Noch keine passende Kleidung?"

„Selina! Schatz, Du hast mich schon verstanden. Ich möchte, dass du mit mir dahin gehst als meine Verlobte, wenn jemand fragt. Einen Freund kann ich zu dieser großen Feier nicht mitbringen. Das wirft ein seltsames Licht. Ich, der einzige Sohn... und...also wenn du willst, ich verlange da einiges, ich weiß – kann ich dir auch eine Liste mit den

Gästen zeigen, damit du einen Blick drauf werfen kannst, um etwaige unangenehme Begegnungen im Vorfeld auszuräumen. Will sagen, ich kenne deinen Mann nicht, aber falls dir jemand auf der Liste namentlich auffällt, den du, den ihr kennt, dann müssen wir uns eben etwas einfallen lassen."

„Willst du ihn von der Liste streichen?"

„Ehrlich gesagt, glaube ich nicht, dass es dazu kommen wird, oder pflegt ihr zu euren Kunden so ein inniges privates Verhältnis, dass sie deinen Ehemann kennengelernt und im Gedächtnis behalten haben?"

„Nö. Aber privat könnten da ja auch ´n paar dabei sein, die..."
Er richtet sich auf. „Ich glaube nicht."

„Ich auch nicht, dennoch möchte ich gerne drüber schauen, ehe ich „JA" sage."

„Gut. Danke für die Massage, hat Wunder geholfen. Ich fahr dich zurück?"

„Fein."

Ein seltsamer Rückweg. Irgendwie sitzen wir angespannt nebeneinander. Ich kann es im Bauch und im Herzen und im Kopf spüren. Es überkommt mich das Gefühl, dass es ihm im Nachhinein unangenehm ist, mit mir darüber gesprochen zu haben, sich mir anvertraut zu haben. Ja, es herrscht eine seltsame Stille. Eine Angespanntheit, die auch von mir ausgehen und auf ihn überschwappen kann wie kochendes Nudelwasser aus dem Topf auf die auf dem Herd daneben stehende Pfanne mit heißem Öl. Zisch. Brodel. Spuck.

Der Wagen kommt zum Stehen, wir sind da. Ein Küsschen und Tschüsschen. Ich eile in den Bürokomplex und warte auf den Fahrstuhl. Ich muss dringend auf Toilette, und während ich aufwärts fahre, frage ich mich: „Was war das?“. Ding. Ich bin da und winke Britta zu, die wahrscheinlich gerade einen meiner Kunden am Telefon beruhigt. Kaum gedacht, klingelt es in meinem Büro. „Selina, hier ist eine Melanie Schulte, die möchte dich dringend sprechen.“

„Okay, stell sie durch.“

Einmal kurz durchatmen, die Schenkel zusammenpressen – ich muss so dringend - und auf den nächsten Aufreger in Form von Melanie am Hörer warten.

„Selina?“

„Ja, das bin ich.“

„Gott sei Dank. Ich versuche dich seit zwei Stunden zu erreichen!“

„Was? Wieso?“ Dann kommt es mir. Mein Handy? Scheiße. Hoffentlich liegt es nicht bei Alexander im Auto oder hat Alexander mein Handy etwa gestohlen…Das war so ein Ablenkungsmanöver? Aber wie? Er lag doch die ganze Zeit auf meinem Schoß unter meiner Aufsicht. Außer beim Teekochen….

„Erde an Selina.“

„Ja, bin da.“

„Wie haben dir unsere Videos gefallen? Knorke, oder?“

„Hm.“

„Hm??? Also bitte. Weltklasse! Dank dir! Noch was. Ann-Sophie hat ein Telefonat vom Dekan der Uni mit Alexanders Vater, Herrn Polokksonn Senior, mitbekommen. Wahnsinn!“

„Hm.“

„Hm. Hm. Hm??! Selina, was ist los mit dir?"

„Ich muss dringend mal...Also, spuck´s aus, was kam dabei heraus?"

„Na, ein Lacher ohne Ende. Ich zitiere mal: 'Karl-Uwe, was ist mit deinem Sohn los? Der hat sich hier vorallen blamiert. Nimmt der Drogen? Du musst Ihn dir mal zur Brust nehmen. Ich habe den hier als Starredner engagiert und beworben und der hat mich richtig auflaufen lassen. Wie stehe ich denn da? Was sagst du? Okay. Wir reden an deinem Geburtstag nochmal. Ah. Gut. Gut.'"

„Melanie, das mit dem Geburtstag, also da muss ich dir auch was erzählen. Heute Abend aber bitte erst. Ich muss hier noch einiges schaffen. Okay?"

„Okay. Bis später."

Kaum den Hörer aufgelegt, eile ich zur Toilette, vorbei an Britta und Theo, der mich verwundert mustert. Während ich auf der weißen Keramikschüssel von Villeroy & Boch sitze, meine Pobacken auf der vorher immer frisch desinfizierten Kunststoffbrille parke – dank meiner charmanten Überzeugungskraft habe ich Theolein dazu gebracht, automatische Sprühkopfdesinfektionsvorrichtungen an sämtliche

WC-Becken anbringen zu lassen. Wenn alle Stricke reißen, könnte ich auch ohne weiteres eine 1A Verkäuferin bei Channel21 - oder wie diese Teleshoppingsender alle heißen, abgeben. Dabei überlege ich, wo mein Handy sein könnte und starre die bunten Fliesen auf dem Boden an. Schön sind die verlegt worden. Brittas Sohn hat das wirklich gut gemacht. Übrigens auch ein hübscher Bengel, der sich während seines Studiums in allerlei Jobs versucht. Benjamin mit Namen, sonnengebräunt, blondes Haar, Typ australischer Surfer. Verdingt sich sein Geld mit allerlei Jobs, angefangen beim Fliesenlegen bis über Altenpfleger. Der kann alles und ist sich zu nichts zu schade. Hauptsache, er hat sich sein Geld für seine Auslandsaufenthalte verdient. Sehr bewundernswert. Wenn Benji dann in der vorlesungsfreien Zeit in Australien, auf den Philippinen oder sonst wo am Surfen ist, ist seine liebe Mami dann nervlich sehr angespannt. Geht einher mit zittriger Stimme und feuchten Händen. Und in der Zeit verdrückt die gute Britta noch mehr Kekse als sonst.

„Selina? Bist Du hier?“

Nicht mal auf dem Klo hat man seine Ruhe. „Nein!“

„Entschuldige." Die Tür fällt wieder ins Schloss. Womöglich hatte Britta gerade einen Anruf von Benji erhalten, der ihr offenbart hat, mal wieder in ein Surferparadies aufzubrechen. Die Arme. Manchmal kann ich Dinge einfach herbeidenken. Wäre ja der Knaller.

So. Fertig. Mit einem Wisch lege ich mich trocken und mit dem nächsten Wisch betätige ich die Spülung. Tolle Erfindung diese Sensoren im Sanitärbereich. Leider gibt es diese Wischfunktionen bei den Türklinken noch nicht. Das widert mich immer an, aber ich muss ja rauskommen. Die Hände unter Wasser haltend, blicke ich mich an. Na, Mausekind. Du sahst aber auch schon mal besser aus. Liegt am Montag. Ich blinzele mich an, lächele und sage zu meinem Spiegelbild: Super Selina! Super Selina! Super Selina! Dazu passend stelle ich mich in Pose wie der stärkste Mann der Welt in einer Zirkusmanege. YEAH! Muskeln aus Stahl! Packen wir es an! Wir schaffen das! Ha! Ein Slogan, der mir – ich hatte mich mal damit beschäftigt - von DDR-Plakaten bekannt ist. Auf dem Propaganda-Poster sieht man eine junge Frau mit aschblondem Pagenschnitt, ihre zwei prallen und spitzen Milchtüten sind in einem gestreiften Shirt gefangen und versuchen sich hinter dem blauen Stoff ihrer Latzhose den Weg in die Freiheit zu bahnen. Bei dem Anblick habe ich immer das Gefühl, ihre Brüste rufen nach mir: „Hol uns hier raus, hol uns hier raus, sonst zerquetschen wir!" Meine Fantasie geht mit mir durch. Fast von ihrer linken Brust aufgespießt, der Schriftzug: „Das schaffen wir!" Herrlich! In diesem Sinne. Ran an die Arbeit.

„Was gab´s denn Wichtiges?", ich beuge mich über den Empfangstresen und lächele Britta an.

„Ich wollte nur fragen, ob du vielleicht noch ein paar Kekse hast?"

„Klar. Wie geht's Benji?"

„Frag nicht. Er ist auf dem Weg nach Hawaii."

Die Arme. Wusste ich es doch. „Bleib sitzen. Ich bring dir Nervennahrung."

Im Büro angekommen, höre ich ein vertrautes Geräusch.
Eindeutig mein Vibrationssignal. Mein Handy ist also doch hier. Es war die ganze Zeit hier. Himmel sei Dank! Nur wo? Unterm Tisch ist es, na warte. Ich beuge mich auf meinem Stuhl sitzend unter die Platte, dabei wird meine Hose samt Backen nach

hinten gedrückt. In dem Moment kommt mein Lieblingskollege herein.

„Soll ich dir wieder beim Handysuchen behilflich sein, junges Fräulein? Ich werde das Gefühl nicht los, dass du vergisst, dass ich nicht auf Frauen stehe. Oder wartest du auf Robert und streckst deswegen deinen Po so sehnsüchtig nach hinten?"

„Witzbold", ächze ich unter der Tischplatte und stecke fest. Irgendjemand hat meinen Stuhl verstellt, meine Füße baumeln in der Luft, und mein Kopf nebst Brustkorb klemmt zwischen meinen Beinen und der Tischplatte. „Hilf mir mal."

„Vorher mach ich noch ein Foto."

Ich wusste, dass Frederik griente, konnte es aber nicht sehen: „Ja, kannst Du, aber mit meinem Handy! Da!" Immer noch unterm Tisch gefangen wie ein Stück Edamer im Schraubstock, zeige ich mit dem Finger dahin, wo ich gerade hin will, aber nicht hinkomme und strampele mit den Beinen. „Nun, hilf mir schon, Du Idiot! Auuuuutsch!"

Frederik kroch an meinem Stuhl vorbei unter den Tisch und angelte sich mein Handy, welches wie wild zu blinken schien. Dann streichelte er mir meinen Rücken. „Selinalein, ich wollte auch nur wissen, ob dir meine Entwürfe gefallen?"

„Schau ich mir gleich an. Autsch." Wie ein Rückengeschädigter hielt ich mir meinen Rücken mit den Händen und machte Bewegungen nach vorn und hinten.

„Vielleicht hilft es dir, wenn ich dir sage, dass Robert vorhin bei dir war, als weder du noch Britta da waren."

Auch das noch. Jetzt schnüffelt mich der eigene Kollege aus. Hat mein Handy entdeckt und es vor lauter liebestoller Nachrichten und Nacktbilder, die er darauf entdeckt hatte, vor lauter Schreck fallen lassen. Drum lag es da, wo es lag. So könnte es gewesen sein, Frau Selina. Aber Selina Super hinterlässt nie Spuren auf ihrem Handy. Niemals. Die werden jeden Abend auf meinen Heimlaptop gesichert. Wollen mal sehen, was der Posteingang sagt. Müssten ja nun einige ungelesene Nachrichten während meiner Abwesenheit eingegangen sein. Ja, die neueste interessiert mich am meisten, die von Alexander. Da war sie, die Liste.

FÜNFZEHN

„Melanie, was soll ich zu so einer Festivität nur anziehen?“

„Selina, eine der Amazonen hat eine wunderbare Boutique, da fahren wir hin. Ich rufe sie gleich an, dass wir vorbei kommen. Sensationell! Du kannst schon mal nach unten gehen, ich werde dich in circa zehn Minuten mit einem Taxi abholen kommen.“

In der noblen Boutique „Charlotte Karuso“ in einer Nebenstraße an der Außenalster finden wir uns ein, und ich lerne die aufgedrehte Inhaberin kennen. Charlotte begrüßt uns freudestrahlend. Mit der hat Alexander also auch? Na, Geschmack hat er. Mitte 40, so schätze ich sie, mit einer sehr durchtrainierten, schlanken Figur, sehnigen Händen, dafür auffallend blauen Augen, von der Sonne geküssten blonden Haaren und einem makellos gebräunten Teint, einer schier unglaublich verwechselnden Ähnlichkeit mit Cameron Diaz. Wie ihre optische Zwillingschwester und nicht weniger sympathisch strahlt sie mich an.

„Du bist also Selina. Und am Samstag ist der große Tag? Ich habe da etwas Wunderbares für dich!"

Das erste Teil war ein bunt gemustertes, bodenlanges Kleid von Valentino. In diesem sah ich aus wie meine russische Ururgroßmutter väterlicherseits. Im zweiten Outfit fühlte ich mich nicht weniger unwohl. Ein knallfarbenes, korallrotes Tüllseidenkleid von „Diane von Fürstenberg". In diesem hätte ich der Gastgeberin Frau Polokksonn gewaltig die Show gestohlen und sämtliche Blicke auf mich gezogen. Ein jeder hätte an diesem Tag gewusst, wo ich stehe und gehe. Zu leuchtend und zu sexy. Aber in Anbetracht des Preises noch die günstigere Variante mit knapp 900 Euro. Ich hielt das Preisschild in den Händen und wollte gerade ansetzen mit: „Naja, mit einem dezenten Jäckchen drüber..."

„Nix da. Preise sind heute egal. Sieh es als Geschenk!", gluckerte vor lauter Vorfreude Charlotte und klatschte in die Hände, „Hopp, hopp. Nun das dritte Fashiondress anziehen!"

Als ich mit diesem aus der Garderobe kam, gab es Standing Ovations von den beiden. Zu diesem Zeitpunkt ahnte ich beim Anblick des ausgewählten Outfits zwar, dass hier etwas hinter meinem Rücken entschieden wird. Aber noch nicht genau was. Eins war sicher, der auserwählte weiße Hosenanzug von Valentino passte haargenau. Ich drehte mich um und beschaute meine Rückansicht in dem drei Meter hohen und zwei Meter breiten Spiegel ohne Rahmen. „Ist mein Hintern dafür nicht etwas zu groß?“, gab ich zu Bedenken.

„Quatsch! Du hast so eine Bombenfigur, die kann man nicht verstecken. Und wir wollen dich auch nicht verstecken, schon gar nicht deine trainierten Backen. Du bist der Star des Abends. Hihi“

Was kichern die so? „Und von vorn. Die transparente, weiße Bluse, ist für meine Brüste nicht etwas zu sexy? Da kann ich den Blazer ja nicht offen tragen. Ja, aber. Ich finde, das ist alles viel zu weiß. Viel zu…zu…brauthaft.“

„An den wichtigen Stellen ist links und rechts ein blickdichter Streifen, verdeckt also genug und diese zwei transparenten Bänder hier sind dafür gedacht, einen Knoten oder eine lockere Schleife zu binden. Als eine Art Kette.“ Charlotte öffnete den Knopf meines Blazers, „Siehst du? Und dein Dekolleté ist sexy, aber auch bedeckt genug. Vertrau mir.“ Ihre blauen Augen strahlten mich vertrauensvoll an. Und wie sollte ich an ihr zweifeln, kam ich mir doch vor, als würde Cameron Diaz herself vor mir stehen und mir zuraunen: „Erschaffene Granaten wie du und ich müssen doch der Welt zeigen, was wir haben. Wofür sind sie sonst gemacht?“

Dann ging es weiter:„Süße, Deine Haare machen wir dir so. Am Samstagvormittag schicke ich dir dafür Paolo vorbei. Der braucht dafür 30 Minuten.“ Mit geschickten Handgriffen hielt sie mein gewelltes dunkles Haar nach oben, damit ich mir gut vorstellen konnte, wie die Hochsteckfrisur auszusehen hatte. „Locker. Leicht. Okay?“ Ich nickte.

Plötzlich klopfte es und eine weitere Amazone betrat den Laden. Es war Saskia, die Juwelierin vom Nachbargeschäft mit einer großen schwarzen Box in den Händen.

„Hast du eine Lieblingsfarbe oder besser noch einen Lieblingsstein?, fragte mich Saskia, die ebenfalls sympathisch war und nach Aprikosen und Kokos duftete. Und noch ehe ich antworten konnte, ergriff Melanie das Wort.

„Pink, rosa…“

Kaum ausgesprochen, steckte an meinem linken Ringfinger ein großer, runder Pink Opal im Cabochon-Schliff, der von Diamanten und pinkfarbenen Saphiren eingebettet war. Wie mir Saskia versicherte, handelte es sich um Fair-trade-Edelsteine. Dazu passend gab es passende Ohrhänger, ebenfalls in roségold. Die Mädchen sausten um mich herum und kicherten wie Blumenmädchen vor der Trauung. Mir fehlten ausnahmsweise mal die Worte. Hätte ich es nicht besser gewusst, dann wäre dies hier die Brautanprobe mit meinen Freundinnen gewesen.

„Schuhgröße? Selina!"

„Was?"

„Deine Schuhgröße!"

„38."

„Hier, zieh an", Charlotte gab mir zwei weiße Pumps in die Hände.

„Auch weiß?"

Charlotte griff zum einzig Richtigen, zu einer Flasche gekühlten Champagner, die in einer gut geführten Boutique niemals fehlen sollte. Gerade dann, wenn unsichere Frauenzimmer mit sich und ihrer Kleiderwahl kämpfen.

„Trink erstmal einen Schluck! Fassen wir zusammen“, Melanie zog einen Lederhocker zu mir und setzte sich vor mich hin und schaute zu mir rauf. Das gab mir ein erhabenes Gefühl. Sollte ich auch einführen, wenn ich ab nächste Woche Theo vertrete. Alle die mir etwas zu sagen haben, müssen sich vor mich hinsetzen oder besser noch sich vor mich hinknien.

Ein Rütteln an meinem Bein.

„Hör zu! Samstag ist die Geburtstagsfeier des Herrn von „Polochsohn“ und Alexander will dich als seine Freundin, Verlobte dahin mitnehmen. Richtig?“

Ich nickte und trank einen großen Schluck. Und schaute auf Melanie herab.

„Es ist eine sehr edle und frühsommerliche Party. Wie willst du da hingehen? In einem schwarzen Rollpulli und Jeans? Und überhaupt, was kümmert es dich, was über dich gequatscht wird? Auf der Liste, die du mir geschickt hast, stehen keine uns bekannten Namen drauf. Richtig?“

Ich nickte wiederum und trank noch einen Schluck. Glas leer. Bitte vollmachen, gab ich wortlos Charlotte, die neben mir stand, mit einem Blick zu Verstehen.

„Also?"

„Ja, ihr habt ja Recht. Ist ja eh das letzte Treffen. Dann kann ich auch einen bleibenden Eindruck hinterlassen. Wenn schon, denn schon."

Die Worte ‚Letztes Treffen' gaben mir einen Stich ins Herz. SUPER SELINA! Ich spannte meine Oberarmmuskulatur an und wollte schon die Oberarme wie heute Vormittag im Büro-WC angewinkelt von mir strecken, aber ich ließ es bleiben. Hingegen sah ich mich ja in einem weißen Superheldenkostüm beziehungsweise Superheldinnenhosenanzug mit zusammengepresster Mundpartie – meine Lippen verschwanden unter Anspannung und ähnelten dann einem wackelig gezogenen Strich - im Spiegel vor mir. Das war ähnlich wirkungsvoll.

„Kann es weitergehen?", Charlotte sah mich mit dem wieder vollen Champagnerglas in der Hand fragend an.

„Ja."

Und ein weiteres Outfit wurde für den Abend zusammengestellt. Ich bekam den Eindruck, dass die Leidenschaft der Amazonen langsam nachließ. Aber ich schob es auf die Uhrzeit. Mittlerweile war es 23 Uhr. In der Garderobe stehend pellte ich mich aus der schwarzen Robe, einem figurbetonten langen Abendkleid von Gucci mit Volants-verzierten Gehschlitzen. Wortfetzen drangen an meine Ohren. „Dazu wird es womöglich eh nicht mehr kommen..." Gefolgt von einem „Pst!" Ich war jedoch müde und etwas betrunken und wollte nur nach Hause und gab dem keine Bedeutung.

SECHZEHN

Fünf Tage später verabschiedete ich Paolo und dankte ihm für seine Haarsteckkunst und für Makeup und Maniküre und überhaupt. Dem lieben Gott dankte ich dafür, dass heute die Sonne schien und ich nicht mit weißen Schuhen und meiner edlen weißen Hose durch Pfützen über das „Polochsohn´sche“ Grundstück hüpfen musste. So stand ich am Samstag um 14 Uhr abholfertig und völlig fertig mit den Nerven vor dem Spiegelschrank in meinem Schlafzimmer. Betrachtete meine rosa-pastellfarben lackierten Nägel, überprüfte nochmal den Inhalt meiner ebenfalls rosa-pastellfarbenen Clutch, in der ich Lipgloss, Puder, Handy, Parfüm und Schlüssel gesteckt hatte, und hielt den übergroßen Hut in der Hand. „Und der muss auch noch sein?“

„Der macht es aus! Setz ihn auf! Du siehst fantastisch aus! Wie Amal Alamuddin, nur noch viel, viel schöner“, raunte Melanie, die keck ihren Kopf hinter meinem Rücken vorstreckte.

Ich kam mir vor wie eine ONE-BILLION-Frau. Alleine die Schmuckstücke waren ein kleines Vermögen wert. Ich zupfte nervös an den Bändern meiner Schleifenkette, die Paolo ganz Beauty- und Fashionvictim- fachmännisch mit den Worten, „Nicht dran rumfingern“ gebunden hatte.

„Vielleicht noch ein Glas Sekt?“ Melanie war auf dem Weg zum Kühlschrank. Doch für einen beruhigenden Seelendrink war es zu spät. Es klingelte.

Wie vereinbart, holte mich Alexander bei der Wohnung meiner besten Freundin ab. Je mehr man schwindelt, desto mehr muss man sich merken. Ich sollte langsam auch anfangen, ein Notizbuch zu führen.

Das Licht blendete, und ich zog meinen Sonnenhut tiefer ins Gesicht, als ich aus der Haustür trat. Alexanders Gesichtsausdruck zu entnehmen, war er immens überrascht über dieses weiße Etwas, was er im Sonnenstrahl erblickte. Ob nun positiv oder nicht, ließ sich nur mit einigen Schritten näher zu ihm herausfinden. Wenn er jetzt eilig einsteigt und ohne mich davon fährt, dann wäre es klar. Er blieb aber weiter an der bereits geöffneten Beifahrertür stehen. Mit offenem Mund, wie ich nun erkennen konnte. Oh Gott, er findet das Outfit auch zu weiß!

„WWOOW! Selina! Da hast du hoffentlich nicht etwas in den falschen Hals bekommen, oder?“

Ich wurde rot und antwortete mit dem Versuch eines Witzes: „Wieso? Hast du den Brautstrauß nicht dabei?“

Unsere Blicke trafen sich und irgendwie waren wir beide peinlich berührt. Ich musste sofort für Lockerheit sorgen. „Alexander, ich bin verheiratet. Erinnere dich. Und keine Angst, ich habe nicht für unsere Flitterwochen gepackt, in dieser Reisetasche befindet sich meine Wechselgarderobe.“

„Achso. Ja. Haha. Selina, so war das nicht gemeint. Du siehst umwerfend aus. Was hast du nur für wunderschöne Augen.“ Seine glänzten feucht. Noch bevor ich einsteigen konnte, den Empfang hatte ich mir nun wirklich anders vorgestellt, hielt er mich fest. „Auf die Gefahr hin, dass ich dein Makeup verwische und mal wieder Lippenstift trage, ich muss dich jetzt küssen.“

Er umfasste meine Taille und zog mich an sich. Meine Knie waren Wackelpudding! Hilfe. Oh Gott, lass mich diesen, unseren letzten Tag heil überstehen. Was habe ich mir da nur eingehandelt? Komm, lass es sein. Hau ab! Selina, hau ab! Dann folgte ein inniger Kuss und ich war Wachs.

„Eine schönere und charmantere und intelligentere Begleitung hätte ich mir für heute nicht einmal in meinen kühnsten Träumen aussuchen können."

Was spinnt er jetzt rum? Und wieder überkam mich das Gefühl von Wut, schließlich war und ist und bleibt dies alles nur ein Spiel für ihn. Und für mich, die ich ja verheiratet bin und schuld an so einigen seiner... Warum nur dieses Wechselspiel von warm, kalt, Lust und Liebe und Wut? Beherrschung!

„Alexander, jetzt schwafele nicht rum, fahr lieber mal los. Ehe ich es mir noch anders überlege. Die Betonung liegt auf dem Wort ‚EHE '." Ob er es bemerkt hatte? Ich griente ihn an und nahm den Sonnenhut ab, der war mir eh schon die ganze Zeit im Wege, und ich schwor mir auch nie wieder einen solchen aufzusetzen. Außer heute.

„Selina Schatz, ich bin froh, dass keiner auf der Liste steht, den du kennst. Und du so bei mir sein kannst." Er gab mir einen Handkuss, und wir fuhren endlich los, verließen die Stadt, verließen nach 30

Minuten die Autobahn, fuhren an grünen und gelben Feldern vorbei. Ich bemerkte seine Blicke, suchte irgendwo in meinem Kopf nach einem passenden Märchen. Aschenbrödel käme hin. Von mir aus verliere ich heute einen meiner Valentino-Pumps, jedoch hoffentlich keins meiner wertvollen Schmuckstücke! Ich müsste sonst einen Kredit aufnehmen. Und war mir so etwas zuwider.

Er fuhr langsamer und bog rechts ein. Wie in einem klischeehaften Romantikschnulzenfilm fuhren wir auf einem knirschenden Sandbett in Schrittgeschwindigkeit die von Bäumen umzäunte Einfahrt empor. Dort parkten bereits einige Limousinen, Gelände- und Sportwagen, zu meiner Verwunderung auch auf Hochglanz polierte Oldtimer. Diener begrüßten Alexander und holten unsere Taschen und die Geschenke, die er für seinen Vater ausgesucht hatte, aus dem Kofferraum und trugen sie schon mal die Stufen empor. Das Anwesen hatte etwas von dem Alexanders, nur in sechsfach vergrößerter Ausführung. Es duftete nach Reichtum. Es roch nach sündhaft teuren Parfüms, es roch nach Rosenbäumen, nach Antikholz und es roch nach Alexander, der gottseidank an meiner Seite war.

Ich nahm seine Hand, er schaute mich mit seinen warmen Augen an: „Keine Angst." Ich holte tief Luft und mit meiner Hand in seiner schritten wir die sieben Stufen empor und gelangten in den festlich ausgeleuchteten Vorraum. Ich kam mir vor wie bei einer meiner unzähligen Schlösserreisen, die ich mit meinem Großvater ein Jahr vor seinem Tod ausgiebig unternommen hatte. Und wollte schon nach dem Schalter Ausschau halten um zu sagen: „Ein Rentner und eine Studentin, bitte". Nur gut, ich hatte mich gleich wieder im Griff. Wir schritten über einen atemberaubenden mit Intarsien ausgelegten Marmorboden, die ganze Empfangshalle war in ein durch all die Kristall-Kronenleuchter warm eingebettetes Licht getränkt. An üppigen Blumenarrangements links und rechts von uns auf den Säulen der Wendeltreppen, gingen wir vorbei, durchschritten einen weiteren Saal, der uns durch die hinteren großen Glastüren den Zugang zum barocken Garten gewährte. Dort, wo schon eine Vielzahl von Gästen an weiß eingehüllten Tischen – hoffentlich waren das die einzigen weißen Kontrahenten zu mir - stand und schon von aufmerksamer Dienerschaft mit prickelnden Getränken versorgen worden war. Meine Güte, das ist ja noch schlimmer als in Denver-Filmen.

„Selina, so ruhig kenne ich dich gar nicht. Keinen Spruch auf den Lippen?"

„Muss mich erstmal orientieren. Kommt schon noch. Freu dich mal nicht zu früh!"

„Dann ist ja gut", zwinkerte Alexander mir zu.

Nun ging es zu seiner Familie. Das merkte ich daran, dass seine Hand nun meine fester umschloss. „Vater, das ist Selina." Gefolgt von Glückwünschen und einer Vorstellrunde von Mutter, Tante, Großonkel, Neffen, Cousins. Ich lernte sie alle kennen. Nach weiteren 40 Minuten kamen dann all die, die nicht blutsverwandt, aber in gesellschaftlicher und in aller nur denkbaren Hinsicht für seine Familie enorm wichtig waren, O-Ton Alexander.

Wir versammelten uns für die offizielle Dankesrede seines Erzeugers auf der Terrasse und lauschten den Worten des ehrwürdigen Herrn Polokksonn Senior. Einige Jahre jünger und dieser nun in die Jahre gekommener, aber wie ein Sean Connery nicht an Attraktivität eingebüßter Herr hätte ganz meinem Beuteschema entsprochen. Und das darf ich auch in aller Deutlichkeit sagen, nicht nur ich wäre ihm freiwillig vor die Flinte gesprungen. Was ich den entrückten Gesichtern der weiblichen Gästeschar entnahm. Ich blicke in die Runde und entdecke zu meinem Entsetzen meine ehemaligen Schwiegereltern, Herr und Frau Gebbhardt-Warzenbein ähm Wagenstein.

„Ach, du Sch…" Alexander schaute mich an. Ich griene und ziehe meinen Sonnenhut tiefer ins Gesicht. Nun war ich doch froh, den Hut aufgesetzt zu haben. Abermals lasse ich meinen Blick schweifen, jedoch entdecke ich meinen ehemaligen Lover, Philip Pipette nicht. Womöglich durfte er als bisexueller oder nunmehr gänzlich dem männlichen Geschlecht zugewandten Sohn an diesem Fest nicht teilhaben. In diesem Moment war ich seiner Familie für ihre Spießigkeit sehr dankbar. Der hätte mir hier gerade noch gefehlt.

Dann vibrierte mein Handy in dieser unpraktischen „Klatsch", und nachdem der Alte – so nannte ihn Alexander hinter vorgehaltener Hand - mit seiner kurzen Willkommensrede fertig war, gab ich meinem Pseudo-Verlobten mittels Zupfen am Ärmel seines tadellosen Einreihers zu verstehen, gewisse Örtlichkeiten aufsuchen zu müssen.

Ein Diener kreuzte unseren Weg: „Herr Alexander, viele Gäste haben auch Geschenke für Sie und ihre charmante Begleitung mitgebracht, die haben wir im Wohnsaal aufgestapelt."

Alexander staunte, gab dem Ganzen aber keine Bedeutung. „Wird auch schon ein biss´l senil, der Gute", und wies mir den Weg die Stufen empor mit den Worten, „Hier entlang junges Fräulein. Da oben sind die Privatgemächer."

Wie im Museum kam ich mir vor, umgeben von ausstaffierten Gänsen und Erpeln, die sich in ihrem Reichtum sonnten, weniger aber in ihrer Herzlichkeit. Aber die kam wohl noch zum Vorschein.

„Anstrengende Gesellschaft, wenn sie nüchtern ist, wird aber umso lockerer zu jeder vorgerückten Stunde und umso vulgärer mit jedem Schluck", gab Alexander noch von sich, bevor ich hinter der Tür des Damenbades verschwand, um mir eine Auszeit zu nehmen.

Puh! Wenn ich Glück habe, dann erkennen mich Philip Pipettes Eltern nicht. Warum sind die überhaupt hier? Ich zog mein Handy aus meiner Handtasche und blätterte zuerst in meiner Fotogalerie. Da hatte ich doch noch ein Bild von der Namensliste. Ich sah mir die nochmal an, vergrößerte die mittels Doppelklick auf den Touchscreen, da stehen sie nicht drauf. Ich schaute genauer und sah unten rechts eine Seitenzahl. Eins von zwei. Bravo! Gut, nicht zu ändern.

Dann las ich die Nachricht von Melanie: „Der Showdown läuft. Viele Grüße von uns allen. Melanie".

Hä? Habe ich was verpasst? War das vielleicht eine Mitteilung, die schon etwas älter war und erst jetzt den Weg zu mir gefunden hat. Im goldenen Badezimmer mit edlen Flakons und goldenen Armaturen schaute ich durch die Scheiben auf das Treiben im Schlosspark. Irgendetwas braute sich zusammen. Der Weg zur Bühne wurde freigemacht, die Menschenmasse teilte sich in zwei Gruppen und in Blumenkleidern gehüllte Frauen bahnten sich tanzend den Weg. Dann schloss sich die Gesellschaft wieder zusammen und hinter ihr sah ich wie sich Melanie, Saskia, Cornelia und weitere sieben Amazonen am Bühnenbild zu schaffen machten. Blumenranken wurden befestigt, Blüten gestreut, weiße Kerzen aufgestellt. Gerne hätte ich mir meine Augen gerieben, nur nicht mit Tonnen von Mascara auf den Wimpern. Da zwickte ich mir lieber in die Nase.

Erneut teilte sich die Masse in zwei Hälften, und ein Mann im schwarzen Mantel schritt mit Kopfnicken in Richtung Bühne. Hinter ihm zwei Männer mit einem Rosenbogen und noch zwei mit einem weißen Pult in den Händen. Hinter diesem stellte sich der Priester, und ein Handlanger gab ihm ein Mikro in die Hand. Dann ein unerträglicher Ton. „Eins, zwei, drei. Tonprobe." Schweigen. Alle drehten sich in Richtung Bühne um.

„Sehr verehrte Damen und Herren, die meisten von Ihnen wissen, warum ein Priester hier überraschenderweise auf der Bühne auftaucht. Nun wollen wir auch die Gastgeber einweihen. Sehr verehrter Herr Polokksonn, sehr verehrte Frau Polokksonn, heute gibt es wohl nichts Schöneres für Sie als diesen besonderen Tag mit Ihrer Familie, Ihren Freunden und Geschäftspartnern zu verbringen. Aber noch eine ganz besondere Überraschung hat sich Ihr Sohn für Sie ausgedacht. Nach viel zu langen Jahren des Junggesellendaseins ist es soweit. Heute möchte er seiner Verlobten endlich das Ja-Wort geben. Ich möchte Sie daher alle bitten, den Weg zum Altar für das Brautpaar frei zu machen. „SEEELINA!!!“

Noch ehe ich meine Gedanken ordnen kann, steht Alexander in der Tür: „WAAAS WIRD HIER GESPIELT???!!!!“

„Ich kann es dir nicht sagen...“, ich zucke mit den Schultern, „ Ich weiß wirklich nicht..“. Völlig überrumpelt stehe ich am Fenster und schaue ihn mit so einem entsetzten Gesichtsausdruck an, dass er für einige Sekunden gewillt ist, mir Glauben zu schenken.

„Ach, was! Seit ich dich treffe, läuft immer irgendwas schief! Duuu...du kommst jetzt mit! Ob du willst oder nicht. Wir spielen jetzt diese Scharade für meine Eltern! Los, lächele!“

„Zieh mich nicht so. Wir heiraten heute, wenn ich das richtig verstanden habe. Also schreiten wir jetzt huldvoll die Treppe hinab.“

„Ich könnte dich...“ zischt Alexander durch die geschlossene Zahnreihe. „Und ich dich...“ antworte ich ihm mit ebenfalls zähnefletschendem Grienen.

Unten an der Treppe steht Herr Poloksonn mit hochrotem Kopf und einem ähnlich verkrampften Lachen auf den Lippen wie wir. Seine Frau hingegen scheint weniger erzürnt - eher entzückt. Man könnte fast meinen, sie lacht sich innerlich schlapp. Richtig. Immer mit einer Portion Humor alles nehmen. Wären wir nicht hier, sondern auf einer meiner Familienparties, könnte ich das ganze Ding jetzt lustig hoch fliegen lassen und wir würden uns alle kaputtlachen.

„Du wirst mir hoffentlich noch so viel Brauchtum lassen, dass ich wenigstens meine Schwiegertochter zum Altar führen kann. Ich nehme an, dass ihre Eltern einen schwerwiegenden Grund hatten, nicht zu erscheinen. Und über all das hier reden wir später."

Meine zukünftige Schwiegermama gibt einer ihrer Bediensteten zu verstehen, dass ich mich umkleiden soll. Dann geht sie mit ihrer Schwester in Richtung Zeremonie-Bühne. Alexander folgt ihr im nötigen Abstand mit aufrechtem Gang und eingemeißeltem Lächeln zur Vollstreckung, so kommt nicht nur ihm das so vor. Alexanders Vater schaut seinem Sohn strafend nach. Mich hingegen mustert er alles andere als väterlich. „Du bist mir ein

Früchtchen. Da reden wir auch noch später drüber."

„Aber ich.."

„Ich will jetzt nichts hören!"

Während ich wie eine Marmorsäule neben einer solchen auf der letzten Stufe der Treppe stehe, packt mich „Angenehm, Marianne" am Arm und zieht mich nach rechts. Dort stehen zwei weitere Bedienstete und hinter einem schnell aufgestellten Paravent entkleiden sie mich wie einst Königin Sissi.

Entschuldigt mal. Ähm. Entschuldigen Sie mal. Das geht jetzt aber zu weit!" Und im Nullkommanichts stecke ich in einem Hochzeitskleid.

„Die gnädige Frau hat das so angeordnet. Es ist ihr eigenes Hochzeitskleid und eine große Ehre."

Himmel hoch...

Ein Blumenstrauß wird mir auch in die Hände gesteckt, und dann werde ich zu meinem Schwiegerpapa über den hochglanzpolierten Boden geschoben. Jetzt wird es ernst. Das ist dann doch hoffentlich keine echte Hochzeit? Wo ist Melanieeeee??

Musik erklingt. Bitte nicht! Nicht das Lied aus dem Märchen von Aschenbrödel. Spinnen die??! „Das ist dann wohl unser Zeichen loszulaufen“, an der Hand von Polokksonn Senior werde ich zu meinem Prinzen geleitet, der vor dem Priester - Paolo! Mein Schleifenbinder und Frisör! Gottlob! Wenigstens das! Diese Schweinebacken! - steht und anders als üblich, sich nicht zu mir umzudrehen gedenkt.

Ich kill sie. Ich kill sie alle! Dann dreht sich Alexander doch noch um und wird kreidebleich im Gesicht ob meines Anblickes in Tüll, Spitze und Schleier. Los, kipp um! Das ist das Beste und zwar für uns alle! Kaum ausgesprochen plumpst er auch schon über die Sitzbank auf den Blumenboden.

SIEBZEHN

Die Hochzeitsfeier wurde vorerst verschoben. Wir danken allen für diese unvergessliche Feier und für ihre Geschenke. (Die wir ihnen allen umgehend zurückschicken werden.) So oder so ähnlich ist mit Sicherheit die Dankeskarte von Familie Polokksonn ausgefallen. Unglaublich! Was für ein Ende! Aber ein solches wird Alexander wahrlich und wahrhaftig nie vergessen und seine Familie auch nicht.

Nun gut, es waren genügend Ärzte geladen, die sich rührend abwechselnd um Alexander gekümmert haben und zur einheitlichen Diagnose kamen, dass es nur ein hochzeitstypischer Schwächeanfall war. Dass dennoch die Hochzeit bis auf weiteres verschoben werden sollte. Letzteres war ein Geheiß vom Patienten persönlich.

Ich hüpfte in das schwarze Kleid, lockerte mein Haar und rief Melanie an, die am Personaleingang bereits auf mich wartete. Im ganzen Tumult lief die Party auf Hochtouren, da der Gastgeber dafür sorgte, dass nun ordentlich viel Champagner,

Cognac, und diverse Cocktails die Kehlen hinab flossen. Ungeachtet der Menschen verschwanden wir. Nur einer blieb. Paolo. Der machte sich noch einen Spaß draus, als Priester oder Pastor oder Pfaffe oder weiß der Geier aufzutreten, und womöglich hatte er Glück und konnte noch den einen oder anderen zum anderen Glauben mittels Priesterstabs bekehren. Schade, dass Philip Pipette nicht mit von der Partie war, die beiden hätten sich gut verstanden.

„Sag mal. Was habt ihr euch dabei gedacht. Sicher im GLK Jeep von einer der Amazonen sitzend, mir war jetzt egal von welcher, wusste ich nicht, ob ich heulen oder lachen oder beides sollte beziehungsweise überhaupt konnte: „Gebt mir mal was Anständiges zu trinken. Ihr seid ja nicht mehr ganz dicht!"

„Süße! Beruhige dich. Wir konnten und wollten dir nichts verraten. Hätten wir dir das gesagt, du hättest nicht mitgemacht. Und das war doch ein großartiger Abgang. Sag doch selbst. Morgen lachst du drüber. Das war unser Meisterstück. Dank deiner Namensliste haben wir die Gäste vor genau drei Tagen mit edlen Einladungsschreiben im Namen von Alexander um Stillschweigen gebeten.

Und uns als Alexander für die kurzfristige Information entschuldigt, da es aber eine ganz besondere Überraschung für seinen Vater werden soll, will er nicht Gefahr laufen, dass es doch noch frühzeitig bekannt wird. Für diesen Tag hat der Alexander nämlich eine Internetseite mit Privatzugang angelegt, der Privatcode befindet sich ebenfalls im Umschlag. Dort kann jeder der Gäste weitere Informationen über den Ablauf und gerne auch diverse Geschenkideen finden. „Lassen Sie uns an diesem Tage meinen Vater aufs Allerbeste feiern und seinen größten Wunsch in Erfüllung gehen lassen. Es dankt Ihnen/Euch Alexander Polokksonn“

„Wir haben eine hervorragende Grafikerin an der Hand. Laut rotem Notizbuch Nummer 399 oder so. Haha.“

„Haha! Ihr seid so was von dämlich! Oh Gott. Das Ding ist jetzt eh gelaufen...PROST!“

„Süße, das Ding war auch schon vorher gelaufen. Das fünfte Treffen war rum. Doch muss ich sagen, du sahst in dem Kleid seiner Mutter fabelhaft aus...“

HAHAHAHA! Die beste Racheparty aller Zeiten. Und ein wildes Gekreische, Gelache und Gejohle ertönt und dann steige ich aus. „Die Klamotten schenke ich dir“, ruft Charlotte immer noch laut wiehernd hinter mir her. Leider möchte Saskia die Geschmeide zurück. „Der Ring, wie viel kostet der eigentlich?“

„Schätzchen, der liegt bei 12.900 Euro. Soll ich ihn dir reservieren?“

„Nö. Lass mal. Tschüss.“

Vollkommen außerstande noch differenzieren zu können, ob ich in einer meiner Gedankenwelten versunken bin oder mich in der realen Welt befinde, schließe ich meine Wohnung auf und sage zu mir: Okay. Ich bin Selina, bin Single, war nie verheiratet, will es auch nicht sein und wünsche mir, am Montag ganz ich selbst zu sein. Mit voller Kraft. Gute Nacht. Und lasse mich in mein Bett plumpsen - nicht ohne einen kleinen Gedanken an Alexander zu verlieren, was er wohl gerade macht…

ACHTZEHN

Und während ich schlief, zermarterte sich Alexander seinen schönen Kopf und schimpfte und fluchte, was das Zeug hielt. „Diese ganzen Weiber. Ich habe die Schnauze dermaßen gestrichen voll." Die Auseinandersetzung mit seinem Vater vermeidend, verschwand auch Alexander durch den Personaleingang des elterlichen Anwesens und saß nun auf der Chesterfield-Couch vorm Kamin seiner menschleeren Villa. Die Manschettenknöpfe ablegend und das Hemd aufknöpfend, legt er die Füße auf den Tisch und lässt den Whisky ins Glas ein.

„Diese ganzen Weiber kotzen mich an! Wie konnte ich nur so blöde sein!!" Und während er das Glas leert, sinniert er über das wenn, wieso und warum und hätte. Hätte ich mich doch mal für das Überwachungssystem von „Klemenz & Knutson" entschieden, dann hätte ich jetzt einige Beweisbilder, um diese Frau des Betruges oder sonst was zu überführen. Gemeingefährlich! Ich rufe den gleich mal an, mir egal ob Wochenende ist oder nicht. Meins ist sowieso gelaufen und die kommenden mit Sicherheit auch. Hier wird alles digital aufgerüstet. Ich traue niemandem mehr. Schon gar keiner Frau. Will ich essen, gehe ich Essen. Will ich einen Kaffee, kaufe ich mir einen. Oder ich gebe meinen Kaffeeautomaten via Handy einen Befehl und lass die Heizungen auch mittels digitalem Sender an- und ausgehen. Habe ich Lust auf Sex, gehe ich in Zukunft in den Puff! Ich brauche niemanden. Auch keine Haushaltshilfen, die einem dann auch nur ans Leder wollen und dann wieder rumschreien, wenn ich ihre Liebe nicht erwidere. Widerlich! Bisweilen habe ich mich zwar gegen diese Art der digitalen Selbstüberwachung/Selbstkasteiung ausgesprochen, aber das war ein Fehler. Denn ich könnte mich so zumindest selber dabei beobachten, wie ich hier sitze und mir selber leid tue. Ich bin doch sowas von… Einerseits trage ich so eine Wut in mir. Andererseits bin ich so voller Emotionen, das kannte ich vorher gar nicht mehr. In mir brodelt es. Mir ist heiß. Ich lebe. Und diese fünf Treffen oder waren es mehr, die waren anders. Ganz anders. Verrückt. Lustig. Versaut und …seitdem ich sie das erste Mal gesehen habe, kam sie mir so vertraut vor. Ein weiteres Glas Whisky wird gefüllt. Aber das lag ganz einfach daran, dass ich sie vorher schon mal gesehen hatte. Und die anderen Weiber bei der Vorlesung stecken auch alle mit drin. Ganz sicher. Wo hatte ich sie schon mal gesehen? Das war in einem Café? Architektin? Die Wohnung ihrer Freundin? Verheiratet? Alles Lüüüge... Aber nicht mit mir! Nicht mit Alexander Polokksonn! Ich werde mir Informationen über Sie einholen. Wozu gibt es Privatdetektive?

Montag

Dieser Tag steht heute im Zeichen von Giftgrün. Viper-grüner Overall mit passendem Blazer und Sandaletten, roten Lippen und Nägeln verraten meinem Chef Theo und meine Kollegen, dass sie besser auf der Hut sein sollen. Heute war der Tag der Übernahme, ähm der Übergabe, und ich wurde im Meeting offiziell als Chefin für begrenzte Zeit ausgerufen. Der keiner widersprechen durfte und „besser auch keiner sich ungefragt nähern sollte", ergänzte ich mit einem Lächeln aus Angriffslust und Witz. Dann wünschte ich Theo einen wunderschönen und entspannten Urlaub. „Ich schaukele die Jungs schon."

„Davon bin ich überzeugt", Theo klopfte mir sanft auf den Rücken, „Ich bin froh, dich an meiner Seite zu wissen, Selina."

Die Redensart kam mir irgendwie bekannt vor. Bing. „Los, ab in den Süden!“, schob ich Theo sanft in den sich öffnenden Fahrstuhl und drückte die Taste nach unten. Dann war auch schon Dienstag, und Termine flatterten in die Bude, die ganze Woche schien rasant zu werden, getreu dem Motto: Kunde droht mit Auftrag. Aber genau das war es jetzt, was ich brauchte. Beschäftigung, um die durch die Racheaktion aufkommen wollenden dunklen Gedanken gar nicht erst an mich ranzulassen.

„Entschuldige dich wenigstens“, sprach meine innere Stimme zu mir, während ich auf der Toilette saß oder nach einem arbeitsintensiven Tag im Bett versuchte einzuschlafen. …Aber es gibt kein Zurück. Egal was ich hätte machen wollen und hätte machen können, es hätte nichts gebracht. Was auch? Dieser Mann trifft sich maximal fünfmal und rechnet danach ab, als wären Frauen Kredite. Unter meinem Namen vielmehr – welche Nummer hatte ich eigentlich? – stünde ein dickes rotes Minus. Das war ganz klar. Und genau deswegen war es wichtig, dass wir Amazonen – ach, jetzt war ich also doch wieder eine von ihnen - uns an so einem Mannsbild gerächt haben, der zu feige ist die Wahrheit zu sagen. Dennoch bleibt der

Spaßfaktor sehr gering. Ja, ich möchte jetzt auch nicht weiter mit dir reden, gab ich meiner inneren Stimme zu verstehen. Ich hatte mir dafür etwas erdacht. Wenn es mir reichte, dann drehte ich meine rechte Hand kurz gegen den Uhrzeigersinn, so als würde ich an einem alten Kofferradio die Lautstärke drosseln wollen und dann war Ruhe. Funktionierte immer. Nur nicht immer lang genug.

Die Woche verging wie im Flug, und als Chefin machte ich mich toll. Sogar Robert trat mit einem Orchideentopf am Freitag vor mich und beglückwünschte mich für mein Engagement und blabla. Die Orchideen untersuchte ich natürlich gleich auf versteckte Wanzen. Robert traute ich alles zu. Konnte aber außer zwei Läusen nichts Verdächtiges feststellen. Kommenden Montag stand ein ganz besonderer Termin an, mit einem neuen Großkunden, der seine Firma (welche?) komplett neu strukturieren und auf dem Markt präsentieren wollte und um ein Erstgespräch mit der ganzen Mannschaft bat. Auftragsvolumen nach meiner Berechnung ca. 250.000 Euro. Das musste ich in den Sack kriegen. Da war ein Vorabgespräch mit der ganzen Mannschaft angesetzt, die er kennenlernen wollte, da er sich ein erstes Bild der energetischen

Zusammensetzung machen wollte. Der konnte von mir aus machen was er wollte, Hauptsache ich bekam den Auftrag. Und dafür würde ich schon sorgen.

Vorbereitung lief und auch meine Kleiderwahl war klassisch mit persönlicher Selina-Note. Ich hatte den Herrn in der Suchmaschine gefunden – das machte ich immer so. Das war mein geheimer Schachzug, ich suchte vorher nach dem Kunden, um mir ein Bild seiner Vorlieben oder Abneigungen zu machen, und ich lag meistens damit richtig. In diesem Fall erkannte ich anhand seiner Garderobe deutlich sein Faible für die Farbe Königsblau. Je mehr Fotos im Internet über eine Person auffindbar waren, desto besser für Spezialagentin Selina Super! Geeignet waren vor allem ungestellte Fotos auf Tagungen oder bei Events, auf denen man die Person oder Personen anhand der Körpersprache und der Blicke und Begleitpersonen in ein Raster drücken konnte. Am besten jedoch waren Einblicke, die unbedarfte Menschen auf Portalen freizügig von sich preisgaben. Auf Yachten, mit der Familie, mit barbusigen Damen etc. Dafür musste man sich natürlich in den digitalen Freundeskreis begeben, war für mich aber kein Problem, nicht umsonst hatte ich an die Dutzend Fake-Profile. Und bei diesem großen Auftrag gab ich mir auch besonders große Mühe, besonders viel in Erfahrung zu bringen. Er stand definitiv auf Frauen. Das war doch schon mal was! Hatte nichts gegen eine große Oberweite. Bingo! War oft auf Ibiza und nicht unbedingt nur, um Golf zu spielen. Wie ich der Fotogalerie entnehmen durfte, war er da gerne mit seinen Jungs. Auch alle so um die 50 Lenze. Alles klar. Meine Kleiderwahl für morgen stand fest. Ebenso, wie ich dem Herrn gegenübertreten werde. Den Auftrag habe ich ganz klar in der Tasche. Mein Team werde ich morgen nochmal impfen. Locker, wir haben es drauf. Et kütt wie et kütt. Alles andere überlasst ihr mir. Die werden Augen machen, wie ich den einlulle.

Montag

Fruchtige Häppchen, Gemüsesticks mit Dipps und Schnittchen mit Biofleischware waren fertig. Getränke standen, Konzept stand, es duftete dank Britta schon nach Kaffee und punkt 12 Uhr machte es BING und die Fahrstuhltüre öffnete sich. Herr Lohmeyer und Herr Kastrow traten heraus und begrüßten mich mit einem freundlichen „Hallo und Moin!“.

„Bitte folgen Sie mir“, flötete ich und ging vorweg. Wo die Blicke von den beiden waren, wusste ich, als ich Britta anschaute, die mir zuzwinkerte. BINGO!

„Unser Berater müsste auch noch gleich nachkommen.“

Aha. War gar nicht angekündigt, aber Chefin die ich bin, gab ich Britta schnell eine Anweisung, auf dem Meetingtisch entsprechend nachzurüsten. Ich begrüße noch einmal die Kunden und möchte gerade mein Team vorstellen, da öffnet sich die Tür, und ich werde kreidebleich. Alexander betritt den Raum, „Guten Tag. Polokksonn. Berater. Entschuldigen Sie bitte die Verspätung. Wo darf ich mich platzieren? Lassen Sie sich nicht stören. Fahren Sie fort.“

Er setzt sich, lehnt sich cool zurück und lässt mich nicht aus den Augen. Weder als ihm Frederik eine Tasse Kaffee anbietet, noch als ich jeden einzelnen Mitarbeiter kurz vorstelle. Das war nur die Aufwärmrunde. Jetzt geht genau das los, was ich befürchtet habe.

„Was können Sie uns bieten und wo sehen Sie ihre Stärken", fragt mich Kastrow. Für mich normalerweise kein Ding. Normalerweise. Alexander schüttelt das Wort, spielt am Handy herum, fragt unerschrocken Frederik, der neben ihn sitzt. Lässt sich Unterlagen aus der Mappe zeigen. Und weiß genau, dass das sein Spiel ist. Nicht weniger vorbereitet, fragt er mich Sachen, die mich vollkommen aus dem Ko Ko Ko Konzept bringen. Schüttelt dabei mit dem Kopf wie ein Lehrer, der genau weiß, dass sein Schüler durchfallen wird, weil er ihn durchfallen lassen will. Grundgütiger. Mir wird heiß. Ich brauche etwas zu trinken. Hoffentlich ist da nichts drin. Keine Tropfen. Selina! Du bist hier in Sicherheit. Das ist dein Revier. Sammele dich! Achja? Alexander dachte auch, dass er bei seinen Eltern in Sicherheit ist. Ich mache die Handbewegung und habe die Aufmerksamkeit wieder bei mir. Alexander neigt den Kopf und gibt mir unmissverständlich zu verstehen, dass ich nicht mehr ganz sauber bin. Habe ich laut vor mich hin gesprochen? Oh Gott! Ich übergebe mich gleich. Frederik schaut mich fragend an. Und geistesgegenwärtig und mit einem charmanten Lächeln überlasse ich ihm alles Weitere.

„Was war denn mit dir los?“, entgeistert mustert mich Frederik in meinem Büro.

„Lange Geschichte“, winke ich ab und schaue geistesabwesend aus dem Panoramafenster.

NEUNZEHN

Aus dem Taxi steigend und in meine Wohnung rennend, wähle ich die Nummer von Melanie und erzähle ihr von meiner ungewollten Begegnung mit Alexander in der Agentur: „Er will sich an mir rächen. Jetzt kommt alles zurück! Der Karma-Boomerang kreist über mir und wurde von Alexander höchstpersönlich geworfen um mich fertig zu machen. Was kommt als nächstes? Oh Gott. Ich werde irgendwo bewusstlos aufwachen und fiese Fotos auf Facebook von mir entdecken. Habt ihr eigentlich seinen Account geknackt? Was haben wir nur gemacht....“

„Selina, beruhige dich. Die Fotos haben wir nicht online gestellt, die haben wir allesamt vernichtet. Wobei deine Fotobearbeitung wirklich toll war. Am schönsten hat uns die von dir erstellte Kulisse gefallen, bei der Alexander im Mäusekostüm am Hafenbecken in einem alten Ruderboot schläft. Herrlich! Aber auch gelöscht. Wir haben jetzt ganz andere Zielsetzungen. Mach dir da mal keine Sorgen.“

„Das ist alles, was du dazu zu sagen hast. Na, prima!“ Ich lege auf und bin wütend. Sollte ich mir einen Begleitschutz suchen? An seiner Stelle wäre ich auch über die Maßen wütend. Aber gut, er ahnt ja nur, dass ich meine Finger mit im Spiel hatte bei der Vorlesung, bei der Hochzeit, bei der Allergie. Aber Beweise hatte er nicht. Oder hatte er die? Vielleicht die Videoaufnahmen von der Nacht in seiner Villa. Na, mich würde es nicht wundern, wenn ich eine Vorladung ins Polizeipräsidium bekäme. Mir ist schlecht. Wie es wohl dem Pfau geht?

Telefonklingeln. Alexander ruft an? Will er mir drohen? Ich geh nicht ran. Nie mehr geh ich ran!

Vibrationssignal. „Wir müssen reden. A.“

Ich hatte Angst vor seiner Reaktion und noch größere Angst vor meinen Gefühlen. Einmal mehr hatte ich heute gemerkt, warum alles in mir wankte und schwankte. Ich hatte mich in diesen wunderbaren Saukerl verliebt. Ohne das rote Tagebuch wäre ich womöglich jetzt in der Klappse, weil ich so unglücklich und dem Wahnsinn nahe wäre. Das rote Notizbuch hatte mich aber gewarnt und davor bewahrt. Außerdem hatte ich tief in mir ein schlechtes

Gewissen. Und das einzige was er jetzt von mir will – da war ich mir sicher – war Rache.

ZWANZIG

Fünf Wochen vergingen und Alexanders schien es aufgegeben und mich vergessen zu haben. Ihm war hoffentlich die Lust mich zu erniedrigen vergangen oder er war es leid oder er war gelangweilt, dass er nicht mit mir so spielen konnte. Frauen hatten da mehr Biss. Und waren erfinderischer. Ich an seiner Stelle hätte mir vor der Wohnung aufgelauert. Ging allerdings schlecht, da ich immer mit dem Taxi kam und mich von meinem mittlerweile sehr vertrauten Taxifahrer - der sich über die tägliche Abhol- und Bringtour sehr freute - bis zur Tür bringen ließ. Aber ich hätte auch noch andere Wege und Möglichkeiten gefunden. Sei es drum. Ich sollte zufrieden und glücklich über diesen Umstand sein.

„Kann man dich jetzt wieder einladen oder verkriechst du dich immer noch in deinen vier Wänden und bist für niemanden zu sprechen? Melde dich! Wir würden dich gerne einladen. Melanie & die Amazonen."

Es wird Zeit, wieder den Sprung ins Leben zu riskieren, findest du nicht, Selina? Ja, gab ich meiner inneren Stimme Recht und diesmal drehte ich mein Handgelenk nach rechts und stellte sie lauter. Gut. Dann lass uns eine Party feiern. Ich antworte Melanie: „Okay. Was steht an?“

Telefonklingeln. „Hallo Süße! Schön, dass du dich meldest. Der Amazonenclub steht nur noch für positive Dinge. Wir möchten nur noch Gutes tun. Daher möchten wir dich auch für eine ganz besondere Feier einladen. Es ist eine Geburtstagsparty, die wir für Kinder geben, die aus armen Verhältnissen kommen. Weißt du, Rache ist Ego, Rache ist doof. Wir beschäftigen uns alle nur noch mit positiven Gedanken und Aufgaben. Das wird auch dir gefallen und du musst dir endlich verzeihen. Ich weiß, dass auch du ihn geliebt hast. Vielleicht mehr als wir alle, da du ja auch um seine düstere Seite wusstest. Aber es ist Vergangenheit. Lass los.“

„Was für Worte aus deinem Mund. Ja, ich bin dabei. Gut. Gut. Sehr gut!“

„Und, Selina, zieh dich so lässig wie nur möglich an. Es wird mit Torten geschossen, wenn du verstehst. Hihi.“

In einfacher Jeans, einem pink-weiß gestreiften Pullover mit Römersandalen und praktischer Leoprint-Gürteltasche, so als würde ich wie früher in mein Lieblingscafé gehen, stand ich vor meiner Haustür und wartete auf die Amazonenkarre. Die ich schon vier Straßenecken entfernt hörte. Unverkennbar lautstarkes Gekicher. Da war er, der harte Kern: Melanie, Sophia, Charlotte. „Los. Steig ein."

Am Kindergarten „Leuchtsignale", der eingebettet von großen Eichen, Kastanien und Linden war, hielten wir. So sollten Kinder spielen und aufwachsen, im Grünen, dachte ich bei mir. „Hey, da sind sie ja!" Der bunt geschminkte Clown – ich mag keine Clowns, schon als Kind nicht – zeigte zu uns, und die Kinder schrien auf. Jetzt gab es Naschereien und Geschenke. Wie ich erfahren hatte, bekommen alle Kinder an diesem Tag Geschenke, da auch Nichtgeburtstage wie bei „Alice im Wunderland" gefeiert werden. Ein Mädchen fiel mir sofort auf, es musste das Geburtstagskind sein, da es im Gegensatz zu den anderen eine große, rosa Schleife im Haar trug. Die Kinder tanzten um den Clown, der sich mächtig ins Zeug legte, dann rannte das Mädchen mit der Schleife zu mir. Was war die süß. Hätte ich eine

Tochter, sie würde so aussehen, da war ich mir sicher. Kaum zu Ende gedacht, nahm sie mich bei der Hand und hopste mit mir zum Clown. „Du musst die Augen zu maaaachen“, schrien die Kinder außer sich.

„Ooookayyyy“, schrie ich in nicht minderer Lautstärke zurück, „Und jeeetztztzt???“

„Musst du den Clown füttern.“

Eines der Kinder gab mir einen Löffel in die Hand. Das Spiel kannte ich auch aus meiner Kindheit. Und in die andere Hand legten sie mir ein Stück Sahnetorte, ohne Teller. Lecker.

„Looooos!“

Ich fütterte den Clown so gut wie es ging. Am Kinderlachen hörte ich deutlich, dass ich mein Ziel schön verfehlt hatte.

„Weeeiter!“

Ließ ich mir natürlich nicht zweimal sagen und nahm nochmal eine Fuhre Sahnecreme auf und diesmal traf ich den Mund. Happs. Applaus gab es, dann ein Husten. Und dieses Husten wurde immer wilder. Das Händeklatschen verstummte und ich hörte eine Kinderstimme rufen: „Oh! Oh!“

Ich öffnete die Augen und sah den Clown am Boden liegen.

„Er hat eine Erdnussallergie!“, schrie Melanie.

Ich drehte mich zu ihr und rief nicht wenig dramatisch: „Wo ist das Notfall-Set!??“

Wildes Gelächter. „ÄÄTTSCH, reingefallen!!“, schrien alle im Chor. Und der Clown schüttelte sich, stand auf und drückte mich und gab mir einen Stupser auf die Nase.

„Das war nicht lustig, Melanie!“, und für Kinderaugen unsichtbar gab ich ihr einen unsanften Seitenhieb.

Charlotte klatschte in die Hände und rief zum nächsten Spiel: Schnipseljagd. Hier ist irgendwo eine große Schatzkiste versteckt und ihr könnt sie finden. Der Clown hilft Euch bestimmt dabei. „So, die sind jetzt erst einmal beschäftigt. Wie gefällt es dir?“.

„Gut“, antwortete ich Charlotte. „Spenden sind natürlich immer very welcome. Gerade für Ausflüge und Spielzeug etc. Wir planen aber auch eine Erweiterung auf den Vorschul- bzw. Schulbereich. Ehrenamtliche mit tollen Ideen, die

Kinder inspirieren wollen, werden auch immer gesucht." Nun bekam ich von Charlotte einen kleinen Hieb in die Seite. „Okay. Hab schon verstanden. Ich überlege mir das."

„Gefuuuuunden!"

Sie sind zurück. Wir versammelten uns um die Kiste, die der Clown und fünf Kinder trugen. „Scheint ja ordentlich was drin zu sein."

Naschereien und Spielzeug. Für die Jungs gab es Ritterkostüme und für die Mädchen natürlich rosa Kleidchen und Kronen. Das Schöne an den Kostümen war, dass die Kinder diese noch selber bemalen und bekleben konnten. Nach einer weiteren Stunde ging es weiter. Melanie setzte mir eine LED-Krone auf: „Meine Königin. Mach mal an, die blinkt ganz verrückt."

„Großes Kino", erwiderte ich mäßig begeistert, „ist das nicht eher was für die Kleinen?"

„Die haben nicht so einen großen Dickschädel wie du."

Ich betätigte den Schalter. An. Aus. An. Aus. Aber sie blinkte weder in grün noch in pink. „Oh, Batterie leer. Schade. Naja. Schau dich mal um, wir bereiten dann schon mal das Kinderschminken vor."

Ich lief über den Rasen, schön hatten sie es hier gemacht. Runde Formen, Spielzeug vornehmlich aus Holz, abgesehen von der Plastekrone auf meinem Kopf. Und während ich mir auch das Baumhaus und den Kräutergarten anschaute, fühlte ich mich vom Clown die ganze Zeit beäugt. Ich mag keine Clowns. Prinzipiell nicht. Dank Stephen King und MC Donalds noch mehr als prinzipiell nicht. Überhaupt gar nicht. Wäre ich jetzt fünf Jahre alt und eines der Kinder, dann würde ich dem doofen Clown die Zunge herausstrecken. BÄH!

Ein Holzlöffel wurde auf einen Metalltopf geschlagen. „Die Kinderschminkstunde beginnt."

Wow, ist das schön, in so viele glückliche Kindergesichter zu blicken. Da geht einem ja das Herz auf. Dennoch möchte ich kein Kind haben. Ist ja gut. War ja auch nur so ein Gedanke, besänftigte mich meine innere Stimme.

„Du sollst mitkommen", ein Junge führt mich zu einem Zwergenstuhl. „Wir malen dich jetzt an, okay?"

Heute bin ich offensichtlich fällig. „Du bist eben die Neue", zwitschert mir Melanie zu. Hat die irgendwas in ihrem Apfelsaft oder warum spricht die immer höher?

„Augen zu", und da ich dem Befehl nicht gleich Folge leiste, wird mir mit klebrig kleinen Wurmfingern nachgeholfen und meine Lider werden runtergedrückt. Viele kleine Piekser spüre ich auf Nase, Wangen, Stirn - wie bei einer kompletten Hyaluronsäure-Gesichtsbehandlung. Warten wir mal das Ergebnis ab. „FEEERTIG!"

Vor mir wird ein kleiner Handspiegel hochgehalten, und alles lacht um mich herum. „Sieht aus wie Röteln, oder hast du eine Unverträglichkeit gegen etwas oder wen?"

„Hä?" Ich schau Melanie, Charlotte, Sophia fragend an. „Ihr solltet hier gänzlich auf Alkohol verzichten. Nicht zu fassen!"Dämliches Kichern bekomme ich zur Antwort. Die nehme ich mir danach mal richtig zur Brust.

Und ich fahre dann zurück!"

„Oho. Hört. Hört." Und wieder kichern alle drei selten dämlich. Man, man, man!

Melanie ruft mit vorgehaltenen Händen in die Runde: „Okay. Es wird langsam Zeit. Heute räumen die Erwachsenen auf, und alle Kinder dürfen jetzt noch ein Märchen hören. Ja?"

Mit einem lauten „JAAAAAA!" rennen die Kinder in den Kindergarten und setzen sich auf die vielen bunten Bodenkissen.

„Wir räumen hier schon auf. Du weißt eh nicht, wo das alles hinkommt. Geh du mal lieber schön mit rein und hör zu. Du bist doch auch so ein Märchenfan." Selina gibt mir einen Klapps auf den Po und ich mache wie mir geheißen und setze mich auch auf eines der Bodenkissen. Der Clown erzählt mit witzig verstellten Stimmen, und ich schlafe fast ein. Das mache ich nur, wenn jemand Märchen wirklich gut erzählt, dann versinke ich ins Märchenland.

„Liebe Kinder, könnt ihr euch vorstellen, dass manche Märchen wahrwerden?"

„JAAAAA!"

Huch, Jetzt bin ich wieder wach. Das Geburtstagskind, das süße Mädchen mit der Schleife im Haar, bekommt nun sein Geschenk. Der Clown spricht zu ihr, dass er gehört habe, dass sie gerne mal Prinzessin wäre. Mit einem richtig schönen Prinzessinnenkleid. Das Mädchen nickt und blickt verschämt zu Boden. Dann holt der Clown aus einer Ecke das schönste Märchenkleid, das ich jemals für Kinder gesehen habe. Aus echtem Samt und mit Spitze, mit Glitzersteinen und Perlen und in Pink und Creme und mit Unterrock und glitzernden Puffärmelchen und kleiner Schleppe. Eine kleine Krone (ohne LED) gibt es natürlich auch noch, und dann – das Geburtstagskind und ich werden gleichermaßen verrückt – hören wir das Klappern von Pferdehufen. Die Prinzessin darf natürlich in ihrem Kleidchen zuerst rausrennen.

Drei märchenhafte Kutschen fahren vor. Statt echter Pferde werden die Kutschen von Fabelwesen gezogen. Die blaue Kutsche wird von zwei überdimensionalen Fantasie-Seepferdchen gezogen. Glitzernd weiße Einhörner ziehen die weiße Kutsche – mein Tipp, dass da die Prinzessin hinein will - und die rosafarbene wird von großen Hasen vorangetrieben. Wie haben die das gemacht? Ist ja irre. Sophia tritt neben mich: „Motorisierte Kutschen. Verrückte Idee, oder?"

„Einmalig“, raune ich und klatsche aufgeregt in die Hände.

Die kleine Reitpartie geht los. Der Clown winkt den Kindern nach und verschwindet. Was ich nun nicht sehe ist, dass die von einem 1-Takt-Motor angetriebenen Kutschen zum Halten kommen und ein ausgewachsener Königssohn die Kinder um Mithilfe bittet.

„Diesen Schuh hat meine Herzerwählte verloren. Könnt ihr mir vielleicht helfen, sie zu finden? Sie muss bei euch im Kindergarten sein. Sie hat dunkel gewelltes Haar und ist wunderschön und sie trägt eine Krone. Wenn ihr sie gefunden habt und ihr der Schuh passt, dann ruft ihr mich ganz laut, ja? „Ja“, rufen die Kinder, und die Kutschen setzen sich wieder in Bewegung.
Mit einem lauten „AAAAAHHH“ springen alle aus den märchenhaften Kutschfahrzeugen und rennen zu mir. Die Prinzessin bittet mich, einen Schuh anzuziehen. Wird ja immer verrückter. Sieht aus wie mein Valentino Pumps, nur mit ganz viel Glitter und Sternen beklebt. Ich schlüpfe hinein und er passt. Während ich ihn noch unter die Lupe nehme, rufen die Kinder auch schon „KAAANNST KOMMMEN!“

„Hä?" Melanie tritt hinter mich, um mich aufzufangen, falls ich umkippe beim Anblick des herannahenden Königssohnes. Philip? Wer ist das? Oooooh, meine Beine versagen. „Aaalexandär." Und ich kippe vornüber, jedoch kann mein Sturzflug noch gerade von zwei starken Männerarmen aufgehalten werden.

EINUNDZWANZIG

„Es gibt Gesprächsbedarf, findest du nicht?", schaue ich da gerade in ein mir sehnlich herbeigewünschtes Gesicht.

„Alexander? Was hast du da auf dem Kopf?"

„Das gleiche, was du in deiner Hand festumklammerst. Eine LED-Krone. Aber in meiner sind wenigstens Batterien."

„Du ahnst es nicht." Ich setze mich aufrecht hin, lehne mich an die Wand und schiebe mir zwei von den bunten Bodenkissen in den Rücken. Die Kinder sind alle weg, „Ähm..." - „Wo sind die Kinder?"

„Zu Hause. Gleich vorab: die Kinder, Melanie und die Amazonen waren von vornherein eingeweiht. Ja, ich habe mich bei ihr für meine Fehler entschuldigt und, um es abzukürzen, auch gleich vor der versammelten Amazonengruppe. Wobei ich bemerken darf, dass mir über die Hälfte der Damen unbekannt war."

„Aber.."

„Warte. Ich bin noch nicht fertig. Um es klarzustellen auch vor dir: Es ist mein Tagebuch und darin kann ich schreiben was ich will, heißt ja nicht, dass es 100% der Wahrheit entsprechen muss -oder mit meinen Gefühlen konform gehen muss. Und es ist ja auch ganz mir überlassen, ob ich ab eins, hundert oder dreihundert anfange zu nummerieren. Es besagt lediglich, dass es mein Tagebuch ist, und wer das liest, ist selber schuld. In den aufgeschriebenen Gedanken eines Menschen zu kramen, das gehört sich auch einfach nicht. Meine Gedanken sind frei! Übrigens waren die Damen auch nicht fehlerfrei. Und das ist auch alles Vergangenheit. So, das war jetzt meine Standpauke!"

„Aber…"

„Selina, ich bin noch nicht fertig. Ferner hoffe ich, dass du keine Schwierigkeiten mit deinem Chef und deiner Crew bekommen hast. Aber den Auftrag hättet Ihr mit und ohne mich bekommen. Eure Agentur und allen voran deine Arbeit werden hoch geschätzt. Nachdem, was mir so zugetragen worden ist."

Ich holte tief Luft: „Nö, alles in Butter. Abgesehen davon, dass mich der Job sowieso nicht mehr gänzlich ausfüllt. Das ist aber eine andere Geschichte…"

„Weißt du, wann ich das erste Mal gemerkt habe, dass es mit dir anders ist?"

„Kommt jetzt ´ne hohle Phrase?", beäugte ich ihn kritisch.

„Lass mich etwas romantisch sein. Kommt nicht oft vor."

Ich sah ihn interessiert an – Männer mögen es nicht, wenn sie in gelangweilte oder desinteressierte oder höhnisch spöttische Frauenaugen schauen – und so gaukelte ich ihm Interesse vor. „Ja?"

„Der Sex war mit dir anders, so innig, so tief."

„Tief. Ja. Das kann ich bestätigen." Und ich gab ihm einen leichten Stupser.

„Selina! Warst du schon jemals verliebt? Und zwar so, dass du im Inneren weißt, derjenige ist es. Mit demjenigen möchte ich mein Leben, wenn vielleicht auch nicht mein ganzes, aber ein langes Stück meines Lebens, gemeinsam gehen."

„Alexander, jetzt wird es aber…"

„Warst du schon mal so verliebt?"

„Ähm. Nein."

„Bis jetzt meine ich?!"

„Nein!"

„Hm. Wenn die Richtige vor dir steht, so weißt du das und du hinterfragst nichts mehr, weil dir das mit einem Schlag klar ist. Das ist die Aussage meines Herrn, der übrigens auch schon dreimal verheiratet war. Das erste und dritte Mal mit meiner Mutter."

Wir lachten.

„Liebling, willst du für eine ungewisse, aber gewiss lange Zeit, meine Frau sein. Ohne Kompromisse?!"Er öffnete eine pink-samtene Schatulle, und in dieser blitzte ein mir sehr vertrauter Ring entgegen. „Mir hat ein Vögelchen gezwitschert, dass du diesen sehr magst und er dir wie angegossen passt. Ich hoffe, du freust dich?"

„Aber…"

„Aber heißt ja?"

„JAAA!“

ZWEIUNDZWANZIG

Drei Wochen später stehe ich in einem weißen Gucci-Seidenoverall mit halblangen Ärmeln, offenen, gewellten Haaren, einem bunten Strauß aus Orchideen, Wiesenblumen und Rosen und in verrückten Designerpumps der Marke „Kinderglitzer-Valentino“ neben Alexander und hauche „Ja!“.

Nach diesem kirchlichen Brauchtum fahren wir in einer Kutsche, die von Seepferdchen gezogen werden, zum Fest. Dieses findet auf keinem Schloss, auch vor keiner Villa, sondern im Wald-Kindergarten „Leuchtsignale“ statt und ist genauso, wie ich es mir vorgestellt habe. Verrückt, anders, locker, frech, skurril und voller Liebe. Selbst Familie Polokksonn scheint es zu gefallen. Unbequeme Schuhe fliegen durch die Luft, Satin-Jäckchen über die Äste der Bäume gehängt, das Thermometer zeigt 24 Grad an. Eine grotesk anmutende Kulisse.

Der Versuch von einem stilvollen Ambiente - große Kerzen in silbernen Leuchtern und Laternen, Lampions hängen über den weißen Tischtafeln, die eine oder andere weiße Stuhl-Husse hat schon erste Spuren von schokoladenen Kindermündern und Knetmassefingern abbekommen. Malsehen, wie lange die rosé-grünen Sträuße in den edlen Silbervasen stehen. Bereits der dritte Partygast kreuzt mit eindeutig von Kinderhand geschminktem Gesicht – soll wohl ein Tiger sein - meinen Weg und prostet mir zu.

„Gaaanzzschdsschubääär, schpidze hier!" Respekt! Theo ist jetzt schon total dicht, und seine Schwester da drüben auf der Schaukel wird es wohl auch nicht mehr allzu lange machen. Dabei haben wir es gerade mal 16 Uhr. Gottseidank ist hier alles von Zimmermännern ordentlich verbaut und verschraubt worden. Prinzessin Paolo torkelt an mir vorbei, an seiner Seite das Zebra Melanie, wenn ich das ihrem schwarz-weiß gestreiften Gesicht entnehmen soll.

Unsanft stupst sie mich an, legt ihren Finger an ihre Lippen: „Psssschhdt. Daaas mit den Tropfnnn bleibt unter unssss! Wir Frauen – hicks – müssssnn zusammenhaltn. Verheiratet hin, verheiratet... huch" – Und schon wäre meine gestreifte Brautzeugin fast auf die Gusche geflogen. Na, mal sehen, wie weit die beiden kommen. Aha, es soll also zum Kinderspielplatz gehen. Ich bin gespannt, wer von den beiden zuerst vom Klettergerüst fliegt und „ins Gras beißt". Es werden noch Wetten angenommen, will ich gerade schreien.

Leider wird es mir nicht vergönnt, zu sehen, wie es weitergeht. Polokksonn Senior klopft mir auf die Schulter und bittet um ein Tänzchen. „Wir haben die Ehre, die sogenannte Märcheninsel einzuweihen." Hinter ihm steht eine kleine Meerjungfrau – mein Lieblingskindergartenkind, heute ohne Schleife – und führt uns hüpfend zum großen Sandkasten, der heute mit einem Kinderplanschbecken versehen und mit diversen Klimbim, bestehend aus blinkenden und nicht blinkenden Kronen, schätzungsweise fünf Tonnen Konfetti – viel Freude beim Aussieben – und allerlei Sandtorten geschmückt worden ist.

Kinder, Kinder. Ich schließe die Augen und zweifele noch immer, ob mich meine innere Stimme jetzt gänzlich in ihre Welt geholt hat und das alles nur ein Traum oder alles real ist. Aua. Das war eindeutig der Fuß meines Schwiegervaters. „Pardon. Wann ist es denn soweit?", fragt er mich und lächelt zufrieden zu mir herunter.

Da stehe ich mit diesem die Welt bereisten Hünen hier im Kindergartensandkasten, als wären wir am Strand von Honolulu. Denver, Dallas, Rosamunde Pilcher, Charlotte Link, Nora Roberts - alle in einen Sack geworfen, zugebunden und geschüttelt, das ist gerade mein Lebensfilm. Irre. Ohne Pumps und im sandigen Boden versunken – hoffentlich hat hier nicht die Dogge meines Cousins reingeschissen - bekomme ich gleich eine Genickstarre, wenn ich weiter zu ihm hoch schaue.

„Ähm, in fünf Monaten." Dann klatscht ihm mein Vati eine, ähm, er klatscht ihn ab. Mein werter Erzeuger ist dafür bekannt, leider so gar kein guter Tänzer, dafür aber ein 1A-Dreher zu sein. Ich blicke zu meinen Zehen, die mich hilfesuchend unter dem Konfettisand anzuflehen scheinen, „Hilf uns, hilf uns, sonst sind wir gleich alle matsche".

Aber heute gibt es kein Pardon, ich entschuldige mich bei ihnen und dann eins, zwei, drei, aua und Drehung. Und während ich durch den Sand abwechselnd getreten und gewirbelt werde, versuche ich, ein Gesamtbild meiner Hochzeitsgesellschaft zu erhaschen und komme mir dabei vor wie im Kinderkarussell.

„Noch eine Umdrehung und ich kotze", rufe ich und quäle mir ein Lächeln heraus. Mein Tanzpartner versteht sofort – erinnert sich wohl daran, dass ich ihm schon als Kind gerne angespuckt habe, wenn er mit mir dieses dämliche „Flugzeugspiel", mich am rechten Arm und Bein haltend um die eigene Achse drehend, gespielt hatte. Und so geht es jetzt gezügelter weiter, mein Papa verpasst zwar meinen Zehen immer noch den einen oderanderen Tritt – nur gut, er hat auch keine Latschen an -, dafür bewegen wir uns nun nur noch geschmeidig von rechts nach links – ähnlich wie auf einer Bierbank zur Volksmusik. Juche und Heissassa!

„Ach, meine Tochter, dass ich das noch erleben darf." Hm? Ist das nicht der Originalsatz meiner Mutter, die ich angeregt unterhaltend mit Frau Polokksonn an der Bar stehen und sich gegenseitig zuprosten sehe. Na, da haben sich ja zwei Alkoholikerinnen gefunden. Wie mir Alexander anvertraute, trank seine Mama gerne jeden Tag das eine oder andere Glas Sekt oder Champagner, pünktlich 11 Uhr wurde scharf geschossen und der Korken flog durch die Luft.

„Man könnte die Uhr danach stellen, nicht wahr? Aber das ist nicht unser Bier, und dank Promille entstehen mitunter auch die köstlichsten Geschichten!“, schmunzelte ich ihn mit Augenzwinkern an.

„Selina, hörst du mich?“

„Ähm, ja. Manchmal ist doch alles schon sehr verrückt, Papilein“, und ich sehe, wie das Wasser in seine Äuglein schießt. Heute ist er aber sehr sensibel, der Gute. Schade, dass ich nüchtern bleiben muss, ich hätte mir heute wirklich gerne einen hinter die Binde gekippt und beneidete meine Freundinnen, die sich jetzt ebenso an der Bar einreihten.

DREIUNDZWANZIG

Telefonklingeln. Das wird Jeanette, meine rechte Hand sein, die wollte mir noch Bescheid geben, ob unser neues Kinderprojekt vom Stiftungsrat abgesegnet worden ist. Was bin ich froh, nicht mehr in der oberflächlichen Werbemühle zu stecken! Vibrationssignal. Herrgott, ich komme ja schon. Aktuell bin ich aufgebläht und behäbig wie eine Planschkuh. Dickes Gesicht, dicke Beine, dicker Bauch sowieso. Und dazu auch noch dicke Finger. Ich sehe aus wie eine aufgedunsene Leiche, die über Wochen unter der heißen Sommersonne im Wasser umhertrieb und nun an Land gezogen wird und deren Haut zum Aufplatzen gespannt ist. Ich klappe meinen Laptop zu, macht heute sowieso keinen Sinn mehr das Märchen fertig zu schreiben und versuche mich aus dem viel zu engen Rattanstuhl rauszudrücken, beiße aber vorher - so viel Zeit muss sein - noch mal kräftig vom Marmeladenbrötchen ab. Wo steckt eigentlich Frau Müller? Auf das Personal ist heutzutage auch kein Verlass mehr. Haha. Uaaarr. Das war natürlich ein kleiner Scherz. Unter Ächzen und Stöhnen gelingt es mir, auf die Beine zu kommen. Mit verklebtem, vollem Mund betrachte ich mein überdimensionales Spiegelbild in der Glastür und stecke mir die Zunge raus. Nun fängt der Pfau, der vor der Terrasse mit aufgefächertem Federbogen hin und her stolziert, aus Leibeskräften an zu plärren. Der lacht mich doch nicht etwa aus? Mistvieh! Wenn der nicht bald die Fresse hält, dann wird der von mir persönlich über den Holzbock gelegt und geköpft. Vorausgesetzt ich bin schneller als er und wenn ich meine Schenkel, die aussehen wie zwei üppig gefüllte Mehlsäcke mit seinen strammen, schmalen Beinchen vergleiche, dann dürfte klar sein, wer von uns zuerst in der Ziellinie einläuft.

Schwanger sein ist alles andere als lustig. Telefonklingeln. Herrgott, ich komme ja schon. In unserem Speisesaal angekommen – dass ich das jemals sagen werde –, mache ich mich auf dem Weg zum vibrierenden und klingelnden Mobilgerät, welches ich blöderweise vorhin auf dem Esstisch – Tafel trifft es besser - liegengelassen hatte. Beim Anblick der drei Meter langen Holzplatte und der Bestuhlung drum herum hoffe ich, dass Alexander nicht gedenkt, die 12 Stühle mit unseren Kindern besetzen zu wollen. Einmal mache ich das mit, aber keine weiteren 11mal. „Wenn es dann erst da ist, ist alles andere vorher, die Übelkeit, die Fettsucht, die schmerzenden Brüste, das unkontrollierte Wasserlassen, vergessen." Ahja? Kann ich mir nicht vorstellen! Beim besten Willen nicht!

Erneutes Vibrationssignal. Komm doch her, du blödes Handy. Mit meinen Wurstfingern kann ich aktuell so schlecht zugreifen, erst recht nicht, wenn ich daran noch Marmelade und Butter kleben habe. Doing. Na, bravo. Und bücken kann ich mich schon gleich dreimal nicht. Jetzt ist mir das Drecksteil auch noch unter den Tisch geklatscht. Ich wische mir meine Schnute mit dem Ärmel meiner XXXL-Bluse ab – die kommt danach in den Container, so ein hässliches Ding, hat mir Frau Müller aus der Stadt mitgebracht. Ein Grund, dieser Dame zu kündigen, aber hier sieht mich ja keiner, außer Alexander, der Arme. Ein Wunder, dass er mich noch liebt. – Meine verschmierten Hände lasse ich über meine türkisfarbene und mit gelben, großen Punkten versehene Leggings hoch und runter gleiten. Die kann Frau Müller dann ordentlich schrubben. Auch so ein Mitbringsel von ihr aus der Stadt. Keine Ahnung, wo sie für mich einkauft, aber dem Inhaber des Geschäftes sollte man seine „Mode-Lizenz“ entziehen. Oh Mann.

Auf allen Vieren unterm Tisch kriechend, schwebt mein Bauch zwei Millimeter überm Parkettboden. Schön vorsichtig. Ich will ja nicht, dass meine Tochter sich noch einen Splittereinfängt. Uff. Da ist es. Allein vom Arme Ausstrecken bekomme ich schon ein knallrotes Gesicht. Ah. Ich hab`s! Was liegt denn hier noch rum? Ein rotes Notizbuch, mit rotem Gummiband? Hat das Alexander…Mein Herz bleibt gleich stehen! Oh Gott. Ich krabbele rückwärts unterm Tisch hervor und wuchte mich auf einen der Biedermeierstühle.

Wieder vibriert mein Handy. Leck mich. Das Heft ist jetzt wichtiger. Soll ich reinschauen? Ja, na klar schaust du da rein. Und wenn… Du schaust jetzt da rein! Ich drehe meine rechte Hand in der Luft nach links – innere Stimme ausschaltend. Nach rechts – innere Stimme wieder anschaltend. Und wieder nach links und wieder nach rechts. Ich schaue rein!

Dieses Buch gehört: ______________________________

Tief Luft geholt und umgeblättert. Ich schließe die Augen und bete. Dann öffne ich zaghaft das rechte Auge und reiße schlagartig beide weit auf. Da steht:

001
Meine Frau Selina & mein Kind (meine Kinder ;-))
ICH LIEBE EUCH!

A. (B. C. D. E. ...)

ENDE

ÜBER DIE AUTORIN ROMY VAN MADER

Nach jedem Wimpernschlag kann sich ein Wunder vor deinen Augen entpuppen oder du kannst auf etwas Wunderbares stoßen. Du triffst vielleicht auf jemanden, der dir gerade in diesem Augenblicke Türen öffnen, dir etwas zeigen oder dich etwas lehren kann. Ich glaube fest an das Zusammenspiel von Glück & Schicksal und den damit verbundenen magischen Augenblicken und den daraus resultierenden individuellen Lebensgeschichten. Jedes Lebewesen ist einzigartig.

Mit offenen Augen, voller Neugierde, Humor und einer gesunden Portion Selbstironie hüpfe ich durch das Leben und versuche diese Erlebnisse zu begreifen und einzufangen, um sie später in Worte zu hüllen. In einer komischen Mischung aus: Absurdität, Ironie und Magie. Das ist meine Art durch die Welt zu gehen, das ist meine Art zu schreiben.

Für mich ist es eine Ehre und ein großes Vergnügen, wenn ich Menschen mit meinen Bildern und Worten emotional berühren, anregen und beflügeln kann.

Romy van Mader

Mein Steckbrief

Lebenszahl: 11

Lebensfarbe: Pink

Lieblingsgewürz: Chili, Kurkuma, Persisches Salz, Ingwer

Lieblingsessen: Kartoffeln mit Leinölquark

Lieblingstier: Jedes kleine und größere Lebewesen

Lebenselixier: Mondquellwasser, kolloidales Silberwasser, Gin Tonic mit Hibiskus, Kardamom, Wacholder und rosa Pfeffer

Lieblingsauto: Porsche 911 Targa, Bj. 71, vipergrün

Ich kann nicht leben ohne: Vitamin C + Mitgefühl

Printed by Amazon Italia Logistica S.r.l.
Torrazza Piemonte (TO), Italy

45281178R00192